迦陵书系

迦陵讲赋

[加] 叶嘉莹 著

中华书局

图书在版编目(CIP)数据

迦陵讲赋/(加)叶嘉莹著. —北京:中华书局,2024.10(2024.12
重印). —(迦陵书系:典藏版). —ISBN 978-7-101-16786-3

Ⅰ. I207.224

中国国家版本馆 CIP 数据核字第 2024GT1172 号

书　　　名	迦陵讲赋
著　　　者	[加]叶嘉莹
丛 书 名	迦陵书系(典藏版)
责任编辑	李若彬
装帧设计	刘　丽
责任印制	陈丽娜
出版发行	中华书局
	(北京市丰台区太平桥西里 38 号　100073)
	http://www.zhbc.com.cn
	E-mail:zhbc@zhbc.com.cn
印　　　刷	北京盛通印刷股份有限公司
版　　　次	2024 年 10 月第 1 版
	2024 年 12 月第 2 次印刷
规　　　格	开本/880×1230 毫米　1/32
	印张 9⅛　插页 2　字数 210 千字
印　　　数	6001-16000 册
国际书号	ISBN 978-7-101-16786-3
定　　　价	52.00 元

出版说明

　　2006年，叶嘉莹先生写毕"迦陵说诗"系列丛书的序言，连同书稿交给中华书局，开启了与书局的合作，至今已历一十八载。在这十数年间，书局先后出版了《叶嘉莹说汉魏六朝诗》《叶嘉莹说阮籍咏怀诗》《叶嘉莹说唐诗》《叶嘉莹说诗讲稿》《迦陵诗词稿》《迦陵讲赋》等十余部作品。这些作品不仅涵盖了先生的学术专著、教学讲义和她个人的诗词作品，也有先生专门为青少年所写的普及读物，是先生一生的学术造诣、教学生涯、人生体悟的全面展现。这些图书在上市之后行销海内外，深受读者喜爱，重印数十次，并经历数次改版升级。其中，《叶嘉莹说唐诗》后因体量较大，拆分成两部——《叶嘉莹说初盛唐诗》与《叶嘉莹说中晚唐诗》。《迦陵诗词稿》则以中华书局2019年增订版为基础，收入叶先生截至2018年的诗词作品，并经作者本人审定。

　　今年迎来先生百岁诞辰。在先生的期颐之年，我们特将先生在书局出版的作品汇于一系，全新修订，精益求精，采用布面精装，并将更新后的先生年谱附于《迦陵诗词稿》之后，以期为读者朋友们提供一个更加完善的版本。

《楞严经》中有鸟名为"迦陵"，其仙音可遍十方界，因与"嘉莹"音颇近，故而叶嘉莹先生取之为别号。想必此鸟之仙音在世间的投射，便是叶先生之德音。有幸，最初先生讲述"迦陵说诗"系列的录音我们依然留存，并附于书中，虽因年代久远，部分内容或有残损，且因整理与修订幅度不同，录音与文字并不完全吻合，但今天我们依然能聆听先生教学之音，本身便不失为一大乐事。愿此音永在杏坛之上，将古典诗词感发的、蓬勃的生命力，注入国人心田之中。

中华书局编辑部

2024年8月

目　录

前　言

　　叶嘉莹先生别号迦陵，《楞严经》中有鸟名迦陵，其仙音可遍十方界，而又与"嘉莹"音颇相近，故取为笔名。迦陵鸟之仙音邈不可闻，但迦陵先生之德音，却数十年萦绕在海内外各地的讲坛之上，滋润着千千万万人的心灵，慰藉着千千万万人的情感。

　　叶嘉莹先生自二十世纪四十年代辅仁大学毕业后，便开启了自己的杏坛生涯，其后辗转世界各地，弦歌不辍，至今从教已八十余年。八十年滋兰树蕙，融贯中西，中华古典文化几乎成为她的信仰、她生命的支撑。叶先生也被公认为海外传授中国古典文学时间最长、弟子最多、成就最高、影响最大的华裔女学者。她说："我很遗憾，那么多国人守看中华文化的丰富宝藏，一无所知。我愿意把我所知道的都说出来，因为我知道而不说，则上对不起古人，下对不起来者。我希望说给年轻人听，这就是我生命的目的。"叶嘉莹先生正是用整个生命去传承和传播她所挚爱的中华古典文化。

　　2013—2016年，《文史知识》杂志开辟了"迦陵讲赋"专栏，将叶先生二十世纪六十年代为台湾广播电台讲授赋的录音陆续整理、刊载出来。我们特将这些文章结集为《迦陵讲赋》一书刊出，以表达对先生的敬仰之意。

赋是诗、词之外，在中国绵延两千多年经久不衰的重要文学体式，兼采诗与散文之长，取诗歌押韵的同时，再取散文字句的长短不齐。赋在当代虽然没有像诗、词那样流传广泛，但在古代特别是汉至唐时期，曾经风靡一时，在唐代甚至以赋取士。

叶先生通过对六篇经典赋作的细致解读、赏析，不但展示了赋铺陈状物、文藻华美的语言特点，而且剖析了中国知识分子的家国情怀与志意风骨。本书内容均为演讲记录稿，是叶先生在讲台上的即兴发挥，所以在演讲过程中凭记忆的引用、录音整理过程中产生讹误等情况都是存在的，故此，我们对文字内容进行了认真审定，逐一核对引文，对误记等问题进行了订正，并最终由叶先生亲自审阅定稿。

同时，我们采用现代技术手段，将半个多世纪前的演讲录音制作为音频资料，扫描书中二维码即可穿越时空聆听叶嘉莹先生的亲自讲授。需要说明的是，由于录制场地及年代久远等原因，有些录音音质不高，甚至缺失，但能亲耳聆听古典文化大家的讲解，已是一件足够幸运的事。点滴之言，亦足以撼动文心文思。

让我们追随迦陵先生的脚步，去体悟辞赋的妙境吧！

中华书局编辑部

鲍照《芜城赋》讲录

沴迆平原，南驰苍梧涨海，北走紫塞雁门。柂以漕渠，轴以昆岗。重江复关之隩，四会五达之庄。当昔全盛之时，车挂轊，人驾肩，廛闬扑地，歌吹沸天。孳货盐田，铲利铜山。才力雄富，士马精妍。故能侈秦法，佚周令，划崇墉，刳浚洫，图修世以休命。是以板筑雄壒之殷，井干烽橹之勤，格高五岳，袤广三坟，峻若断岸，矗似长云。制磁石以御冲，糊赪壤以飞文。观基扃之固护，将万祀而一君。出入三代，五百余载，竟瓜剖而豆分。

　　泽葵依井，荒葛罥途。坛罗虺蜮，阶斗麏鼯。木魅山鬼，野鼠城狐。风嗥雨啸，昏见晨趋。饥鹰厉吻，寒鸱嚇雏。伏虣藏虎，乳血飡肤。崩榛塞路，峥嵘古馗。白杨早落，塞草前衰。棱棱霜气，蔌蔌风威。孤蓬自振，惊沙坐飞。灌莽杳而无际，丛薄纷其相依。通池既已夷，峻隅又以颓。直视千里外，唯见起黄埃。凝思寂听，心伤已摧。若夫藻扃黼帐，歌堂舞阁之基，璇渊碧树，弋林钓渚之馆，吴蔡齐秦之声，鱼龙爵马之玩，皆薰歌烬灭，光沉响绝。东都妙姬，南国丽人，蕙心纨质，玉貌绛唇，莫不埋魂幽石，委骨穷尘，岂忆同舆之愉乐，离宫之苦辛哉？

　　天道如何，吞恨者多，抽琴命操，为《芜城之歌》。歌曰：边风急兮城上寒，井径灭兮丘陇残。千龄兮万代，共尽兮何言！

第一讲

鲍照因其《芜城赋》而一时声名大噪，在具体讲解这篇赋之前，我们需要知人论世，了解一些他的生平经历。

鲍照字明远，东海（即今江苏灌云一带，一说今山东郯城北）人，生于南朝宋武帝永初年间（420—422）。和曾祖父王龚、祖父王畅都在汉朝做官做到三公之位、出身贵族仕宦人家的王粲不同，鲍照"家世贫贱"，是非常卑微、贫贱的，但他"少有文思"，年少的时候就非常有才思，文章写得很好，曾经作过很多古乐府，比如《拟行路难》十八首，而且对后代影响也非常大，唐朝的李白就曾受其影响。所以杜甫曾经这样称赞李白："清新庾开府，俊逸鲍参军。"鲍参军就是鲍照，诗写得很俊逸。"文甚遒丽"，他的文章写得非常"遒"，遒劲，很劲健，有力量；也写得很"丽"，很工丽。

宋文帝元嘉二十四年（447），史载"河、济俱清"，时人以为"美瑞"，于是约二十七八岁的鲍照献上《河清颂》，"其序甚工"

（《宋书·宗室列传·临川烈武王道规传附鲍照传》），写得很好。当时临川王刘义庆以皇族主文柄，在当时的文坛上非常有权势、地位，鲍照"于是奏诗，义庆奇之"。"奏诗"，献纳自己的诗歌的作品，来述说他内心的感情、意志、抱负。"义庆奇之"，以为他很出奇、很不平凡，"赐帛二十匹"，赏赐绸帛、丝帛二十匹，"寻擢为国侍郎"（《南史·宋宗室及诸王列传上·临川烈武王道规传附鲍照传》），不久以后提拔他做王国侍郎。刘义庆死后，又为始兴王刘濬侍郎。孝武帝初年，"除海虞令，迁太学博士"，但以"时主多忌，以文自高"（《鲍照集序》），鲍照为文章，不敢尽其才思。据《宋书》载："上好为文章，自谓物莫能及……"皇帝自己喜欢写文章，以为别人都没有他写得好。于是"照悟其旨，为文多鄙言累句"，鲍照就不愿意把文章写好，免得遭孝武帝的嫉恨，故意作出很多"鄙言累句"，很粗鄙的话，很冗长的句子，不敢完全表露出来自己的才思。"当时咸谓照才尽，实不然也。"（《宋书·宗室列传·临川烈武王道规传附鲍照传》）当时很多人都以为鲍照是才尽了，其实是他自己不愿意写好。

鲍照后来又做过秣陵、永安县的县令。孝武帝大明五年（461），"除前军行参军"（《鲍照集序》），所以后人称他作"鲍参军"。随后他就去临海王子顼麾下，随其出镇荆州，掌管书记的责任。

孝武帝死了以后，权力在他自己的兄弟和儿子间更迭。泰始二年（466），晋安王子勋起兵江州，荆州也陷入惊乱，江陵人宋景趁变乱劫掠了荆州城，变乱中鲍照被宋景杀死，年纪只有四十多岁。

鲍照死后"篇章散亡",南朝齐散骑侍郎虞炎搜集了他的遗文,"为集六卷",后经人们增辑至十卷,现在通行的有商务印书馆《四部丛刊》影印的毛斧季所校宋本的《鲍参军集》,还有清朝嘉道年间扬州的残本《鲍参军集》。近代顺德黄节,原名晦闻,作过《鲍参军诗注》,实际却是"鲍参军补注",即补清朝钱振伦的注本。

《南齐书》的《文学传论》称鲍照的文章是:"发唱惊挺,操调险急,雕藻淫艳,倾炫心魂。"鲍照所发之言真是惊警、挺拔,非常遒劲、遒丽;"操调险急",音调读起来非常险仄、急促;辞藻雕琢、修饰得非常富丽,真是使人的心神为之眩惑;"亦犹五色之有红紫,八音之有郑、卫",像鲍照的诗写得这样美,能够使人眩惑,就如同颜色里边有红颜色和紫颜色的炫目一样,也好像声音里边有郑、卫这种动人心魄的柔靡之音一样。"斯鲍照之遗烈也",这就是鲍照的流风余韵,鲍照的文风就是如此,故而史上将鲍照跟颜延之、谢灵运并称为"元嘉三大家"。

钟嵘《诗品》将鲍照诗列入"中品",说鲍诗源流是"二张",即晋朝太康时代所谓的"三张、二陆、两潘、一左"中的张协和张华。"得景阳之诽(chù)诡","景阳"是张协的号,即得晋朝张协"诽诡"的作风,意思是说奇诡。张协的诗深得《诗品》赞誉:"风流调达,实旷代之高手。词采葱蒨,音韵铿锵。"此外,"含茂先之靡嫚",有张华的靡丽。"茂先"是晋朝太康间诗人张华的号。《诗品》还说:"骨节强于谢混,驱迈疾于颜延。"说鲍照的诗风骨和气节比谢混显得坚强、有力量;"驱迈疾于颜延","驱迈"就是说驱驰、俊迈,一种俊逸的精神,一种劲健之气,超过了颜延之。

因此，"总四家而擅美，跨两代而孤出"，鲍照诗能够总有四家之美，兼有四家的长处，四家就是刚才我们说的张协、张华、谢混、颜延之；同时又能"擅美"，独专其美；"跨两代而孤出"，"两代"即晋宋两代，能够超过晋宋两代的其他诗人，是单独、特殊的。但"嗟其才秀人微，故取湮当代"，"嗟"是嗟叹，鲍参军的天才是这样秀丽，"才秀"，而"人微"，就是说他在功名、仕宦这一方面没有什么可称述的，很卑微，所以"取湮当代"——被埋没了，"湮"就是沉湮、埋没。虽然鲍参军的诗在后来的唐朝，受到李太白、杜工部的推崇，但是在他所生活的时代是不大被人所重视的，所以说"取湮当代"，当时被埋没。因为他的地位是比较卑微的，不像谢灵运、颜延年等，政治地位比较高，当时他们的诗就很有名，鲍照的诗当时并不大有名的。

至于鲍照的缺点，《诗品》说："然贵尚巧似，不避危仄，颇伤清雅之调。""贵尚"即崇尚，以什么为好，以什么为可贵；"巧似"，注重形容，喜欢雕琢、刻画，而"不避危仄"，即如《南齐书》所称"发唱惊挺，操调险急"，不避免使用艰险的词字，所以"颇伤清雅之调"，就稍微地伤损了清雅的格调。一般说起来，中国的诗歌传统就是要以温柔敦厚为美，而鲍明远的诗却常常喜欢用一些艰险的词字，与传统诗风不大相合；"故言险俗者，多以附照"，一般讲到作诗，以险仄为好的人就都喜欢"附照"，依附、模仿鲍照。

综上，鲍照诗有两点是值得注意的：首先，从形式、格体方面来讲，在流行五言诗的魏晋时代，鲍照却有很多拟乐府诗，杂言、七言，比如有名的《拟行路难》十八首，就当时的诗坛说来，这是一种变调；其次，鲍照对后代影响很大，他的七言歌行影响了唐朝的七言歌行。此外，鲍照诗在内容方面也有着大的改变。因为中国诗歌传统讲求温柔敦厚，而鲍照则喜欢用一些叹老嗟悲的言辞，所谓文士失志不平的这种叹息，也对后世造成了很大影响。

我们在开始讲这篇赋时，先简单把它的押韵方面来看一遍：

泝迤平原，南驰苍梧涨海，北走紫塞雁门。柂以漕渠，轴以昆岗。重江复关之隩，四会五达之庄。当昔全盛之时，车挂轊，人驾肩，廛闬扑地，歌吹沸天。孳货盐田，铲利铜山。才力雄富，士马精妍。故能侈秦法，佚周令，划崇墉，刳浚洫，图修世以休命。是以板筑雉堞之殷，井干烽橹之勤，格高五岳，袤广三坟，崒若断岸，矗似长云。制磁石以御冲，糊赪壤以飞文。观基扃之固护，将万祀而一君。出入三代，五百余载，竟瓜剖而豆分。

泽葵依井，荒葛罥途。坛罗虺蜮，阶斗麏鼯。木魅山鬼，野鼠城狐。风嗥雨啸，昏见晨趋。饥鹰厉吻，寒鸱嚇雏。伏虣藏虎，乳血飡肤。崩榛塞路，峥嵘古馗。白杨早落，塞草前衰。棱棱霜气，蔌蔌风威。孤蓬自振，惊沙坐飞。灌莽杳而无际，丛薄纷其相依。通池既已夷，峻隅又以颓。直视千里外，唯见起黄埃。凝思寂听，心伤已摧。若夫藻扃黼帐，歌堂舞阁之基，璇渊碧树，弋林钓渚之馆，吴蔡齐秦之声，鱼龙爵马之玩，皆薰歇烬灭，光沉响绝。东都妙姬，南国丽人，蕙心纨

质，玉貌绛唇，莫不埋魂幽石，委骨穷尘，岂忆同辇之愉乐，
离宫之苦辛哉？

　　天道如何，吞恨者多，抽琴命操，为《芜城之歌》。歌
曰：边风急兮城上寒，井径灭兮丘陇残。千龄兮万代，共尽兮
何言！

赋这种体裁是取诗歌押韵的同时，再取散文字句的长短不齐，两种
文体的风格是合在一起的。比如王粲的《登楼赋》一段就押一个
韵，换一段会再换一个韵，比较整齐；而鲍照的《芜城赋》常常很
短的几句就换韵了。第一节："迤迤平原"的"原"字，跟第三句
"北走紫塞雁门"的"门"字是一韵。下面"轴以昆岗"的"岗"
字，跟"四会五达之庄"的"庄"字是一韵。第二节："当昔全盛
之时，车（"车"字俗念 chē，古念 jū）挂辖，人驾肩，廛闬扑地，
歌吹（"吹"字作用口来吹什么东西，即动词时，念 chuī；当作名
词时，比如"鼓吹"，则念 chuì，这一句应该念作 gēchuì）沸天。
孳货盐田，铲利铜山。才力雄富，士马精妍。故能侈（"侈"字有
两个读音，可以念 shē，也可以念 chǐ，在这里念 chǐ）秦法，佚周
令，划崇墉，刳浚洫，图修世以休命。是以板筑雉堞之殷，井干
（"井干"的"干"字，常常作能干、才干，或者是树木的枝干，这
种情况都念 gàn，但当它跟"井"字连在一起时念 hán）烽橹之勤，
格高五岳，袤广三坟，崒若断岸，矗似长云。制磁石以御冲，糊赪
壤以飞文。观基扃之固护，将万祀而一君。出入三代，五百余载，
竟瓜剖（"剖"字俗念 pāo，这里实在应念成上声 pǎo）而豆分。"

这一段回忆广陵城当年全盛时代的情形，押韵是从第三句才开始的："当昔全盛之时，车挂辖，人驾肩"的"肩"字，跟后边第五句"歌吹沸天"的"天"字，然后下面"铲利铜山"的"山"字及"士马精妍"的"妍"字，"肩""天""山""妍"是一个韵；下面就换了韵，"故能侈秦法，佚周令"的"令"字，和隔两句"图修世以休命"的"命"，它们是一个韵；那么再后面，"板筑雉堞之殷"的"殷"字、"烽橹之勤"的"勤"字、"袤广三坟"的"坟"字、"崒似长云"的"云"字、"糊赪壤以飞文"的"文"字、"将万祀而一君"的"君"字，一直到最后一句"瓜剖而豆分"的"分"字，它们是一个韵。

第二段"泽葵依井，荒葛罥途"的"途"字、"阶斗藦磲"的"磲"字、"野鼠城狐"的"狐"字、"昏见晨趋"的"趋"字、"寒鸱嚇雏"的"雏"字、"乳血飧肤"的"肤"，这几个字都是一个韵部的；接下来韵就要换了，我们读一读看一看，"峥嵘古馗"的"馗"字、"塞草前衰"的"衰"字（衰可读作shuāi，像我们说衰亡、衰败，当然还可以读作cuī，贺知章的诗"少小离家老大回，乡音无改鬓毛衰"）、"薇薇风威"的"威"字、"惊沙坐飞"的"飞"字、"丛薄纷其相依"的"依"字、"峻隅又以颓"的"颓"字、"心伤已摧"的"摧"字，这些都是一个韵。那么下面又要换韵了，"弋林钓渚之馆"的"馆"和"鱼龙爵马之玩"的"玩"属于同一个韵，而"南国丽人"的"人"字和"玉貌绛唇"的"唇"、"委骨穷尘"的"尘"、"离宫之苦辛"的"辛"字又是同一韵。

所以我们看到，赋取诗歌之押韵，但是它又可以换韵，有散文之自由。

（胡静整理）

第二讲

"芜城"，荒芜的城。这里指的是哪一座城呢？广陵城。这座城在一个什么样的地理位置上呢？"迤迆平原，南驰苍梧涨海，北走紫塞雁门。栜以漕渠，轴以昆岗。重江复关之陬，四会五达之庄"，开头这几句写广陵城的形势。"迤迆（mǐ yǐ）"是相连而倾斜，说广陵城就建在一大片广袤的平原之上。"南驰"，向南铺张、驰走到哪里呢？一直到了苍梧。苍梧是汉代的一个郡名，在现在的广西梧州一带，传说是舜南巡的时候死去的地方。"栜以漕渠"，"栜（duò）"即"引"的意思，开引、引水；"漕渠"不仅仅是一条普通的水，而是有历史的，它是春秋时吴国所筑的运河，又叫作邗沟，这条水是很长的，东北通射阳湖，西北至末口入淮，恰恰流经广陵。"轴以昆岗"，"昆岗"又名阜岗、广陵岗，广陵城就建造在这上面。"重江复关"，重重的关隘，重重的江流；"陬"指深隐之处，谓广陵处于许多江河关口深处；"四会五达"，从各个方向上；"庄"是指大道，《尔雅》上说"六达谓之庄"，地理位置很重要。后来人们写赋都喜欢遵照这种写法，比如唐朝王勃那篇有名的四六《滕王阁序》，开头"豫章故郡，洪都新府。星分翼轸，地接衡庐。襟三江而带五湖，控蛮荆而引瓯越"是一样的。

"当昔全盛之时"，那么回想当初广陵城全盛的时候呢，这当然是说西汉吴王刘濞在广陵建都的时候。"车挂轊"，车轴互相碰撞阻碍，"轊（wèi）"是车轴顶端；"人驾肩"，人与人走在街上摩肩接踵，形容人烟之阜盛。《战国策·齐策》中说："临淄之途，车毂击，人肩摩。""廛闬扑地，歌吹沸天。""廛闬（chán hàn）"犹民宅，"廛"是居民区，"闬"是里门，"扑地"是遍地的意思，广陵城当年是这样繁盛，参差拥挤着这么多户人家；"歌吹"是歌唱吹奏，歌唱吹奏之声是沸腾的，沸腾到天空上面去，家家户户，歌舞升平，人尽其乐，极言广陵城当年之盛。"孳货盐田"，"孳"，滋生、繁殖，不断积累起来的是什么呢？"货"是财货。关于"盐田"，《史记》记载，西汉初年，广陵为吴王刘濞所都，刘曾命人煮海水为盐，一时极盛。"铲利铜山"，"铲利"，开采取利；"铜山"，产铜的山，吴王刘濞曾命人开采郡内的铜山铸钱。以上两句谓广陵有盐田、铜山之利。"才力雄富，士马精妍。""精妍"，指士卒训练有素而装备精良，可见广陵城实在是一座实力雄厚的城。"故能侈秦法，佚周令"，"侈"，奢侈，引为超越；"佚"同"轶"，超过、超越、越过。此两句说刘濞据广陵，建城的规模体制都是很大的，甚至于一切规模制度都超过秦、周，非常宏伟、壮丽。"划崇墉，刳濬洫"，说建造了高峻的城墙。"划"，剖开；"刳"，凿、挖；"濬"，深；"洫"，沟渠，凿挖深沟。"图修世以休命"，"图修世"

谓图谋长世永存和美好的天命；"休"是美好，《文选》刘良注："乃开崇城，凿深沟，以谋长世之美命也。"期望广陵城能以这么宏伟高大的城墙延续下去。正像是贾谊《过秦论》中说的"子孙帝王万世之业也"。

"是以板筑雉堞之殷"，古人建房造墙，在很长一段时期不是用砖，而是筑土成墙。"板筑"即版筑，是一种建造城墙的方法，以两板相夹，中间填土，然后用杵夯实的方式筑墙，这里当然指修建广陵城的城墙。我国很早就采用版筑这种技术造墙。《孟子·告子》中说："傅说举于版筑之间。"傅说是殷代国君武丁的相，他曾在傅岩这个地方为人筑墙，为武丁访得，举以为相。"雉堞"指的是女墙，城墙长三丈、高一丈称一雉，城上凹凸的墙垛称堞，以城墙代指广陵城。"殷"当然是指大、盛。"井干烽橹之勤"，"井干"原指井上的栏圈，这里说筑楼时木柱、木架交叉的样子；"烽"是烽火，古时筑城，以烽火报警；"橹"是望楼，大规模地修筑城墙，营建烽火望楼。"格高五岳，袤广三坟"，"格"指格局，这里指高度；"五岳"指东岳泰山、西岳华山、南岳衡山、北岳恒山、中岳嵩山，这是中国蜚声海内外的五座名山，鲍照这里说的当然很夸张了，广陵城城墙、地势堪与五岳平齐；"袤（mào）广"，南北间的宽度称"袤"，东西的广度称"广"；关于"三坟"的说法历来是很不一致的，这里只取其中一种，孙志祖《文选李注补正》引前人说："兖州土黑坟，青州土白坟，徐州土赤埴坟。此三州与扬州接。""坟"为"隆起"之意，土黏曰"埴"。以上三州当时与广陵相接。"崒若断岸，矗似长云"，"崒（zú）"的意思是危险而高峻；"断岸"，陡峭的河岸，那种很险要的感觉和地形；"矗（chù）"是耸立。此两句形容广陵城的高峻和平齐。那么现在看一下，如果说前面那句话说的是广陵城的方圆之大，这里说的就是广陵城的地势之高，总的说起来呢，就是要从各个方面、各个角度来形容广陵城是一座很了不起的城池，也是最不应该沦陷的城池。

"制磁石以御冲，糊赪壤以飞文。""御冲"，"冲"是说冲进来，用动词代指名词，指冲进来的人、冲进来的非法之徒，"御冲"就是防御持兵器冲进来的歹徒。《太平御览》卷一八三引《西京记》说："秦阿房宫以磁石为门，怀刃入者辄止之。"广陵城本来有着如此强大的防御的。"赪（chēng）"是红色。"飞文"，光彩相照，色彩都飞舞起来，形容色彩之鲜活，这里说墙上用红泥糊满，光彩焕发。"观基扃之固护，将万祀而一君。""基扃（jiōng）"即城阙，"扃"，门上的关键，白居易《长恨歌》里说："金阙西厢叩玉扃，转叫小玉报双成。""固护"，牢固，反复地、再次地说明广陵城多么坚固。"万祀"指万年，言广陵城的统治将万代不变。前面我们已经说过了，鲍照的这篇赋，从开头一直在写广陵城的富庶、博大、繁盛、牢固，而且在反反复复地写，从好多个方面极尽铺排之能事，那么他的目的是什么呢？仅仅是像当年西汉的赋作家那样展露自己的本事，炫耀一下才学吗？联系之前我们说过的鲍照的身世得知，明显不是。鲍照"才秀而人微"，在他心底的是一种知识分子很普遍的伤时叹世的情怀。下面他就要为这些铺排做一个收尾了："出入三代，五百余载，竟瓜剖而豆分。""出入"犹言经历，"三代"指汉、魏、晋，说这座城市历史这么悠久了，延续了这么多的朝代，但结果现在是什么呢？是"瓜剖""豆分"，像剖开瓜那样，以瓜之剖、豆之分喻广陵城崩裂毁坏。

（胡静整理）

第三讲

下一段，就要说现在的荒凉情形。

"泽葵依井，荒葛罥途。""罥"字有两个读音，念作juàn，也念作上声juǎn，有很多字都是既可以念作去声，也可以念作上声。比如下边第四节中"弋林钓渚之馆"的"馆"字也念guàn，还有像《芜城赋》的作者，一般都念bào zhào，其实本来也可以读作上声，bǎo zhào。现在接下去看，广陵城如今是一片荒芜，到什么程度呢？"泽葵依井"，"泽"是水边潮湿的地方；"葵"是说在水边所长的一种植物，叫作楚葵，也叫作水芹；"井"本来是打水的井，如果每天有很多人来打水，井边就不会长这些野生的植物，那么现在没人打水了，所以泽葵这种野生的、荒凉的植物，就"依井"，"依"是说靠近，靠近井边长满了泽葵。"荒葛罥途"，"葛"也是一种植物，枝蔓横生；"罥"是罥挂、牵缠在一起，成为路途上的阻碍，所以说"荒葛罥途"，可见这条路许久也没有人行走了，如果每天人来人往，如何能够任野生的葛藤长满在路上呢？"泽葵依井，荒葛胃途"这两句已经把广陵城现在的荒凉都写出来了。

那么接下去又说："坛罗虺蜮，阶斗麏鼯。""坛"字按照王逸的《楚辞章句》是"犹堂也"，就是厅堂的堂。另外也有一个解释说"坛"是中庭的意思，见于《荆楚风俗通》。那么，这里的"坛"就是厅堂之间。"罗"是说罗列。在当年这个歌舞繁华的厅堂，如今都罗列着"虺蜮"。"虺"是一种小蛇；"蜮"也叫作"短虎"，据说这种动物能够"含沙射人为灾"，能够含着沙石喷射到人的身上，造成灾害，所以另外还有一个别名叫作"射工"。柳子厚（宗元）被贬到永州去的时候，曾经写信给他的一个朋友，即《与李翰林建书》："近水即畏射工沙虱，含怒窃发，中人形影，动成疮痏。"他说，这种射工，"含怒"，发怒的时候，"窃发"，就偷偷地发射、喷射沙石。"中人形影"，如果喷射中我们人的形体，甚至喷射中我们的影子，这当然是柳子厚一种夸大的说法，就"动成疮痏"，很容易就长成"疮痏"，"疮痏"是一种很恶毒的疮。所以这种动物是很可怕的，长在荒野的地方。鲍照就写这个广陵城当年那些歌舞的厅堂上，现在都罗列着、满布着这种"虺"——小蛇，还有"蜮"这种可怕的短虎。

下一句说："阶斗麏鼯。""阶"就是台阶。在厅堂的台阶上还有一些动物在那里争斗。什么动物呢？是"麏鼯"。"麏"是一种动物的名字，也叫作獐，比鹿稍微小一点，鹿的一种；"鼯"也是一种动物，叫作鼯鼠，这种动物在它的腹旁有一片飞膜，能够飞行在树间，不过不能飞得很高，就是《荀子·劝学》所说的"鼯鼠五技而穷"的鼯鼠，这都是野生的动物。现在广陵城的厅堂的阶石上，就有这种麋獐、鼯鼠在这里争斗着。下面呢，说："木魅山鬼，野鼠城狐。"那么今日的广陵城，除了"坛罗虺蜮，阶斗鼯鼯"以外，到处都充满着"木魅山鬼"。"魅"是老物精，就是说一种东西，当它年代很久了，就成为精，精灵。"木魅"就是树木年老了，成了老树精；"山鬼"就是说山中的精灵鬼怪。还有"野鼠城狐"，野生的鼠，还有"城狐"，一个地方一旦荒凉了，就成为狐狸的巢穴。魏明帝的《长歌行》里面有这样两句诗："久城育狐兔，高墉多鸟声。""久城"，一个古老的城；"育狐兔"，"育"就是说生长，"狐"，狐狸；"兔"，野兔，城里面就生满了狐狸和兔子，成了它们的巢穴。现在这个广陵城就是这样，都是一些个荒凉的、可怕的动物。那么，这些动物平日里如何呢？他接下去说："风嗥雨啸，昏见晨趋。"这些动物每当刮风的时候，在阴风惨惨之中，我们就可以听到它们的嚎叫。"雨啸"，有的时候在阴雨连绵的日子，我们就听到"木魅山鬼，野鼠城狐"吟啸的声音。"昏见晨趋"，"见"字在这里念xiàn，跟那个出现的"现"字一样的声音，也一样的意思。黄昏我们就看到这些"木魅山鬼"都出现了；早晨，我们就看到"野鼠城狐"在到处地奔跑，"趋"是说奔跑。这几句极写广陵城的荒凉。这些可怕的精灵鬼怪，野生的鼠兔、狐狸，每当遇到风雨阴沉的日子，就凄凄地嚎叫，黄昏或者是早晨的光色朦胧之中，它们就会出现，四处乱窜。

那么，此外还有什么呢？"饥鹰厉吻，寒鸱嚇雏。"饥饿的老鹰，"厉吻"的"厉"是磨砺的意思，"吻"是说口边，这个鸟的坚硬的嘴巴，叫作吻。我们可以看到有饥饿的老鹰在磨砺它们坚硬的嘴巴，当然是说老鹰要捕食动物时那种可怕的样子。还有"寒鸥吓雏"，"鸱"是一种鸟类，比老鹰稍微小一点，俗叫鹞鹰，又名鸢鹰。鸢，纸鸢的"鸢"字。"吓雏"，"吓"是口中发出一种可怕的声音来拒绝人，抵拒，或者恐吓。《庄子·秋水》里边记载了一个故事："鸱得腐鼠，鹓鶵过之，仰而视之曰'吓'。"鸱找到一只腐臭的老鼠，这时有另外一种鸟叫作鹓鶵，"过之"，正从它面前经过，鸱鸟看到鹓鶵从它面前经过，以为要抢夺腐鼠，就"仰而视之曰'吓'"，抬起头来看着鹓鶵，发出抗拒的、恐吓的声音"吓"，要把它读成hè。"寒鸥吓雏"本来是出于《庄子·秋水》，但是在这里鲍照用这个典故，与庄子原来的寓意并不相合。他没有用故事的原意，只是说鸱鸟在那里向一些雏鸟、弱小的鸟类发出恐吓的声音，动物之间弱肉强食，彼此争竞的样子。这一段都是写广陵城荒凉的样子，没有行人车马，只有动物在弱肉强食，追逐争斗。

（胡静整理）

第四讲

接下去的两句："伏虓藏虎，乳血飧肤。""虓"字有的版本作"魁"，《古今文选》选这篇文章的时候把它注音成gàn，不大可靠，因为它在《广韵》下平声"二十三谈"这一韵，胡干切，应该是hān，音同"酣"。那么"魁"是什么意思呢？白虎，老虎的一种。"伏虓（魁）藏虎"，"伏"就是说埋伏了"魁"这种可怕的猛兽。"乳血飧肤"，"乳"字本来是名词，比如牛乳、母乳，是用来喝的、饮的，所以此处引申为动词；"飧"，通我们常常说早餐、晚餐的"餐"字，另外它还通"飧"字，念作sūn，那么现在它不是"飧"的意思，是"餐"字的意思，动词"吃"。荒凉的广陵城里边，到处都伏藏着可怕的猛兽，"乳血飧肤"，喝人的血，吃人的肉。"肤"字本意为皮肤，但是在这里指肌肤、肌肉。"伏虓藏虎，乳血飧肤。崩榛塞路，峥嵘古馗。""崩"是倒下来的，折断的，崩倒的；"榛"是丛生的草木，很杂乱的，这些草木就"塞路"，堵塞得道路都不能行走得通了。"峥嵘古馗"，"峥嵘"两个字是很深远、很黑暗的样子；"古馗"，我们常常说四通八达，而九达的道路叫作"馗"，那么现在，从前行人行走的路，变成如此荒凉、古老的道路，"峥嵘"——显得这样幽深，茫茫一片，被杂乱丛生的树木堵塞了，很阴森。

"白杨早落，塞草前衰。""塞"念作sè时是动词；我们念sài时是作边塞的意思，名词。"白杨"是一种植物，高大的落叶乔木，生长在北方，叶子很大，叶柄很长。每当有风吹来的时候，叶子摇动发出很大的萧萧的声音，听起来很荒凉、很凄凉。"白杨早落"，白杨树刚到秋天，叶子就在秋风之中簌簌飘落，也是很凄凉的景致；"塞草"呢，"前衰"，提前、很早就衰落、枯黄了。为什么说"塞草前衰"呢？本来是说在北方的边塞，比较寒冷的地方，草木都凋零得比较早。而广陵城并不是北方的塞外，那么鲍照现在为什么也说它是塞草？其实他这里实在就是形容、描写广陵城的荒凉，这种凋敝的样子好像是塞外一样，"白杨早落，塞草前衰"。"棱棱霜气，蔌蔌风威。""棱"字本来是我们常常说的棱角，那么凡是说很严厉的样子就是有"棱"。"棱"字在这里形容霜气严寒。秋天天气慢慢地变凉，寒冷的气流扑在我们人的身上觉得很严寒的，很凌厉。"蔌蔌风威"，风吹得很强劲的时候发出来的声音，我们听上去就感觉到这个风的强劲，是蔌蔌的风力，感觉到这个风威力的强大。"棱棱霜气，蔌蔌风威"，是写秋天的这种荒凉、寒冷的样子。那么，在这样的天气下草木就如何呢？"孤蓬自振，惊沙坐飞。"蓬是一种植物，蓬草，每当到秋天的时候，它的根就枯折了，它的茎就折断了。秋风一吹，折断的蓬草就随风飘转。白居易有一句诗：

"辞根散作九秋蓬。""辞根",离开它的本根,枯萎折断,随风飘转。特别是那些孤生的蓬草,旁边没有依靠,没有伴侣,所以风一吹来它就更容易折断了,这就是孤蓬。"自振","振"是被拔起来的意思,我们常常说振拔,就是它很自然地自己就被拔起来了。不用加什么外力、人力,而是风一吹,蓬草自己就折断了,之后就被拔起来了。"孤蓬自振,惊沙坐飞",沙当然是说沙石了,沙石被簌簌的寒风吹起来,受到惊动了,所以说是"惊沙"。这个"坐飞"的"坐"字用得很妙,李善的注解说"无故而飞曰坐飞",解释得很好。"坐"字本来是不动,无缘无故地飞起来,就叫作"坐飞",也就是横飞、乱飞的意思,沙石因风而乱飞于空中。

后面两句:"灌莽杳而无际,丛薄纷其相依。"秋天的时候,不但满眼都是荒凉的样子,"孤蓬自振,惊沙坐飞",还可以看到"灌莽"。这个"灌"字是丛生,我们常常说有乔木、灌木,灌木都是比较矮小而丛生的草木。"莽"当然就是草莽、草木的意思。广陵城里边现在到处都是丛生的草木。"杳而无际","杳"是说深远,望过去一大片都是深邃的草木,"无际",没有边际,草木都长满了。大家一定还记得,我们刚刚开始讲这篇《芜城赋》的时候,说繁盛时期是"廛闬扑地,歌吹沸天",满地都是屋舍、里巷,而现在却到处是灌莽了,深远杳渺,没有边际。"丛薄纷其相依","灌莽"跟"丛薄"这两个词,实在是相对、相当的两个词。"丛"字当然是丛生的意思;"薄"是草木相交杂,念作bó,其实我们实在应该把它念成bò,这也是入声字。丛生的、交杂的草木很纷乱,互相纠缠在一起,长得很密的样子。"依"是说依靠得很近,长得很繁密。一堆一堆的灌莽生长在这个荒野上，长得很深邃，望不见边际；还有纠缠在一起的"丛薄"，丛生的草木，相互交杂的，也是长得很繁密。

下面我们再接着看："通池既已夷，峻隅又以颓。"我们讲到过，在广陵城全盛的时代，那里的建筑是"划崇墉，刳浚洫"，挖掘了很深的护城河。那么，当年的护城河到今日如何了？是"通池既已夷"。"通池"就指的是这些城壕、护城河，既然已经是"夷"，高的东西把它削平叫夷，低的东西把它填平也叫作夷，"夷"即是平的意思。他说，那个通池、城壕，现在都已经被填平了。当年是"刳浚洫"，挖得越深越好。而当年费尽劳力挖的这些"浚洫"，现在却"既已夷"。那么下一句说"峻隅又以颓"，"峻隅"就是说高峻的样子。"隅"本意即角落，这里指城隅，就是城墙的那个墙角，泛指城墙。当年的广陵城是"刳浚洫""格高五岳，袤广三坟"，但是现在，高大的城墙"又以颓"，坍塌、倾倒了。高大的城隅也已经坍塌、倒坏，"通池既已夷，峻隅又以颓"。所以，第二节跟第三节形成一个很明显的对比。

"直视千里外，唯见起黄埃。""直视"是说眼睛一直地向前看去，可以看到千里之外的地方，看到很远。而千里之外的这么广大的一片地方，只看到些什么呢？"唯见起黄埃。"只看到那"黄埃"，"埃"是说尘埃，只看到那些黄土、黄沙随风起舞。"起"是被风吹起，随风飞动的样子。到处是一片风沙，"直视千里外，唯见起黄埃。""凝思寂听，心伤已摧。""凝"是说安静下来，"思"是深思，当我们心神安定下来寂听，"寂"是寂静，静静地听的时候，听见些什么？听见飞沙走石、狼狐嚎叫的声音。于是"心伤已摧"，真是使人心里面哀伤。哀伤到什么程度？哀伤到"摧"，摧折、碎裂的样子，极言其哀伤，我们常常形容人心里边的哀伤时说断肠、心碎，就是觉得心都碎裂的样子。这个"摧"字，注解上引用了《后汉书·列女传》里边，应该是蔡文姬的诗，说："念我出腹子，胸臆为摧败。"当她要从胡地回到中原来的时候，不得不把在胡地所生的小孩子留在那边，所以说"念我出腹子"，想到我自己亲生的儿子，现在就要分离了，"胸臆为摧败"，我的胸怀都为之而摧伤、碎裂了。"摧"是摧伤、碎裂的意思。所以"凝思寂听"，是"心伤已摧"。这一段写广陵城的荒凉，也是极其感动人的。

（胡静整理）

第五讲

　　下面就是把第二节的全盛跟第三节的荒凉做一个总结的对比，感慨盛衰今昔的无常，说："若夫藻扃黼帐，歌堂舞阁之基，璇渊碧树，弋林钓渚之馆。""若夫"，"若"，像；"夫"字是一个语助词，所以念fú。如果它是名词，丈夫、夫子，我们都念作fū。这里作语助词应念fú。"若夫"，像什么情形呢？"藻扃黼帐"，"藻"是雕饰的花纹，雕饰有花纹的"扃"——门户；还有"黼帐"，"黼"是一种刺绣的花纹，"黼帐"就是刺绣有这种花纹的帐子，广陵当年全盛时代的"藻扃黼帐"，是"歌堂舞阁之基"——当年听歌看舞的厅堂所在，"基"就是建筑的基础。"璇渊碧树，弋林钓渚之馆"，"璇"是玉的一种；"渊"是说水池子，用这个玉石凿成的水池子，就是璇渊；还有碧树，碧当然也是玉的一种，绿颜色的，我们说碧玉，那么这个玉做成的树，就是很珍贵的珍宝了。"璇渊碧树"，当然，并不见得当年广陵城里面真的有用玉凿成的水池，或者是用玉做成的树，不见得真有这些东西，不过极言其富丽繁华就是了。所以，像当年有玉石的渊池，有碧玉的树木，这样繁华富丽的地方，是"弋林钓渚之馆"，是当年他们射鸟的地方。"弋"，是射鸟，用一根绳子系在矢上。如果在战争之中，人们用弓矢来射杀，当然不用系绳子；但是当我们射鸟的时候，如果射中了，鸟可能从天空中落到某一个不容易找到的地方，所以这个时候就在弓矢上系一根绳子，就比较容易找到，这就叫作"弋"。那么"弋林"，在山林之中射鸟；"钓渚"，"渚"是水里面的小沙洲，这种钓鱼的地方，叫作"钓渚"；"馆"是一种建筑，馆榭楼台，馆舍。

下面"吴蔡齐秦之声，鱼龙爵马之玩"，遥想当年全盛时代，所听的都是来自各地好听的歌声，"吴"相当于现在的江苏，"蔡"相当于河南东部的地方，"齐"相当于现在的山东，"秦"相当于现在的陕西。而所赏玩的呢，也有各种各样好看的珍贵的事物——"鱼龙爵马之玩"，"鱼龙"是一种游戏的技术，好像现在的马戏。在《汉书·西域传》的传赞里记载："……鱼龙、角抵之戏，以观视之。"《汉书》的注解上说："鱼龙者，为舍利之兽。"鱼龙就是一种"兽"而已。鱼龙的游戏究竟是怎么样表演的呢？《汉书注》："先戏于庭极，毕乃入殿前激水，化成比目鱼。"鱼龙在庭院里面做游戏，表演完了以后就来到殿前"激水"，能够喷射出水来，接着可以变化成比目鱼，同时还"敖戏于庭，炫耀日光"，在太阳光的照耀下表演得很好，光彩舞动。"爵马之玩"，"爵"字不念jué，念què，通"雀"，小雀子。打马斗鸡玩雀子，一并鱼龙，都是一些杂耍之玩。

"璇渊碧树，弋林钓渚之馆"这都是美轮美奂的建筑、宫殿，

"吴蔡齐秦之声，鱼龙爵马之玩"又极言其富丽堂皇，但是都怎么样呢？"皆薰歇烬灭，光沉响绝"——都是灭、绝的了。这两个字写得很沉痛。前面越是极言其富丽堂皇、盛极一时，这里一个"灭"、一个"绝"就足以写出现在广陵的荒凉样子了。那些彩绘于门户之内的绣花帐子，那些陈设豪华的歌舞楼台之地；那些玉池碧树，处于射弋山林、钓鱼水湾的馆阁亭台；那些吴、蔡、齐、秦各地的音乐声响，各种技艺耍玩，全都香消烬灭，光逝声绝，何其痛哉！而且呢，还不止如此——"东都妙姬，南国丽人"，那些东都洛阳的美姬、吴楚南方的佳人，她们的"蕙心纨质，玉貌绛唇"，"蕙"是兰蕙，开淡黄绿色花，香气馥郁，多见于屈原的《离骚》，"蕙心"就是芳心；"纨"，丝织的细绢，"纨质"就是丽质。蕙心、纨质代指那些曾生活在广陵城的女子们何其美好！但是又怎么样呢？是不是和这座城的命运一损俱损，一荣俱荣呢？果然的，果然就是"莫不埋魂幽石，委骨穷尘"。"委"是弃置，"穷"是尽，没有一个不是魂归于泉石之下，委身于尘埃之中，香消玉殒，所剩无一。"岂忆同舆之愉乐，离宫之苦辛哉？""舆"即车，"同舆"指古时帝王命后妃与之同车，以示宠爱。"离宫"即长门宫，为失宠者所居。"岂忆"，哪里还会回忆，回忆当日同辇得宠的欢乐，或独居离宫失宠的痛苦？这两句紧接上文来写，说那些蕙心纨质的美人，当年得宠之欢乐、失宠之忧愁也都随风而逝，无影无踪了。这座城什么都没有了！

"天道如何，吞恨者多。"天运真难说，世上抱恨者何其多！"抽琴命操，为《芜城之歌》。""抽"即取。"命操"是谱曲，

"命"，名；"操"，琴曲名，作曲当命名，古代有像《幽兰操》等类乐曲。取下瑶琴，谱一首曲，作一支芜城之歌。"歌曰"，说什么呢？说："边风急兮城上寒，井径灭兮丘陇残。""井"，古制八家为一井，后借指人口聚居的地方或乡里，"井径"是田间的小路。"丘陇"是坟墓。广陵的边风急啊飒飒城上寒，田间的小路灭啊荒墓尽摧残。"千龄兮万代，共尽兮何言！"千秋啊万代，人们同归于死啊还有什么可言！这一句实在是悲痛彻骨。

鲍照呢，不仅仅是局限于一座城池的命运，如果真的是那样就很狭隘了。他最后的这句结尾看到了一个古今共同的终极的悲剧，那就是人生殊途同归的结局——尽。有盛即有衰，有始即有终，这是一种博大的悲悯情怀，他透过一切繁华的障眼，看到了这一本质。所以他这一句话，千秋万代都是这样子的，古往今来，没有什么能永垂不朽。这种主题，可以说是中国知识分子偏爱的，因为他们看惯了太多的分分合合、盛盛衰衰、浮浮沉沉，总喜欢寻找隐藏在这些表象后面的真谛。正是这些思索，提升了他们作品的境界，使之不囿于、不计较个人一点点功名利禄的得失，而是把眼光放在更高远的层面上。

（胡静整理）

庾信《小园赋》讲录

若夫一枝之上，巢父得安巢之所；一壶之中，壶公有容身之地。况乎管宁藜床，虽穿而可坐；嵇康锻灶，既暖而堪眠。岂必连阁洞房，南阳樊重之第；绿墀青琐，西汉王根之宅。

　　余有数亩敝庐，寂寞人外，聊以拟伏腊，聊以避风霜。虽复晏婴近市，不求朝夕之利；潘岳面城，且适闲居之乐。况乃黄鹤戒露，非有意于轮轩；爰居避风，本无情于钟鼓。陆机则兄弟同居，韩康则舅甥不别。蜗角蚊睫，又足相容者也。

　　尔乃窟室徘徊，聊同凿坯。桐间露落，柳下风来。琴号珠柱，书名《玉杯》。有棠梨而无馆，足酸枣而非台。犹得欹侧八九丈，纵横数十步，榆柳两三行，梨桃百余树。拨蒙密兮见窗，行欹斜兮得路。蝉有翳兮不惊，雉无罗兮何惧。

　　草树混淆，枝格相交。山为篑覆，地有堂坳。藏狸并窟，乳鹊重巢。连珠细菌，长柄寒匏，可以疗饥，可以栖迟。敧区兮狭室，穿漏兮茅茨。槛直倚而妨帽，户平行而碍眉。坐帐无鹤，支床有龟。鸟多闲暇，花随四时。心则历陵枯木，发则睢阳乱丝。非夏日而可畏，异秋天而可悲。

　　一寸二寸之鱼，三竿两竿之竹。云气荫于丛著，金精养于秋菊。枣酸梨酢，桃楱李薁。落叶半床，狂花满屋。名为野人之家，是谓愚公之谷。

　　试偃息于茂林，乃久羡于抽簪。虽有门而长闭，实无水而恒沉。三春负锄相识，五月披裘见寻。问葛洪之药性，访京房之卜林。草无忘忧之意，花无长乐之心。鸟何事而逐酒？鱼何情而听琴？

　　加以寒暑异令，乖违德性，崔骃以不乐损年，吴质以长愁养病。镇宅神以薶石，厌山精而照镜。嫠动庄舄之吟，几行魏颗之命。

　　薄晚闲闺，老幼相携，蓬头王霸之子，椎髻梁鸿之妻。燋麦两瓮，寒菜一畦。风骚骚而树急，天惨惨而云低。聚空仓而雀噪，惊懒妇而蝉嘶。

　　昔草滥于吹嘘，藉《文言》之庆余。门有通德，家承赐书。或陪玄武之观，时参凤凰之虚。观受釐于宣室，赋长杨于直庐。

　　遂乃山崩川竭，冰碎瓦裂，大盗潜移，长离永灭。摧直辔于三危，碎平途于九折。荆轲有寒水之悲，苏武有秋风之别。关山则风月凄怆，陇水则肝肠断绝。龟言此地之寒，鹤讶今年之雪。

　　百龄兮倏忽，光华兮已晚。不雪雁门之踦，先念鸿陆之远。非淮海兮可变，非金丹兮能转。不暴骨于龙门，终低头于马坂。谅天造兮昧昧，嗟生民兮浑浑。

第一讲

在讲庾信的《小园赋》之前，我们先要了解庾信这个作者。很多人习惯把"庾"读为平声yú，其实这个字应该读为上声yǔ。庾信字子山，他还有个小名叫作"兰成"，这是唐朝陆龟蒙的《小名录》里记载的。古代有些文学家的小名也很流行，比如谢灵运小名叫"客儿"，因此有人也称他"谢客"。那么庾信小名兰成，所以有人也称他为"庾兰成"。

庾信是南阳新野人，这个地方在现在的河南省。庾信晚年留在北周，北周文帝的儿子滕王宇文逌和他关系很好，为他编了集子，并为他的集子写了序。庾信的祖父叫庾易，曾经被朝廷征召，但没有出来做官，所以滕王逌称他为"征士"，说他"隐遁无闷，确乎不拔，宋终齐季，早擅英声"。庾信的父亲庾肩吾诗文写得好，在萧梁时做官做到散骑常侍、中书令。据《北史》记载，说庾信"幼而俊迈，聪敏绝伦，博览群书，尤善《春秋左氏传》"。庾信对《左传》应该是很有心得的，以后我们就会看到，在他的赋里边，经常引用《左传》里的典故。庾信长得什么样子呢？史书上说他"身长八尺，腰带十围，容止颓然，有过人者"。他身材很高，腰围很粗，容貌和举止都不同凡俗。所谓"颓然"，这个"颓"字是顺而不逆的意思，如《礼记·檀弓》所说"拜而后稽颡，颓乎其顺也"，所以这个"颓然"是形容他的形貌举止都很从容有条理的样子。

在梁武帝的时候，庾信和他的父亲都曾在东宫为官，庾肩吾做过梁太子的中庶子，庾信做过抄撰学士。所谓梁太子指梁武帝的第三个儿子萧纲，即梁简文帝。梁武帝本来曾立他的长子萧统为太子，就是编《昭明文选》的昭明太子，可是萧统在梁武帝中大通三年（531）夏天的四月死去了，于是在那年秋天七月就改立了萧纲为太子。当时和庾信一同做东宫抄撰学士的还有徐陵，他是右卫率徐摛的儿子，也是一个非常有名的文学家。徐陵和庾信的文章都写得很美很绮艳，被很多人竞相效仿，他们两人所写的这种文体当时被称为"徐庾体"。那时候，庾肩吾和庾信父子二人可以随意出入宫门，受到皇帝和太子非常隆厚的恩宠礼遇。后来庾信曾出使聘于东魏。"聘"是聘问，《礼记·曲礼》说，"诸侯使大夫问于诸侯"就叫作"聘"。庾信做使者到东魏行聘问之礼，是在梁武帝大同十一年（545），即他三十三岁的时候。由于庾信不但文章写得好，应对辞令也好，于是在东魏的都城邺下也出了名，受到人们的推崇。因此他出使回来就做了东宫学士，又被任命为建康令。

在侯景作乱攻陷建康的时候，庾信就逃到江陵投奔了湘东王萧绎，即后来的梁元帝。这侯景攻陷建康又涉及一个历史事件。侯景本是朔方人，有膂力，很会骑马射箭，最初只不过是一个士兵，后来因战功做到定州刺史，是北魏很有名的一个大将军尔朱荣的手下。后来尔朱氏谋反，高欢讨平了尔朱氏，立孝武帝，自己做丞相，侯景就投降了高欢。高欢任命他做司徒行台，拥兵十万，专制河南。高欢生病，病重的时候召侯景来见，侯景很害怕，因为他知道自己的兵力强大，高欢可能对他不放心，要杀了他以绝后患。于是他就背叛高欢投降了南朝的梁。梁武帝接受了他，还封他为河南王。但侯景这个人实在是一个反复无常的小人，他很快就又举兵谋反，包围建康，攻陷台城。建康就是现在的南京，台城在现在南京市玄武湖附近的地方。为什么叫台城呢？在晋宋之间，朝廷的禁城叫作台，所以台城就是宫禁的宫城。建康失陷后，梁武帝饿死在台城，梁简文帝不久也被侯景所杀，庾信就逃奔江陵，因为梁武帝的第七个儿子湘东王萧绎在简文帝死后即帝位于江陵，那就是梁元帝。梁元帝任命庾信做右卫将军，封武康县侯，又派他出使，"聘于西魏"。而就当庾信出使到西魏首都长安的时候，西魏发兵攻陷江陵，杀死了梁元帝。于是庾信就被留在了长安，这一年，他四十二岁。庾信享年六十九岁，从四十二岁到六十九岁，他在北方生活了有二十七年之久。这二十七年里，他内心是非常痛苦的，等一下我们在他的文章中就可以看到。

北魏孝武帝不愿受高欢的挟制，向西投奔了关西大都督宇文泰，高欢又立了一个孝静帝，于是北魏分裂成东魏和西魏。但孝武帝投奔宇文泰之后不久就被害死了，宇文泰又立了南阳王宝炬为帝，即西魏文帝。宇文泰自己就做了太师，总揽朝政。而当宇文泰死去之后，他的儿子宇文觉就篡魏自己做了皇帝，即北周闵帝，西魏就灭亡了。北周后来的几个皇帝，如明帝、武帝，都非常喜欢文学，而庾信写文章写得好是有名的，所以他虽然羁留在异国他乡，但受到了北周明帝和武帝的恩宠礼遇，让他做了很高的官。北周一些显达的贵族们，他们的碑文墓志多出于庾信的手笔，这我们在庾信的文集里是可以看到的。

那么南朝的情形呢？梁元帝死后又立了梁敬帝，梁敬帝禅位给陈霸先，于是陈就取代了梁。后来陈和北周南北通好，战争期间那些流落到南方的北方人和流落到北方的南方人就得到了一个返回故乡的机会。当时陈就请求北周放回王褒和庾信等十几个有名的人。王褒字子渊，琅邪人，是在江陵陷落时被俘送到长安去的，他的文章跟庾信的同样有名。而北周武帝喜欢文学，舍不得放回王褒和庾信，只放回了其他一些人。那些人回到南方时已是陈宣帝的太建七年（575），也就是北周武帝的建德四年，这一年庾信已经是六十四岁的暮年了。庾信一直是希望回到故乡的，但是北周看重他，不肯让他回去。他在北朝做官做到骠骑大将军、开府仪同三司，还做过洛州刺史，封爵义城县侯，仕宦是很显达的了。到北周静帝大象元年（579），他因为有病辞去官职，辞职后两年就死去了，卒年六十九岁。由于庾信在北朝做官做到开府仪同三司，所以后来人们也称他为"庾开府"。

庾信年轻时才学就很杰出，在梁朝与徐陵齐名，每当他们有文章写出来的时候，马上就被都城的人们传诵，并且竞相模仿。那时候梁朝的君王和太子如梁武帝、昭明太子、梁简文帝、梁元帝等，也都是喜欢文学的人，他们君臣是常常彼此唱和的。不过那时候庾信的作品虽然词句清新绮丽，但内容比较空洞，所写风景也不过是园亭池阁、风云月露而已，要到他经历了亡国之痛和流离之苦以后，他的诗文才有了很深厚的情意，才更加成熟也更加动人了。所以杜甫虽然也赞美过庾信说"清新庾开府，俊逸鲍参军"，但杜甫还曾赞美他"庾信文章老更成"。读庾信的诗文，有的人只看到他绮丽清新的一面，那并没有真正认识他。庾信的好处是他不但清新绮丽而且老成。明代著名的文学家杨慎在他的《丹铅总录》里曾对庾信的"老成"有过评论，他认为，一般说起来，诗歌如果写得过于美了，就容易损害它的本质；如果写得过于艳了，就没有骨气；如果写得过于清新了，就容易显得轻薄；如果写得过于新颖了，就显得尖酸。而庾信的诗则不然，他是"绮而有质，艳而有骨，轻而不薄，新而不尖"，这就是庾信的"老成"。明朝还有一个人叫张溥，编有《汉魏六朝百三家集》，他在《庾开府集》的题辞里也曾提到庾信的"清新"和"老成"，他说："史评庾诗绮艳，杜工部又称其清新老成，此六字者，诗家难兼，子山备之。"所以说，庾信的诗文能够兼有清新、绮艳和老成的特点，这是他特别的长处。

我在讲诗的时候曾说过，唐朝是一个诗歌集大成的时代，杜甫是一个集大成的诗人。因为杜甫这个人有集大成的容量，他能够兼容古体和近体的各种体裁而无所偏颇，他能够融会南朝的绮丽柔靡和北朝的清新矫健，因此杜甫既能够写出"细雨鱼儿出，微风燕子斜"这样美丽的句子，也能够写出"落日照大旗，马鸣风萧萧"这样矫健的句子。而在杜甫之前呢？庾信在中国文学史上也处在一个很重要的地位，他是在杜甫之前的一个小型的集大成的人物。他由南入北，因此能够综合融会南北诗文的长处；他在北朝虽然通达显贵，但在内心感情上却背负着许多痛苦，因此他晚年所写的诗文都有很多感慨，在风格上是苍凉而且遒劲的。唐朝有很多人推崇庾信，像与苏颋并称"燕许大手笔"的燕国公张说有一首《过庾信宅》的五言律诗说："兰成追宋玉，旧宅偶词人。笔涌江山气，文骄云雨神。"他说庾信的成就真可以比得上战国的宋玉——这里边其实有一件巧合的事情：宋玉是战国时有名的辞赋家，与屈原并称为"屈宋"，而庾信在江陵的住宅就正是当年宋玉住过的地方，所以他说是"旧宅偶词人"。这件事庾信自己也提到过。《哀江南赋》中说"彼凌江而建国，始播迁于吾祖"，那是指晋元帝渡江定都建康，庾信的八世祖庾滔就是在那时候从北方迁徙到南方来的。他家迁到了什么地方呢？《哀江南赋》说："诛茅宋玉之宅，穿径临江之府。""诛茅"是砍除茅草，庾信的祖先就把宋玉的旧宅重新整理修建，他们就定居在这里了。这《庾子山集》在清代有倪璠的注本。倪璠在这里引了一本书叫《渚宫故事》，这本书记载了当初楚国的一些事情。书中说："庾信因侯景乱，自建康遁归江陵，居宋玉故宅，宅在城北三里。"其实这是不对的，不是庾信在侯景作乱的时候从建康逃到江陵后才住在那里，而是从他的祖先渡江南来的时候就定居在那里了。总之，庾信在江陵的住宅就是当年宋玉的住宅，这在文学史上应该是一段佳话，所以不但张说赞美这件事，晚唐的李商隐也曾有诗说："可怜留著临江宅，异代应教庾信居。"（《过郑广文旧居》）那么张说在赞美了"兰成追宋玉，旧宅偶词人"的这段佳话之后，他还赞美宋玉和庾信二人在文学上的成就，说他们

"笔涌江山气，文骄云雨神"。江陵这地方的山水风景是很好的，张说认为他们两个人因为住在这样的地方，所以在他们笔下就涌出来一种江山的灵秀之气。"骄"有胜过的意思，说他们的文章写得这么好，连云雨之神都被感动了。这也就是杜甫"笔落惊风雨，诗成泣鬼神"的意思。所谓"云雨神"，是因为宋玉《高唐赋》里有"朝为行云暮为行雨"的句子。

不但张说有诗赞美庾信，杜甫也有诗赞美庾信。杜甫有论及文学批评的《戏为六绝句》，其中第一首就说："庾信文章老更成，凌云健笔意纵横。"杜甫认为庾信的文章在老年的时候写得更成熟了，他有一支能够直入云霄的健笔，高洁、矫健，写出来的文章表现出一种纵横而深厚的情意，非常能感动人。庾信绮艳清新的好处是很多人都能认识到的，而庾信"老成"的好处只有杜甫才给他揭示出来。杜甫在他《咏怀古迹》的诗里边还说："庾信生平最萧瑟，暮年诗赋动江关。"这就涉及庾信暮年的遭遇：羁留北方，侍奉异国，终其身不能还乡。而这种生活中的不幸，又正好成就了他文学上的不朽。我们可以拿庾信早年的诗句和晚年的诗句做一个对比。他早年在梁朝君臣唱和的诗《奉和山池》有句曰："荷风惊浴鸟，桥影聚行鱼。"他说，荷花、荷叶被风吹得一摇动，就使那些正在水中沐浴的鸟惊飞起来；桥下被阴影遮住的地方，有许多游鱼聚集在那里。还有一首《游山》诗中有句曰："涧底百重花，山根一片雨。"说是山涧底下开满了重重叠叠的花，山脚下笼罩着一片雨丝。这些句子写得真是清新绮丽。我们再看他到北朝后晚年所写的一组《拟咏怀》诗中的句子："悲歌度燕水，弭节出阳关。李陵从此去，荆卿不复还。"这与他早年的作品大不相同，其中那一份离乡去国的悲哀写得多么沉痛！我们现在主要是讲庾信的赋，其实庾信的诗和他的赋一样，也有很高的成就。庾信融合了南朝和北朝的诗风，我认为他在诗史上是杜甫之前的一个小型的集大成的人物。

至于赋这种体裁，它发展到南朝就更讲究对偶了。在讲鲍照《芜城赋》的时候，大家已经注意到它比王粲的《登楼赋》更加注意对偶，而到了庾信的时候这种趋势就更加明显。对一般人而言，过分注意在字句和辞藻上的雕琢修饰会影响内容与情感，但庾子山的赋则不然。正如张溥在《汉魏六朝百三家集·庾开府集》的题辞中所说的，他的文章是"辞生于情，气余于彩，乃其独优"。庾子山的文章辞藻美丽但并不空洞肤浅，其文章中的气骨是超过辞采的，这是他所独具的好处。张溥还说："唐人文章去徐庾最近。"这就是说，庾子山的赋已经是唐朝律赋的滥觞了。什么是唐朝的律赋呢？我们知道，唐朝是以赋来取士的，而赋实际上是融合了诗跟散文两种体裁。赋有散文之自由，但是又有诗歌之押韵，考试时不但题目出得新巧，而且还要限韵，并且所限的韵常常是很难押的险韵。在这样的条件下，要想写得平仄谐和对仗精工，就必须注意词句的雕琢和对偶的准确。比如白居易有一篇应试的赋，题目就很新巧，叫《求玄珠赋》。每段限定要押这样几个字的韵："玄非智求，珠以真得。""玄珠"代表天地间的至道。"玄非智求，珠以真得"的意思是说，这种至道的玄理不是只靠着智慧能够求得的，而是要你返本归真才能得到。光懂得这八个字的意思还不行，你这篇赋必须要分成八段，每段依次押这八个字的韵，比如第一段就押

"玄"的韵，第二段就押"非"的韵。这就是律赋，它的格律束缚很严，而且尚排偶重对仗。律赋在形式上有这么严格的要求，写的时候既要顾及排偶对仗还要顾及声律，因此有的作者常常就因辞害意了。也就是说，只注意表面的雕琢，妨害到内容与情意的表达，甚至有人连词句是否合于文法都不管了。但是，庾信的赋没有这样的缺点。

（安易整理）

第二讲

　　在《南史》庾信的本传中说他有文集二十卷，在《隋书·经籍志》中说他有文集二十一卷。但这两种集子早已散佚，如今都不可得见了。在清朝康熙年间，有吴江人吴兆宜编辑了《庾开府集笺注》十卷。后来有钱塘人倪璠增补，编了《庾子山集注》十六卷，附有倪璠编的《年谱》一卷，还有《总释》一卷。倪璠的这个本子是康熙二十六年原刻，民国时湖北沔阳人卢靖所编的《湖北先正遗书》影印了原刻的本子，现在有新兴书局影印的这个本子。此外，商务印书馆《四部丛刊》影印的是明朝屠隆的刻本，也是十六卷，没有注解，我们可以拿来和倪璠这个本子作参校。讲到这里，我们就把庾信的生平与著作结束了，下面我们看他的《小园赋》。

　　我先把这篇文章读一遍：

　　　　若夫一枝之上，巢父得安巢之所；一壶之中，壶公有容身之地。况乎管宁藜床，虽穿而可坐；嵇康锻灶，既暖而堪眠。

"若夫"的"夫"字应该读fú,是阳平声。"巢父"的"巢",现在有人把它读成阴平第一声,但它应该读阳平,即第二声。"父"字在这里读上声,即第三声。还有嵇康的"嵇"字也需要说明一下。大家通常都念它jī,但这个字应该念作xī。而且嵇康他本来是姓奚的,后来因避仇家而改姓嵇。不过我们也可以从俗,就念作jī好了。

> 岂必连闼洞房,南阳樊重之第;绿墀青琐,西汉王根之宅。

"绿"是个入声字,在文章里边读lù。"宅"字普通话念zhái,但上文我们提到的张说赞美庾信的诗句"旧宅偶词人"中读作zhè,因为它也是个入声字,在平常说话的时候我们可以读平声,但在讲究平仄的诗赋里边读作平声就失去了那种平仄交替之美,所以至少我们要把它读成仄声。到此是第一段,你要注意到:它是没有押韵的。王粲的《登楼赋》、鲍照的《芜城赋》,都是押韵的,而《小园赋》开头这一段和下面的一段都不押韵,这是什么缘故呢?倪璠在这两段的后面做了一个注解,他说:"以上似赋序,至'尔乃'句始是赋。"就是说,开头这两段看起来像是《小园赋》前边的一篇序文,从"尔乃窟室徘徊"开始才是正式的赋文。那么我们接着看第二段:

> 余有数亩敝庐,寂寞人外,聊以拟伏腊,聊以避风霜。虽复晏婴近市,不求朝夕之利;潘岳面城,且适闲居之乐。况乃

> 黄鹤戒露，非有意于轮轩；爰居避风，本无情于钟鼓。陆机则兄弟同居，韩康则舅甥不别。蜗角蚊睫，又足相容者也。

"拟"字有人读nì，其实应该读nǐ，是上声。"蜗"字人们常常念wō，而这个字实在应该念guā或guō。念guā就属于麻韵，念guō就属于歌韵，而歌韵和麻韵在古代是相通的。那么我现在就把它念作guā。这一段也是不押韵的，它和第一段都是写小园的简陋和狭小。如果再仔细区分一下，则第一段是举古人正反两方面的例子，说只要有一个很小的地方就可以安身，不必搞得那么高大那么奢侈；第二段才说到他自己的小园之狭小简陋。

接下来，下面的一段就开始押韵了：

> 尔乃窟室徘徊，聊同凿坯。桐间露落，柳下风来。琴号珠柱，书名《玉杯》。有棠梨而无馆，足酸枣而非台。犹得欹侧八九丈，纵横数十步，榆柳两三行，梨桃百余树。拨蒙密兮见窗，行欹斜兮得路。蝉有翳兮不惊，雉无罗兮何惧。

"徊""坯""来""杯""台"这几句是一个韵，"步""树""路""惧"这几句又是一个韵。虽然"惧"字现在读起来和"路""树""步"不大一样，但在古代它们是属于同一个韵的。这是第三段。

> 草树混淆，枝格相交。山为篑覆，地有堂坳。藏狸并窟，

乳鹊重巢。连珠细菌，长柄寒匏，可以疗饥，可以栖迟。敧区分狭室，穿漏分茅茨。檐直倚而妨帽，户平行而碍眉。坐帐无鹤，支床有龟。鸟多闲暇，花随四时。心则历陵枯木，发则睢阳乱丝。非夏日而可畏，异秋天而可悲。

在这一段中，"滫""交""坳""巢""匏"这几句押的是一个韵，下边换韵，"饥""迟""茨""眉""龟""时""丝""悲"这几句押的是另一个韵。我们再看下边一段：

> 一寸二寸之鱼，三竿两竿之竹。云气荫于丛著，金精养于秋菊。枣酸梨酢，桃榹李薁。落叶半床，狂花满屋。名为野人之家，是谓愚公之谷。

"著"字有人把它读作去声shì，其实它是平声字，读shī。"秋菊"的"菊"普通话读平声jú，其实它是入声字，有些北方人不会发入声字的音，不妨把它读成去声jù。"枣酸梨酢"的"酢"现在是酬酢的酢，读音zuò，但这个字在古代通"醋"字，读cù。"桃榹李薁"的"薁"也是个入声字，我把它读成yù。还有"狂花满屋"的"屋"字、"愚公之谷"的"谷"字，现在普通话分别读为平声wū和上声gǔ，但在古代它们也是入声字。所以，这一段押的是入声韵，"竹""菊""薁""屋""谷"是韵字。这一段的内容，是分别来写他的小园之中的景物的。再看下一段：

试偃息于茂林，乃久羡于抽簪。虽有门而长闭，实无水而恒沉。三春负锄相识，五月披裘见寻。问葛洪之药性，访京房之卜林。草无忘忧之意，花无长乐之心。鸟何事而逐酒？鱼何情而听琴？

这段又换了平声韵，"林""簪""沉""寻""林""心""琴"是韵字。"听琴"的"听"字有平声和去声两个读音，可以念tīng，也可以念tìng。下面一段：

　　加以寒暑异令，乖违德性，崔骃以不乐损年，吴质以长愁养病。镇宅神以薶石，厌山精而照镜。屡动庄舄之吟，几行魏颗之命。

"宅神"的"宅"我已经说过，可以读zhè。"薶"字念mái。"石"字是个入声字，可读成shì。"厌"通"压"，也是个入声字，可读为yà。这一段押去声韵，"性""病""镜""命"是韵字。再看下一段：

　　薄晚闲闺，老幼相携，蓬头王霸之子，椎髻梁鸿之妻。燋麦两瓮，寒菜一畦。风骚骚而树急，天惨惨而云低。聚空仓而雀噪，惊懒妇而蝉嘶。

这段又换了一个韵。"椎髻"的"椎"应该念chuí，很多人念zhuī是不对的。"雀噪"的"噪"字俗念zào，它的正音是sào。不过我们也可以从俗念作zào。这一段的"闺""携""妻""畦""低""嘶"是一个韵。从"试偃息于茂林"到"惊懒妇而蝉嘶"，这几段是写小园主人的心情，写出了他心中的抑郁。我们再看下边一段：

> 昔草滥于吹嘘，藉《文言》之庆余。门有通德，家承赐书。或陪玄武之观，时参凤凰之虚。观受釐于宣室，赋长杨于直庐。

"通德"的"德"是入声字，所以我读成dè。"观"读guàn，不读guān。这个"釐"字有人读xǐ，其实应该读xī才对，因为它是平声字，读xǐ就变成上声了。这段又换了一个韵，"嘘""余""书""虚""庐"是韵字。我们接着向下看：

> 遂乃山崩川竭，冰碎瓦裂，大盗潜移，长离永灭。摧直辔于三危，碎平途于九折。荆轲有寒水之悲，苏武有秋风之别。关山则风月凄怆，陇水则肝肠断绝。龟言此地之寒，鹤讶今年之雪。

这一段押入声韵，"竭""裂""灭""折""别""绝""雪"是押韵的字。

百龄兮倏忽，光华兮已晚。不雪雁门之踦，先念鸿陆之
远。非淮海兮可变，非金丹兮能转。不暴骨于龙门，终低头于
马坂。谅天造兮昧昧，嗟生民兮浑浑。

"百"字是入声，应该读bò。这一段是押上声韵，"晚""远""转"
"坂""浑"是押韵的字。"浑"字我们一般念平声hún，但那样就
不押韵了。实际上，"浑"字和"混"字有时是可以通用的，"混"
字属于上声阮韵。在《广韵》里，"混"字另为一韵，但"混"韵
和"阮"韵是相通的，所以还是一个韵。从"昔草滥于吹嘘"到
"嗟生民兮浑浑"，这几段是以思旧和感慨身世作结束的。

现在我们把《小园赋》读完了，下面我们开始讲它的第一段：

若夫一枝之上，巢父得安巢之所；一壶之中，壶公有容身
之地。况乎管宁藜床，虽穿而可坐；嵇康锻灶，既暖而堪眠。
岂必连闼洞房，南阳樊重之第；绿墀青琐，西汉王根之宅。

我们先看头一句"若夫一枝之上，巢父得安巢之所"。"若夫"常
常用在一段的开始，是个发语词，没有什么重要意义。如果勉强给
它一个解释，则"若"是"像"的意思，"夫"是说那种情形。什
么情形呢？就像巢父只要有一根树枝的地方，就是他可以栖迟的所
在。据谯周《古史考》和蔡邕《琴操》所说，巢父就是许由，是
帝尧时代的一个高隐之士。他隐居在山里不出来，在树上做了一
个巢，寝卧在其中，所以被称为巢父，"父"是一个表示尊敬的称

呼。后来帝尧听说他是一个贤德的高士，就想把天下让给他，可是许由不愿接受，于是就逃跑了。但皇甫谧的《高士传》还有另一种说法，认为巢父另有其人，并不是许由。《高士传》说，尧让天下于许由而许由不接受，尧又想请许由出来做九州之长，许由也不肯答应，而且许由不愿意听这些话，认为这些话脏了他的耳朵，于是就到颍水去洗耳朵。正赶上巢父牵着一头小牛到水边饮水，见许由在那里洗耳朵就问他为什么，许由就告诉他洗耳的原因。巢父就说：如果你住在没有人能够通行的高山深谷之中，谁还能跑来跟你说这些话呢？一定是你故意想求名利，隐居得不够深，所以才听到这些话。我的小牛犊要是喝了这里的水会把它的嘴巴也弄脏的。于是巢父就牵着他的小牛犊离开这里到上游去喝水了。现在我们且不管这巢父是不是许由，总之，庾子山用这个典故是说：一个人的所求并不多，就像巢父那样，只要有一根树枝就可以是他的安居之所。而这"一枝"两个字其实还有另外一个出处，在《庄子·逍遥游》中有这样一句，"鹪鹩巢于深林，不过一枝；偃鼠饮河，不过满腹"，说那鹪鹩做巢在密林之中，不管树林多么宽广多么浓茂，它所需要的却不过只是一根树枝那么大的地方而已。这也是极言人的托身之所并不必很大，纵有广厦千万间，我们真正需要的其实也不过就是一席之地。

下边一句"一壶之中，壶公有容身之地"，又用了另外一个典故。壶公的故事在《后汉书·费长房传》里有记载，说是"市中有老翁卖药，悬一壶于肆头，及市罢，辄跳入壶中。市人莫之见，唯长房于楼上睹之"。这个壶就是我们装酒装茶的壶了，那老翁在他的店铺前悬着一个壶，等到做完买卖之后就跳进壶里边去，街市上的人都没注意到这件事，只有费长房在楼上看到了。这费长房的"费"有人念bì，有人念fèi，本来这个姓有两个读音，不过我们还是按习惯读fèi好了。"长"字还有一个音念zhǎng，有些人的名字根据它的意思是可以分辨的，像司马相如的号叫长卿，就应该读zhǎng，因为古人有排行的大小长少。而费长房从名字的含义上不易确定，习惯上大家读cháng，所以我们也就从俗读cháng吧。除了《后汉书·费长房传》里有这记载之外，在葛洪的《神仙传》和郦道元的《水经注·汝水注》里也有这个记载。不同的是，《水经注·汝水注》里提到这位住在壶里的老先生姓王。不过这没有关系，总之《小园赋》的开头这两句是说，像巢父，在一根树枝这么小的地方就能有他的安巢之处；像壶公，在一只壶这么小的地方就能够做他的容身之所。这也就是说，庾子山他自己现在羁留在长安，也并不追求什么高堂大厦，只要结庐在自己的小园之中，能够有一个容身之地也就满足了。

这第一段是通过正反两个方面的例子来说明他的这种意思。那么巢父和壶公当然都是正面的例子，接下来他又举了两个古人，也是正面的例子，第一个是"况乎管宁藜床，虽穿而可坐"。管宁在皇甫谧的《高士传》里有记载，他的号叫又安，是三国时代朱虚这个地方的人，朱虚相当于现在的山东临朐。《高士传》里说，管宁常常坐在一个木榻上，积五十年未尝箕踞，榻上当膝皆穿。木榻就是床榻，在古代是一种坐具。古人不像我们现在这样坐，而是像日本人那样跪坐，两条腿先跪下，然后坐在自己的腿和足上。"箕踞"就不是跪坐了，是把两只脚伸在前面，膝盖弯曲，两只手抱住膝盖，形状好像是一个畚箕的样子。这是一种比较随便的坐法。那什么是"藜床"呢？藜是一种植物，它的茎可做手杖，叫藜杖，藜木所做的榻当然是一种很简陋的床榻了。管宁就坐在这个简陋的木榻上有五十年之久，永远是规规矩矩地跪坐，以致木榻上他的膝盖所跪的那个地方都磨出了洞。这是说管宁生活上的简陋。下一个例子是"嵇康锻灶，既暖而堪眠"。嵇康也是三国时的人，《文士传》记载说："嵇康性绝巧，能锻铁。家有盛柳树，激水以圜之，夏天甚清凉，恒居其下傲戏，乃身自锻。家虽贫，有人就锻者，康不受直，惟亲旧以鸡酒往与啖，清谈而已。"嵇康天性很巧，会打铁，他家有一棵大柳树，"激"就是做一个堤防把水挡住，用这种法子把水引来围绕在树旁边，夏天就很清凉，他就在树下打铁。嵇康家很穷，但有人求他打铁他从来不收报酬，只有亲戚朋友常常带一些鸡啦，酒啦来请他喝酒，和他聊天。现在庾子山说，嵇康有打铁的一个炉灶，那么冬天一定不会寒冷，而且还可以在灶旁舒舒服服地睡觉。总之，他用这两个典故是说，一个人只要不追求奢侈和过分的享乐，那么即便在最简陋的生活条件下也会过得很快乐。

下面庾子山又举了两个反面的例证："岂必连闼洞房，南阳樊重之第；绿墀青琐，西汉王根之宅。""岂必"的意思是"哪里一定要"。要什么呢？"连闼洞房"的"闼"是门，薛综《西京赋注》说："宫门小者曰闼。"所以连闼就是接连不断，有重重叠叠的门户。"洞房"有幽深的意思，房室之深邃者就叫洞房。也有人认为"洞"是通达的意思，房子一间一间相通叫洞房。其实，一间房子连着一间房子当然也是门户深邃的样子了，就像欧阳修《蝶恋花》中"庭院深深深几许，杨柳堆烟，帘幕无重数"那样的房子。那么，什么人有这种"连闼洞房"的享受呢？是"南阳樊重之第"。南阳是南阳郡，即现在的河南省南阳市。樊重字君云，这个人很会做买卖，以贾致富，他所建造的房屋都很豪华，有一层一层的厅堂，高大的楼阁，还开掘了池塘。这个记载出于《后汉书·樊宏传》，樊宏是樊重的儿子。

（安易整理）

第三讲

反面的例子庾子山举了樊重，然后又举了王根，说是"绿墀青琐，西汉王根之宅"。"绿"字我们一般念lǜ，在文章中我们就念lù了。"墀"指台阶上的那一片地方。古代天子殿上的台阶是"赤墀"，又叫"丹墀"，是涂了红颜色的。现在他说是"绿墀"，当然是涂了绿颜色的。"琐"指窗棂上连锁的花纹，上面涂着青颜色，所以叫"青琐"。王根是西汉元帝王皇后庶母所生的弟弟，做官做到骠骑将军，封曲阳侯。《汉书·元后传》上记载着说他"骄奢僭上，赤墀青琐"。本来天子的台阶上才可以涂红颜色，王根家里也用赤墀，所以说他僭上，即超越了他自己所应有的享受。在这个地方，我们所用的倪璠的本子作"绿墀"，但另外还有《六朝文絜》也选了庾信的《小园赋》，那个本子上就说这个"绿"字一作"赤"，那个就跟《汉书》一致了。总而言之，这"绿墀青琐"也是极言那种富丽奢华的享受。这句话是和上边樊重那个典故连起来的，就是说，何必一定要连闼洞房像樊重那个样子，又何必一定要绿墀青琐像王根这个样子呢?

我们再看下边一段:

> 余有数亩敝庐,寂寞人外,聊以拟伏腊,聊以避风霜。虽复晏婴近市,不求朝夕之利;潘岳面城,且适闲居之乐。况乃黄鹤戒露,非有意于轮轩;爰居避风,本无情于钟鼓。陆机则兄弟同居,韩康则舅甥不别。蜗角蚊睫,又足相容者也。

前一段他举的是古人,下边这段他说"余有数亩敝庐,寂寞人外",这就写到他自己了。"敝庐"是破敝的庐舍,这个词陶渊明用过。陶渊明说"敝庐何必广,取足蔽床席"(《移居》),还说"营己良有极,过足非所钦"(《和郭主簿》)。一个人自己的享受本来是很有限的,并不需要过多的东西。庾子山也是这个意思。他说,我有几亩破旧的庐舍,而且它不在闹市之中,它寂寞地独处于人烟之外。它虽然这么破旧冷清,却还能够"聊以拟伏腊,聊以避风霜"。"聊"是姑且,有聊胜于无的意思。"拟"有待的意思,见于《增韵》;还有度的意思,见于《说文》。"伏腊"是伏日和腊日,《初学记》引《阴阳书》说:"从夏至后第三庚为初伏,第四庚为中伏,立秋后初庚为后伏,谓之三伏。""庚"指的是庚日。中国古代用天干地支来记年记月记日,天干是"甲乙丙丁戊己庚辛壬癸"十个字,地支是"子丑寅卯辰巳午未申酉戌亥"十二个字。比如今天是甲子日,那么明天就是乙丑日,后天就是丙寅日。这样从夏至日的干支推下去,一直推到第三个有"庚"的日子,那天就是初伏，推到第四个有"庚"的日子，那天就是中伏。从立秋日的干支推下去，推到第一个有"庚"的日子，就是终伏。初伏、中伏、终伏，这叫作"三伏"。为什么叫"伏"？《汉书·郊祀志》上记载说秦德公"作伏祠"。秦德公是秦武公的次子，他做了"伏祠"的这种祭祀。注《汉书》的颜师古就解释了，他说，伏是"伏藏"的意思。为什么要"伏藏"呢？因为夏天过了就是秋天，天气慢慢就要变凉，阴寒之气就要升起来了。但当时还是夏天哪，还有夏天的阳热之气啊，迫得那阴寒之气就不能够升起来，所以就要伏藏。而且古人还喜欢用"金木水火土"的"五行"来做解释：春天是木，夏天是火，秋天是金，这金是怕火的。而这"五行"在天干里边呢，甲、乙属木，丙、丁属火，戊、己属土，庚、辛属金，壬、癸属水。所以五行的庚、辛和四季的秋天都是属金的。金既然怕火，而夏天又属火，所以庚辛和秋天所代表的这种阴寒之气，就被残余的夏天那炎热的阳气所逼迫而不能够升起来，因此要"伏"。这"五行"本来没有什么科学道理好讲的，我们知道这个常识就可以了。我们北京有句俗话说"冷在三九，热在三伏"，总之三伏是一年里边最热的日子。那什么是"腊"呢？腊本来是古代一种祭祀的名字，叫作行腊祭。这种祭祀是在年终岁尾的时候举行，所以大家习惯上就把一年的最后一个月叫作"腊月"。在《史记·秦本纪》上有一句话，说秦惠文君十二年"初腊"。秦国是从惠文王十二年才开始模仿中原国家举行腊祭。《史记》张守节的《正义》就说了，说这个"腊"是"猎禽兽以岁终祭先祖，因立此日也"。"腊"之得名实在是从"猎"字而来，这两个字的形体是很相似的。猎获禽兽来祭祀祖先，就叫"腊祭"，腊祭都是在十二月举行，那是一年中最冷的时候。所以庾子山说"聊以拟伏腊"，就是说我在这破旧狭小的敝庐之中聊且也可以度过那炎热的伏天和寒冷的腊日了。"聊以避风霜"则是说，我的庐舍也是可以遮蔽风寒霜雪的。

下边庾子山又用典了，他说："虽复晏婴近市，不求朝夕之利；潘岳面城，且适闲居之乐。"晏婴的号叫作平仲，是春秋时齐国的一个最贤能、最有名的宰相。《左传》的昭公三年记载说，齐景公想要给晏子更换住宅，他就对晏子说：你的住宅靠近闹市，又狭小又喧哗，不可以住，我要给你换一个高大敞亮的地方。晏子推辞说：我现在住的这个房子是我的祖先，也就是你前代的臣子住的地方，我不配继承我的祖先，但我也住在这个地方，对我来说就是很奢侈了；况且我住的这个地方离闹市近，早晚想要购买什么东西都是很方便的——"且小人近市，朝夕得所求，小人之利也"。所以，这里的"虽复晏婴近市，不求朝夕之利"是说，我所住的地方虽然也和晏婴的住处一样靠近市集，但我却并不是为追求早晚购买东西的方便。

"潘岳面城，且适闲居之乐。"这个潘岳的号叫安仁，是晋朝有名的诗人。西晋太康诗人不是有"三张、二陆、两潘、一左"吗？他就是那"两潘"之一了。《昭明文选》里选有潘岳的《闲居赋》，里边有一句"退而闲居，于洛之涘"。"涘"是水边。他说，我就退隐闲居在洛水的水边。《闲居赋》里还有一句说："陪京泝伊，面郊后市。""陪"是陪伴，在这里是靠近的意思。"京"是京城，西晋的京城是洛阳。"泝"字，《文选》李善注引《东京赋》薛综的注解，说是"向"的意思。"伊"，也是一条水的名字。"面"字，李善的注解引《仪礼》郑玄注，说是"前面"的意思。"郊"是城郊。"市"，李善注解说洛阳一共有三个市，这里指的是洛阳县市。那么潘岳这句的意思是说，我住的地方靠近京城，面向伊水，前面对着城郊，后面是洛阳的县市。现在我们把庾子山这两句合起来看："虽复晏婴近市，不求朝夕之利；潘岳面城，且适闲居之乐。"他说，我的房子跟当年晏婴的房子一样湫隘，但我并不像晏婴那样想要靠近市集以求朝夕之利；我要像潘岳一样住在城郊的地方，可以安享闲居的乐趣。

"况乃黄鹤戒露，非有意于轮轩；爰居避风，本无情于钟鼓"，又用了几个典故。黄鹤是一种非常机警的鸟，每当八月露水降下来的时候，就"高鸣相戒，以徙其居"。就是说，黄鹤的天性是机警的，它看到露降就晓得天气快冷了，于是就大声鸣叫以互相警戒，来迁徙它们的住处。这种说法出于《埤雅》，那是宋朝人陆佃编的一本书，是讲名物训诂的，有释鱼、释兽、释鸟、释虫等八篇。这件事在周处的《风土记》中也有记载。周处是晋朝人，就是平剧《除三害》里的那个改过从善的周处。《风土记》里边也有"鸣鹤戒露"的说法，就是说，鸣叫着的鹤看到露水降下来的时候，就怀着警戒之心了。而"非有意于轮轩"又涉及一个典故。《左传》闵公二年记载："卫懿公好鹤，鹤有乘轩者。"卫懿公是卫国的一个国君，非常喜欢鹤，他养的鹤有的是可以乘车的。"轩"，就是那种有篷盖的车。现在庾子山是以南朝的旧臣而流寓于北方的异国，所以他说，我也像那鹤鸟一样常常怀着警戒之心。庾子山在北朝仕宦虽然也很显达，但是他说那仕宦利禄并不是他有意追求的，在他的内心之中总是存在着一种警惕和不安。

"爱居避风，本无情于钟鼓。"这"爱居"与"黄鹤"相对，也是鸟名，它是一种海鸟。在《国语》的《鲁语》里记载，说爱居这种海鸟有一天飞到鲁国的东门外，止息了三天还没有飞去，鲁国的大夫臧文仲就叫鲁国人来祭祀它，而鲁国的另一个大夫展禽不赞成这样做。展禽就是柳下惠，因为他封在柳下，他的谥号是"惠"，所以人称柳下惠。这展禽就说："今兹海其有灾乎！夫广川之鸟兽，恒知避其灾也。"关于"广川"两个字，有人解释成大海，说是现在海上莫非有什么灾异之变了吗？那种大海上的鸟，它们对灾害是有预感的，所以它们来躲避灾害。而那一年果然海上就有大风，而且冬天的天气很暖，这当然就是不正常的一种灾异现象了。不过这个"广川"我想也不一定仅指大海，有的时候陆地也叫川，即所谓"川陆"。唐人的诗说"晴川历历汉阳树"，说"傍花随柳过前川"，还有平剧《武家坡》的唱词说"将银放在地平川"，那个"川"都是指陆地。所以我认为，这个"广川"也可以泛指大地，它可以把陆地与河海都包括在内的。关于臧文仲祭祀爱居的这件事情，在《左传》的文公二年中也有记载。至于"钟鼓"，还是爱居的故事，见于《庄子·至乐》。庄子说，"昔者海鸟止于鲁郊"——这海鸟当然就是爱居了——爱居栖止在鲁国的城郊，鲁侯就"御而觞之于庙"，而且还"奏《九韶》以为乐，具太牢以为膳"。"御"在这里读yà，是迎接的意思；"觞"是用酒食来祭祀；"九韶"是尧舜时候的一种美好的音乐；"太牢"是牛、羊、猪三牲的祭祀。结果海鸟爱居呢？它就"眩视忧悲，不敢食一脔，不敢饮一杯，三日而死"。因为，鸟是没有吃肉、饮酒和听音乐的习惯的。那么庾子山现在用这个典故，实在是很沉痛的，因为他自己的国家已经亡了，现在在异国他乡虽然仕宦显达，但这并不是他所求的东西。他说，我只想得到一个能够苟且安身的避风霜之所就很好了，我本来就无心求得钟鼓的享祭。

下边他又用了两个古人的典故："陆机则兄弟同居，韩康则舅甥不别。"陆机大家都晓得，他是太康时代有名的诗人，号士衡。他弟弟陆云号士龙。他们本来是吴国的世家，是陆逊、陆抗的后代。晋灭吴之后，陆机和陆云就被带到北方的洛阳，就客居在洛阳了。《世说新语》上记载说："蔡司徒在洛，见陆机兄弟住参佐廨中，三间瓦屋，士龙住东头，士衡住西头。""蔡司徒"是蔡谟，"廨"是一种宿舍，"参佐"是官府里面的僚属。"参佐廨"用现在的话说就相当于公务员的宿舍。说当时蔡谟看见他们兄弟住的宿舍只有三间瓦房，十分简陋。现在，庾子山就引用这件事说，我也像当年的陆机兄弟一样，我也是和我的家属住在这简陋的小园之中。

（安易整理）

第四讲

韩康是晋朝人，并不叫韩康而叫韩伯，号康伯。他是殷浩的外甥，殷浩平素是很赏识很喜欢他的。后来殷浩因征伐姚襄失败被贬为庶人，迁徙到信安县，韩康伯就随至谪所，和他舅舅一起住了一年才回都城。当他回去时，殷浩送他到河边上，就念了曹颜远的两句诗，"富贵他人合，贫贱亲戚离"，说是一个人在富贵的时候人们都愿意和他交往，当一个人贫贱的时候即使很近的亲戚也会离开他。现在庾信用这个典故，是取其舅甥住在一起没有离别的含义。但由于韩康伯并不叫韩康，所以《六朝文絜》的注解上就引了汉朝的一个人，名字叫韩康，号叫伯休，见于《后汉书·隐逸传》。可是这个韩康并没有"舅甥不别"的记录，所以按故事说起来，应该还是韩康伯和殷浩的故事才对。

但为什么他说韩康呢？这种用法其实也不是没有，像司马迁本来复姓司马，可常常有人简称作"马迁"。甚至我们把《史记》和《汉书》一起说的时候，称为"马史班书"。为什么这样做？因为我们中国文字很注意词句的整齐和对偶，六朝以来尤其如此。有的时候为了对偶的需要就有所删略。当然，只顾词句对偶而造成文法与道理上的不完全和不通顺，那是以辞害意，似乎是不妥的。但赋这种体裁我也讲过，从鲍照的《芜城赋》到庾信的《小园赋》，已经越来越骈偶化了。有时候为了对偶，在文法上就不大注意。这种情况在对偶的诗文里常常有，像"马史班书"之类，大家一看也都明白，逐渐就被承认了。那么，什么样的删节就被承认，什么样的删节就不被承认，这中间是有一个尺度，有一个衡量的。只有在我们读的文章足够多的时候，我们才会自然形成这种去取选择的衡量标准。所以这里这个韩康，我的意思还是应该用韩康伯的典故而不是后汉的那个韩康。把韩康伯简称作韩康，在这里还是可以的。

那么庾信呢，他用了一个陆机兄弟在洛阳同居三间瓦屋的典故，用了一个韩康伯在他的舅舅殷浩很不得意的时候跟随他到迁贬之地同住的典故，而他自己现在也不见得就是兄弟或舅甥住在一起，他是断章取义，仍然是写他自己羁旅生活的艰苦和简陋。这种断章取义的用典在古诗文里是常有的。像我以前讲诗时讲过王维的一首诗说"即此羡闲逸，怅然歌式微"（《渭川田家》），"式微"是衰微的意思，出于《诗经·邶风·式微》："式微式微，胡不归？"而王维这两句却并没有衰微的含义，他取用的只是后一句"胡不归"的含义，说是我很羡慕田家的闲逸，为什么我不归隐到田园去呢？所以，当读这类用典较多的文章或诗的时候，我们不但要弄清楚典故的原意，也要弄清楚作者用这个典故的主要用意。庾子山现在用这两个典故的主要用意就不在于兄弟，也不在于舅甥，而在于羁旅。

"蜗角蚊睫，又足相容者也"，"蜗"是蜗牛，典故出于《庄子·则阳》，说是有一个国家在蜗牛左边的触角上，叫作触氏，另一个国家在蜗牛右边的触角上，叫作蛮氏，这两个国家为争夺土地而打仗，打得"伏尸百万"——死了有百万人之多。这是庄子打比方了，在蜗牛角这么一点点的地方为争土地打得这么厉害，我们会觉得这真是愚蠢、幼稚和可怜的一件事。可是倘若有一个人能够超乎于天地之外，看我们人类的那些战争，一定也会有这种感觉。"蚊睫"是蚊子的睫毛，那当然就更微小了。这个典故见于《晏子春秋》的外篇，说在东海上有一种小虫子，做巢在蚊子的睫毛上，它就在那里飞来飞去，哺乳它的幼虫，而蚊子一点儿都感觉不到。《庄子》用蜗角来比喻什么，《晏子春秋》用蚊睫来比喻什么，这我们都可以不去管它，因为庾子山在这里仍然是断章取义，只取其微小的意思。他说，我的小园确实很小，小得像蜗角，小得像蚊睫——那触氏和蛮氏的国家不就建在蜗角上吗？那东海的小虫不就结巢在蚊睫上吗？那么，就是这么一个小小的地方，也足可以让我容身居住了。

我在开始读这篇文章时曾经提到，倪璠的注解说前面这两节好像是赋的序文，到下边第三段"尔乃"开始才是正式的赋文，因为前面这两段看起来好像是不押韵的样子。可是倪璠接下来又说了，说是"然以古韵按之，'若夫'以下疑用韵语，盖赋之发端，非序文也"。然后他举了许多例子来分析，说某字按古韵应该怎么读，怎么样就押韵了。不过这些一个一个分析起来很烦琐，我们没有这么多的时间。大家知道有这么件事就可以了，有兴趣的也可以自己去看倪璠的这段注解。下面我们接着看第三段：

> 尔乃窟室徘徊，聊同凿坯。桐间露落，柳下风来。琴号珠柱，书名《玉杯》。有棠梨而无馆，足酸枣而非台。犹得欹侧八九丈，纵横数十步，榆柳两三行，梨桃百余树。拨蒙密兮见窗，行欹斜兮得路。蝉有翳兮不惊，雉无罗兮何惧。

"尔乃窟室徘徊，聊同凿坯。""尔乃"这两个字是文章的发语词，常常用在一个段落的开头，可以解释为"像那样"啦，"如此"啦，也可以不解释它。他说，我现在是怎么样的情况呢？是"窟室徘徊，聊同凿坯"。"窟室"是地洞，《左传》襄公三十年记载说："郑伯有耆酒，为窟室，而夜饮酒击钟焉。"郑伯有是郑国的一个大夫。"耆"字同"嗜"，古书上有些字常常可以把偏旁取消，而它们是彼此通用的。郑伯有喜欢喝酒，于是他就挖了一个地洞，到晚上就躲到里面去喝，喝酒的时候还在窟室中击奏钟鼓。这里庾信仍是断章取义，他所取的还是狭小之义，是用窟室的狭小来极言他自己小园的狭小。"凿坯"的"凿"读zuò，俗念záo，是开凿挖掘的意思。"坯"是土做的墙壁，这里指屋子的后墙。《淮南子·齐俗训》记载，鲁国的国君听说颜阖这个人很贤明，就要见他，但颜阖不肯见。于是鲁君就"使人以币先焉"，"先"在这里不念xiān，念xiàn。这个"先"字什么时候念xiàn呢？如"先事而为"，就是说在做一件事情之前先做了另一件事情，这种情形就念xiàn。像《左传》上说弦高"以乘韦先牛十二犒师"，就念xiàn。鲁君想要见颜阖，就叫人先送了礼物给颜阖。颜阖不肯接受，就"凿坏而遁之"，在后墙上凿了一个洞逃走了。后来扬雄《解嘲》里也提到这件事，说"士或自盛以橐，或凿坏以遁"。凿坏而遁的颜阖是不求功名利禄的，所以庾子山说，我也不求功名利禄，我徘徊在这窟室一样的小园之中，我希望能够逃避现实的社会。

那么，这小园中有什么景物呢？"桐间露落，柳下风来。"《世说新语》上记载说，王恭"尝行散至京口射堂，于时清露晨流，新桐初引"，说他看到早晨很清凉的露水从树上滴落下来，梧桐的新叶子刚刚长出来。宋代女词人李清照有一首词也引过这两句，说是"清露晨流，新桐初引，多少游春意"（《念奴娇》）。庾子山这里是说，有的时候我可以看到在那桐叶之间有露水滴下来，有的时候在柳树下有很清凉的风吹过来。接下来他说："琴号珠柱，书名《玉杯》。"日常在小园之中他也弹一弹琴，也看一看书。比如说琴，我有叫作珠柱的这种琴。什么叫珠柱呢？凡是弦乐器，它每一根弦下边都支有小小的短柱，这样弦才可以发出声音，所以李义山《锦瑟》诗开头两句说："锦瑟无端五十弦，一弦一柱思华年。"这柱有的是珠玉做成的，有的是珠玉做装饰的，有珠柱的琴，有玉柱的琴。江淹的《别赋》有一句"横玉柱而沾轼"，他的那个琴是玉柱，庾子山这个是珠柱，总之都是装饰华美的琴。"玉杯"是什么书呢？在《汉书·董仲舒传》里说，董仲舒所写的书有《玉杯》《蕃露》《清明》《竹林》之属。在现在的《春秋繁露》里边有《玉杯》和《竹林》两篇的篇名，而南宋楼钥在校本后边的跋文里说，《玉杯》和《竹林》两篇的名字没有考订出来，希望将来有人能够考订出来。所以说，庾信在这里所用的"玉杯"二字，只是用以和上边的"珠柱"二字做对句，并不是小园里真的有一本叫《玉杯》的书。更何况"玉杯"本不是一本书，只是《春秋繁露》里的篇名。所以我们读这一类诗文辞赋，有的时候要避免以辞害意。我们只要看它的大意，不必刻舟求剑地去搜求，庾信在这里只是说他的小园里既有美好的琴，也有美好的书而已。

"有棠梨而无馆，足酸枣而非台。""棠梨"是一种树的名字，它结的果实像梨，但比梨稍小一点儿。汉朝有一个很有名的宫殿叫甘泉宫，甘泉宫里有一个馆就叫棠梨馆。酸枣也是一种植物，北方有许多酸枣树，树上长着很多棘刺，结的果实很像枣子但比枣子小，味道是酸的。但酸枣也是一个县的名字，酸枣县的故城就在现在河南延津的北边，那里有当年韩王所筑的一个台叫望气台，俗称酸枣台。而现在呢，庾子山就借棠梨和酸枣这两个名词来做对句了。他说，我的小园里边有棠梨树，可是并没有像汉朝甘泉宫里那样讲究的棠梨馆；我的小园里还长满了酸枣树，可是并没有像韩王所筑的那么高的酸枣台。这意思其实就是说，我的小园里有棠梨和酸枣树，但是却没有亭台楼馆之类的建筑。这几句，对仗是十分工整贴切的。

下面他说，我的小园虽然小，但是"犹得欹侧八九丈，纵横数十步，榆柳两三行，梨桃百余树"。"犹得"就是仍然有，"欹侧"是歪歪斜斜不整齐的样子。南北叫纵，东西叫横，也就是小园的长和宽。他说，我这小园虽然不太方正，但是也有八九丈远的距离，几十步远的长和宽。而且里边还种了两三行的榆树、柳树，百余株的梨树和桃树。然后接下去他写小园中的景物说："拨蒙密兮见窗，行欹斜兮得路。""蒙密"是朦胧茂密的意思，指的是树木的枝叶。"欹斜"是弯弯曲曲的样子。他说，有的时候我拨开那些杂乱茂密的树枝，就可以看到我房子的窗户，由于树木这么杂乱不整齐，我要弯弯曲曲地走才能找到小园的道路。"蝉有翳兮不惊，雉无罗兮何惧"，"蝉"是夏天在树上叫得很响的蝉，"翳"是被遮蔽。他说，因为树枝茂密，树上的蝉就被树的枝叶遮蔽了，躲藏在树叶里边很安全，不会受到惊吓。"雉"是山鸡，"罗"是捉鸟用的网。他说，小园里边的雉鸟也没有什么可惧怕的，因为这里没有人设置捕鸟的网罗。那么他的意思是说，由于他的小园中树木很茂密，连昆虫禽鸟都不会受到人的惊扰，能够很舒适地与人安然共处。

接下去看第四段：

> 草树混淆，枝格相交。山为篑覆，地有堂坳。藏狸并窟，乳鹊重巢。连珠细菌，长柄寒匏，可以疗饥，可以栖迟。觥区分狭室，穿漏分茅茨。檐直倚而妨帽，户平行而碍眉。坐帐无鹤，支床有龟。鸟多闲暇，花随四时。心则历陵枯木，发则睢阳乱丝。非夏日而可畏，异秋天而可悲。

"草树混淆，枝格相交。""淆"字俗读yáo，其实本应该读xiáo。"格"是比较长的树枝。司马相如《上林赋》里有一句"夭矫枝格"，李善注解引《埤苍》——三国魏张揖编撰的一本书——说

"格"是"木长貌也"。"枝格相交"就是说这长长短短的树木的枝条都交接纠缠在一起。"山为箦覆,地有堂坳。""箦"是竹筐之类装土的竹器。"箦覆"出于《论语·子罕》:"譬如为山,未成一箦,止,吾止也。譬如平地,虽覆一箦,进,吾往也。"这是拿堆土为山来比喻人应该努力向上求进。假如你要堆一座山,只差一筐土就要成功的时候你停下来了,那是谁使你没有成功呢?是你自己。假如你要堆一座山,现在刚刚在平地上倒下第一筐土,但只要不肯停止,一直这样一筐一筐地堆上去,总会有成功的一天。不过现在庾子山说"山为箦覆"却并不是说他要在小园里堆一座山,而是说他小园里的山就像刚刚倒了一筐土在地上那样低低矮矮的,并不是什么高大的山。"地有堂坳"的"堂坳"有人说就同于杜甫《茅屋为秋风所破歌》中"下者飘转沉塘坳"的那个"塘坳",但它实在是出于《庄子·逍遥游》的"覆杯水于坳堂之上,则芥为之舟,置杯焉则胶,水浅而舟大也"。那是说,倒一杯水在厅堂上低洼的地方,用一个小小的草叶当船,它就可以浮在这一点点的水上。但你要是放一个水杯,它就不会浮起来。为什么缘故?因为这小水坑里的水太浅了,相对而言杯子就太大了。而现在庾子山用这个典故,也不是要说庄子的大小之辨,而是说,在我的小园里也有地面低洼的地方,那就是一个小小的池塘了。我说过庾子山的对偶对得好,这里讲的这几句就足以为证。像"琴号珠柱,书名《玉杯》";像"有棠梨而无馆,足酸枣而非台";像这"箦覆"和"堂坳"一个出于《论语》,一个出于《庄子》,都是非常妥帖而且工整的。

庾子山说,在我的小园里也有种种的动物,是"藏狸并窟,乳鹊重巢"。"狸"俗谓野猫,它的天性是喜欢躲藏的,所以说"藏狸"。而小园里并没有很多洞穴,所以它们只能都躲在同一个洞穴里。这是形容小园的狭小。"乳鹊"是小喜鹊,它们结的巢都很密集,一个接着一个重重叠叠的。这还是形容小园的狭小。

(安易整理)

第五讲

　　"连珠细菌，长柄寒匏。""菌"俗话叫蘑菇。他说，那些白色的、小小的、圆圆的菌类植物一个一个像连在一起的许多珠子。在有的本子上，"菌"作"茵"。"茵"是草，那就是密密相连的那些很细小、很美丽的草。"匏"俗名葫芦，古时称匏瓜。葫芦嫩的时候是可以吃的，长老了以后皮很坚硬，可以剖开做盛水的瓢。有一种葫芦，上边很细长，下边很圆大，叫作"悬匏"。这种匏不是用来吃，也不是用来盛水的，要等它长老以后挂在那里供人观赏。所以王粲《登楼赋》里也有一句说："惧匏瓜之徒悬兮，畏井渫之莫食。"而"匏瓜徒悬"又出于《论语·阳货》："吾岂匏瓜也哉？焉能系而不食？"在王粲的《登楼赋》里边，对匏瓜还有另外一个解释，说它是星名。天上的星星名叫匏瓜，那当然也是说它有匏瓜之名而无匏瓜之实了。那什么是"寒匏"呢？是因为这种植物要等到秋天霜降之后才可以摘，所以叫寒匏。至于"长柄"也有一个出处，见于《世说新语》，说陆机去拜访刘道真，见面以后刘道真跟他没有别的话，只问了一句："东吴有长柄壶卢，卿得种来不？"所以这"连珠细菌"和"长柄寒匏"对得也是很工整的。

现在他这小园里有草木，有土山，有池塘，有动物，也有植物，所以接下来他说："可以疗饥，可以栖迟。""疗饥"是治疗饥饿，当然就是说可以拿来吃了。所以前边那个"连珠细菌"，有的本子上"菌"作"茵"，恐怕是不对的。"栖迟"呢？它出于《诗经·陈风·衡门》："衡门之下，可以栖迟。"《诗经》的注解说，栖迟是"游息"的意思，就是说在这里游玩栖息。所以你看，他这园子虽小，却有山有水有动物有植物，可以疗饥又可以栖迟，这是对前边写的种种景物的一个总结。

下边说小园中的房子，是"敧区兮狭室，穿漏兮茅茨。""敧区"是比较不常见的繁杂的写法，通常我们都是从山字边，写作"崎岖"，是形容山高低不平的样子。他说，在我的小园里边有一个很狭窄的房屋，土地都是高低不平的，而且是草房。不但是草房，而且上面都穿洞漏雨了。连用两个"兮"，都是语助词，相当于"啊"。他的口气是这样的：高高低低的啊，是什么？是狭小的屋子。都穿洞漏雨了啊，是什么？是草房。那么这房子里边是什么样呢？"檐直倚而妨帽，户平行而碍眉。"屋檐很低，我要是靠在那里把身体站直了，那屋檐就碰到我的帽子。"户"是门户，"平行"是平身出入，就是说，不是侧身而行，也不是俯首而行，而是直直地这样子向前走。如果我平身出入，那门框就会碰到我的眉毛。这两句，都是极写他这草房的低矮和狭小。

下边他又用了两个典故："坐帐无鹤，支床有龟。"前者出于晋朝葛洪的《神仙传》，说有个人叫介象，字元则，是三国时会稽人。——在这里我要说一下，"会稽"的"会"有三种读音：说聚会、会合的时候念huì；说算账的时候念kuài；而在这里应该念guì。有的人把"会稽"读为kuàijī，那是不正确的。在三国的时候，会稽属于孙吴所辖的地方，所以吴王孙权就把这个介象征召到武昌，供给他住宅和享受，为的是要向他学习隐形之术。后来介象就告病想要回去，孙权就赐给他一匣子好吃的梨，介象吃掉梨之后就死去了，孙权埋葬了他。这件事是中午发生的，可是到了下午，介象这个人就已经到了建业了，他不但没有死，而且还带着那些梨交给管果园的官吏让他们去种。管果园的官吏就上表把这件事报告给孙权。孙权觉得奇怪，就打开介象的棺材，发现里边没有尸体，只有一张符篆。后来孙权很想念他，给他立了一个庙，常常亲自去祭祀他，于是就常常有白鹤飞来落在吴王的座位上，停一下然后又飞走。古代提到仙人，经常是和鹤有关的。像唐代崔颢的《黄鹤楼》诗说"昔人已乘黄鹤去，此地空余黄鹤楼"，是因为当年有仙人在这里乘鹤而去，所以这楼才取名黄鹤楼。还有一个故事说汉朝辽东人丁令威离家出去学道，很多年后化鹤归来，飞翔在故乡的天空上唱道："有鸟有鸟丁令威，去家千年今始归。城郭如故人民非，何不学仙冢累累。"这都是讲仙人和鹤的故事。而庚子山他本来是南朝人，现在流落在北方不能回去，他说"坐帐无鹤"，表面上是说他的小园中、他的房子里没有这种能飞的鹤鸟，实际上则是感慨他自己不能够化鹤或者乘鹤回到他遥远的故国去。这才是他的主旨之所在。"支床有龟"见于《史记·龟策列传》，说是南方有个老人用龟支在他的床脚下，差不多支了二十多年，直到这个老人死去后，他的家人搬开床，看到那龟还活着。庾子山在这里并不是说他也用龟来支床，而是说他自己就像那只支在床脚下的龟，不能迁徙不能移动。庾信羁留在北方是不得已的，所以他这两句实际上是说，他没有化鹤的本领，不能够自由地飞回到故乡去；他现在就像那只支床的龟一样，是被压抑的，是不能够活动的。

"鸟多闲暇，花随四时"是说小园里有鸟，它们飞来飞去地在林木间优游嬉戏，显得十分悠闲；小园里还有花，春天有春天的花，夏天有夏天的花，它们随四季的推移而开放。他说，但是我的心情呢？是"心则历陵枯木，发则睢阳乱丝"。历陵是县名，汉朝属豫章郡，相当于现在江西德安附近的地方。《宋书·五行志》上说，这里有一棵很大的樟树，已经枯萎很久了，在西晋怀帝永嘉六年（312）的七月忽然间又长出枝叶，变得繁荣茂盛起来。庾子山在这里又是断章取义，他不管这棵树以后是否繁茂，只取这棵树曾经长久地枯萎过。他说，我现在的心情就跟历陵县这棵老樟树一样，已经枯萎到毫无生意了。那我的容貌如何呢？关于"睢阳乱丝"有两种说法。一种是《史记》上记载，说汉文帝的第二个儿子梁孝王曾经在睢阳建了一个很大的花园，有七十里之广。《西京杂记》也有记载，说梁孝王在这里集合了许多文士，让他们写诗作赋。当时一个很有名的文学家枚乘就作了一首咏柳的诗，说"于嗟细柳，流乱轻丝"——你看这柳条，在流水之上随风飘拂，多么纤细多么柔婉。如果采用这种说法，那就是说，我的头发好像当年枚乘所写的在睢阳梁孝王的花园里随风飘动的那凌乱的柳丝一样。这样讲不免有点儿牵强，因为人的头发纵然凌乱，但说和柳丝一样，那恐怕是不怎么像的。所以，倪璠的注解就用了另一种说法。因为睢阳以前是属于宋国的地方，墨子是宋国人，而《吕氏春秋》上有这样几句话的记载，说"墨子见染素丝者而叹"，所以他就说"睢阳乱丝"指的是墨子这个"素丝"。《吕氏春秋》是吕不韦集合一些门客所编的一本书，书里面这句话的意思是说，有一次墨子看到有人把白颜色的蚕丝染上各种颜色，就叹息起来。为什么叹息呢？因为这熏染真的是很厉害的一件事，近朱者赤，近墨者黑，丝被染上色就永远失去了它原来的纯白。那么，用"素丝"来比喻人的白发，也许比"柳丝"更恰当些。庾信说，我的心枯萎了，就像历陵那棵枯萎的樟树；我的头发全白了，就像墨子看见的那素丝一样。

下边还是写他羁旅在北方的心情："非夏日而可畏，异秋天而可悲。""夏日可畏"有一个出处，《左传》文公七年记载说，晋国有一个大夫叫贾季，他评论赵衰和赵盾说，赵衰是冬天的太阳，赵盾是夏天的太阳。当然了，他的意思是赵衰令人可亲，而赵盾令人可畏。但庾子山在这里也没有取《左传》里的原意，他的意思是说：我的心常常是在忧惧之中，夏天的炎热当然令我忧惧，但即使不在夏天我的心也仍然是忧惧的。"异秋天而可悲"也有出处，宋玉的《九辩》头一句就说："悲哉秋之为气也。"而庾子山现在说，我的心常常是悲哀的，秋天当然令人悲哀，但我的心即使不在秋天而在其他季节也仍然是悲哀的。现在我们可以看到，庾子山不仅仅是写小园中的景物写得好，写自己羁留在异国他乡的这一份悲哀恐惧的心境也同样写得好。有的人模仿《小园赋》，只是写出一个花园里边的景物，那就没有什么意思，不免浅薄了。

接下去看第五段：

> 一寸二寸之鱼，三竿两竿之竹。云气荫于丛蓍，金精养于秋菊。枣酸梨酢，桃榹李莫。落叶半床，狂花满屋。名为野人之家，是谓愚公之谷。

"一寸二寸之鱼，三竿两竿之竹"，这两句并没有什么出处，只是说在我的小园之中有很小的鱼，还有稀稀疏疏的几根竹子，但鱼虽然小也是可以欣赏的，竹子虽然不多也是很有情致的。虽然没有用典，但写得很生动，很活泼。除了鱼和竹子之外呢，还有"云气荫于丛蓍，金精养于秋菊"。"蓍"字有人把它念仄声读作shì，实在应该念平声读shī。蓍是属于蒿类的一种草本的植物，古人常常取它的茎以为占筮之用。什么是"云气荫于丛蓍"呢？《史记·龟策列传》记载，说当蓍草生满了百茎的时候，"其上常有青云覆之"。蓍草要一百年才会长满一百茎，那时候它就有灵气了，就经常有青云遮盖在上面，用来占卜就是非常灵验的。在这里庾子山就说，我的小园之中也有蓍草，蓍草上也常常有云气遮盖的样子。那他这个丛蓍是不是百茎呢？是不是有灵验呢？这都没有关系，他还是断章取义来写他小园中的景物。"金精养于秋菊"，"菊"字现在都念平声了，其实是个入声字。书后注解引了《玉函方》，据《隋书·经籍志》著录有《玉函煎方》五卷，是晋朝葛洪作的，那么《玉函方》大概就是《玉函煎方》的一个略称，是讲神仙修炼之术的。

《玉函方》说："甘菊，九月上寅日采，名曰金精。"上文讲"伏腊"时我讲过庚日，现在是说寅日，九月上旬的寅日就叫上寅日，就像三月上旬的巳日叫上巳日一样。《玉函方》说，甘菊如果是在九月上寅日采下来的，就叫作金精，是最好的，也就是说服用了对身体是最有益处的。那庚子山现在就说，我小园里秋天开的菊花里边就有金精这样美好的甘菊。

（安易整理）

第六讲

除了甘菊，还有"枣酸梨酢，桃榹李薁"。"酢"现在常用于"酬酢"，但它实在是"醋"的本字，在这里指梨里边那种很小的酸梨。"榹"是桃的一种，不是那种很大很甜的水蜜桃，而是一种比普通的梨子要小一点儿的桃。庾子山说，在我的小园里有枣树，结的是酸枣；有梨树，结的是酸梨；有桃树，是山桃；有李树，是山李。就是说，这小园里边也有各种果树，虽然不是美味的果实，但还是有果实的。

那小园里的景物还有"落叶半床，狂花满屋"，到了秋天的时候，飘零的落叶遮盖了我半边的床铺；到了花谢的时候，满屋里吹来的都是随风飘舞的落花。这两句也是极言其小园中花木之多。然后他说："名为野人之家，是谓愚公之谷。"这"名为野人之家"其实很简单，就是真可以叫它野人之家了。不过注解上给"野人"也找了出处，出于《后汉书·逸民传》，说有一位汉阴老父对汉桓帝的随行官员自称"野人"。"愚公之谷"也是隐士住的地方，见于刘向《说苑》，说齐桓公出去打猎到了一个山谷，问一个老翁这是什么地方，老翁说是"愚公之谷"。桓公问为什么叫这样的名字，他说，因为我的名字就叫作愚公。庾信这是说，他这里很像是隐士的住所。

下边看第六段：

> 试偃息于茂林，乃久羡于抽簪。虽有门而长闭，实无水而恒沉。三春负锄相识，五月披裘见寻。问葛洪之药性，访京房之卜林。草无忘忧之意，花无长乐之心。鸟何事而逐酒？鱼何情而听琴？

"试偃息于茂林，乃久羡于抽簪。""试"是个发语词，有聊且、姑且的意思。"偃"字应该念 yǎn，但大家通俗念 yàn。它是仰卧的样子。"偃息"就是仰卧来休息，休息在我这小园里的茂密树林之中。"乃"是于是就怎么样。"抽簪"是弃官归隐或辞官不做。因为古代男子留着很长的头发，而他在做官的时候有所谓冠带啊，就是把头发束起来，头上要戴一个帽子，帽子戴上去的时候要插一个头簪，为的是缩冠，把帽子别住不至于落下来。而抽去头簪呢，就是不戴那个帽子了，可以披散着头发逍遥自在地生活了。所以，"久羡于抽簪"是说我早就羡慕抽簪披发这种优游自在、不被拘束的生活了。

"虽有门而长闭，实无水而恒沉。"他说，我的小园虽然是也有一个门，但它常常是关着的。陶渊明《归去来辞》也有一句"门虽设而常关",这都是形容没有车马和宾客往来的样子。"实无水而恒沉"出于《庄子·则阳》:"与世违而心不屑与之俱。是陆沉者也。""世"是世俗,他心里所想的和行为所做的与世俗违背不合,他看不起世俗的这些虚伪、诡诈,不愿意跟这些人一同过这种样子的生活,这样的人庄子说是"陆沉者也"。什么是"陆沉"?比如地震的时候,一片陆地忽然之间就沉没了,一般把这叫"陆沉",但庄子在这里不是这个意思。《庄子》的郭象注说:"人中隐者,譬无水而沉,曰陆沉。""沉"字从三点水旁,本来是沉没在水中,但你现在是在陆地上、在人群里,并没有水,而你却能够沉没隐居在其中,这叫"陆沉"。苏东坡有一句诗说:"万人如海一身藏。"我生活在人群中,但我不求人了解,也不求人认识,既不求名,也不求利。这就是真正的隐士。陶渊明不是也说过吗,"结庐在人境,而无车马喧。问君何能尔,心远地自偏",那同样是虽然没有水,却好像是沉隐在水中一样。

可是既然如此,他还有没有朋友呢?他的朋友是哪一类人呢?他说是"三春负锄相识,五月披裘见寻。问葛洪之药性,访京房之卜林"。这四句里面有四个人物。在皇甫谧的《高士传》里记载说,从前有一个人叫林类,是卫国人。"三春"就是暮春,《高士传》说林类都快一百岁了,在暮春的时候还穿着件破皮裘在田垄之间拾遗穗,一边唱歌一边向前走。孔子到卫国去,看到了这情形,就对他的弟子们说:那个老翁不是一个平凡的人,我们是值得和他谈一谈的。但《高士传》只是说林类拾穗,并没有说他"负锄"。不过庾子山在这里用"负锄"二字,就像陶渊明诗说的"晨兴理荒秽,戴月荷锄归"，也不过是描写乡野之人的生活而已，他要说的是，我所认识的朋友都是像林类这样背着锄头在田间来往的人物。可是《高士传》里边还记载有一个"披裘公"是吴国人，也是热天还穿着一件皮裘。吴国的延陵季子出游，看到路上有一块别人遗失的黄金，回头就叫披裘公来拾取。披裘公就对延陵季子怒目而视，很不高兴地说，你为什么把自己看得这么高贵，把我看得这么卑下？"五月披裘而负薪，岂取遗金者哉？"——五月天还穿着皮裘，背着柴火，你以为我是肯在路上拾取别人遗金的人吗？我们说，富人是"四季衣穿"，春夏秋冬各有各的衣服换上；穷人是"衣穿四季"，一件破衣服四季都穿着，脱下来就没有别的衣服换。五月份的时候天已经热了，披裘公还披着破皮袄在路上背柴，说明他是一个安贫的人。他说，我要是肯拾取别人的遗金，我就不会贫穷到五月披裘负薪的地步了。于是吴季子大吃一惊，马上向他道歉并请教姓名。披裘公说："吾子皮相之士，何足语姓名哉！"他说，你只会从外表看人，你这样的人哪里值得我把姓名告诉你！由于这披裘公没有向吴季子说出他的姓名，所以大家都不知道他的姓名，因此《高士传》就称他为披裘公。我在前边提到过费长房的壶公，别的书上还有姓王的壶公，关于壶公就有好几个说法。那现在关于披裘公的记载我们也看到了两个，一个是孔子遇到的披裘公，一个是吴季子遇到的披裘公。而庾信在这里要说的是：这就是跟我来往的那些人。那么，他实在的意思是要说，他自己也是这样的人物，所以才跟这样的人物来往。

"问葛洪之药性，访京房之卜林。"葛洪字稚川，是晋朝句容人。句容这个地方在现在的江苏句容县。葛洪喜欢研究神仙导引的种种方术，他的著作有《抱朴子》《神仙传》等书。京房字君明，是汉朝顿丘人。顿丘这个地方相当于现在河南省的清丰县。京房对《易经》研究得很精微，很会给人占卜算卦，他的著作有《周易集林》。庾子山说，有的时候我去向葛洪这样的讲究神仙方术的人去探问医药的性质；有的时候我去向京房这样的精通易理的人去访问占卜的学问。这两句和上边两句一样，庾信实际上是以这些高人隐士来自比，因为，他所交往的朋友是哪一类人，那么他自己也就是哪一类人。所以我们对这几句不必确指为庾信去探访了哪些人。

"草无忘忧之意，花无长乐之心。"草里边有一种叫作萱草，相传这种草是可以令人忘忧的，所以别名也叫"忘忧草"。《诗经·卫风》的《伯兮》里边有两句："焉得谖草，言树之背。"这个"谖"字就通"萱"；"焉"是如何的意思；"背"，《毛传》上说是指北堂。《诗经》上这两句是说：我如何能够找到这种令人忘忧的萱草，把它种植到北堂的堂阶下。而庾信在这里是说，他本来是南朝人，现在不得已流寓在北方，他的小园里虽然也有一些美丽的草，但是看到这些草并不能够使他忘记自己心里边的忧愁。那么花呢，花里边有一种叫紫华，它有个别名叫长乐花。这个出于晋朝傅咸的《紫华赋序》。傅咸是傅玄的儿子，他们父子的诗文都写得很好。傅咸在《紫华赋序》里说："紫华，一名长乐花。"既然叫长乐，当然是看了以后让人欢喜快乐的。但庾信说，现在我羁留在异国他乡，纵然我的小园里有美丽的花，但是看着它们也并不能够让我有长乐之心。

那么小园里的鱼和鸟呢？"鸟何事而逐酒？鱼何情而听琴？"鸟当然不能喝酒，鱼也不懂得听琴。庾子山说，我现在就和那些鱼和鸟一样，也没有饮酒听琴的这样一份闲情逸致。而且你看，"鱼何情而听琴"这一句的典故庾子山是反用的。因为《韩诗外传》说："昔者瓠巴鼓瑟而潜鱼出听，伯牙鼓琴而六马仰秣。"人家说鱼是听乐的，庾子山用这个典故却说鱼现在是不听琴的。在此我们可以看到他对典故的运用之妙。

接下去看第七段：

> 加以寒暑异令，乖违德性，崔骃以不乐损年，吴质以长愁养病。镇宅神以䃺石，厌山精而照镜。屡动庄舄之吟，几行魏颗之命。

"加以寒暑异令，乖违德性。""令"是时令、节令。"乖违"是相违背的意思。"德性"是指自己本来所禀赋的本性。庾子山说，北朝这里冷热的时令与我以前居住的南方不同，这里的气候和一切都不合乎我自己的本性。而他在这里其实是说，他现在在北朝仕宦为官并不是自己本心的心意。我在开始讲《小园赋》之前讲过作者的生平，我说北周的明帝、武帝都很喜欢文学，因此庾信受到他们的礼遇和恩宠，做了很高的官。那么庾信在北朝既然仕宦显达，何以会有这样一份抑郁悲哀的心情呢？那是因为他本来是南朝人，侍奉北朝并不是他的本意。唐朝诗人王维有一首诗吟咏春秋时的息夫人："莫以今时宠，能忘旧日恩。看花满眼泪，不共楚王言。"（《息夫人》）楚国灭息，息侯的夫人被俘虏到楚国，得到楚王的宠爱，而且为楚王生了儿子，但是她心里仍然怀念她的故国，因此总是抑郁不快乐。庾信也是如此。他在南朝的时候，梁武帝、简文帝、元帝都对他很好，而且他的父亲庾肩吾也在东宫做过官，父子都受到梁朝君主和太子的恩遇。这一份恩遇在他来说也像息夫人一样是不能淡忘的。

"崔骃以不乐损年，吴质以长愁养病。"崔骃字亭伯，东汉安平人，安平属于现在河北。东汉和帝的舅舅车骑将军窦宪聘请崔骃到他手下做一个属吏，窦宪擅权骄恣不守法度，崔骃就多次地劝告他。窦宪不肯接纳崔骃的劝告，而且因此把他赶出京城，让他到很远的地方去做长岑长。崔骃不肯到那里去上任，就回家了，由于他心里抑郁不乐，所以很快就死去了。事见《后汉书》崔骃的本传。现在庾信说，当年那东汉的崔骃就因为心情不快乐而减损了他的年寿，我现在也像崔骃一样心里边常常是抑郁不乐的。吴质字季重，是三国时代魏国济阴人，济阴在现在山东的定陶。吴质和当时的建安七子他们都和曹丕有来往，而且感情很好。后来在魏地发生了一次很大的瘟疫，这些朋友中有好几个都在这场瘟疫中死去了。当朋友们死去的时候曹丕给吴质写信，吴质也回了曹丕一封信。在这封信里他说："今质已四十二矣，白发生鬓，所虑日深，实不复若平日之时也。但欲保身敕行，不蹈有过之地，以为知己之累耳。"我今年已经四十二岁，两鬓都长出白头发来了，我心里边所忧虑的事情一天比一天增加，我的心情、志意都不再像从前年轻的时候，所以我现在只希望能够好好保全我的身体，谨慎我的行为，不要犯什么过错，连累我的知己就行了。吴质不是说他心里边的"所虑日深"吗？所以庚信就取他这句话说：我现在也像吴质那样心中总是怀着忧愁疑虑，因此就养成了我这多病的身体。

接下去庚信说他在小园里生活的情形："镇宅神以薶石，厌山精而照镜。""薶"通"埋"。埋石的典故出于《淮南万毕术》："埋石四隅，家无鬼。"这是讲方术的，说是如果把一些大石头埋在住宅的四个角落里，就可以镇压住鬼祟。这个事在《荆楚岁时记》里也有记载，说在十二月暮日，即每年的最后一日，就挖掘住宅四边的角落，每个角落埋一块大石头，这样做可以镇压住宅，不闹鬼怪。这种风俗各地都有，像北京，过去有的人住宅大门正对着路口，他觉得这样不好，就埋一块写着"石敢当"的大石头在那里，以示镇压。庚信说，我的小园里也埋了大石头来镇压住宅，以便使鬼神安静，不来扰乱。

（安易整理）

第七讲

"厌山精"的"厌"字我以前说过，它通镇压的压字。"厌山精而照镜"的典故出于葛洪《抱朴子》的《登涉》，那里面记载说，宇宙间的动物啦，植物啦等等一切的东西，当它存在多年之后就可以成精，能够变成人的形状，只有在镜子里边它不能改变它本来的形状。比如说一只老狐狸变成人形，可是倘若用镜子照它，它在镜子里就会显出狐狸的原形。所以《抱朴子》说，古代入山修炼的道士都在背上悬挂一个九寸以上的明镜，说这样的话山中那些精怪就不敢去接近他。所以庾信说，我也在我的住宅悬挂一面镜子，为了镇压山中的精怪，照出它们的原形来。其实不只庾信这样说，和庾信同时的另外一个诗人徐陵的《山斋》诗里边也有两句："烧香披道记，悬镜压山神。"他说，我常常点起香来翻阅道家的书，我的山斋上边悬挂了一个镜子，用来镇压山中的神怪。可见，在当时是普遍有这种风气的。

"屡动庄舄之吟，几行魏颗之命。""庄舄"的典故出自《史记·张仪列传》，里边说，有一个越国人庄舄到楚国去做了高官，不久他生病了。楚王说，庄舄这个人在越国地位卑下，来到我们楚国做了这么高的官，不知他是否还怀念他的故乡越国。楚王的随从官就说，一个人是否怀念故乡，在生病的时候最容易看出来了，他要是想念越国，在病中发出的声音就是越音，要是不想念越国，发出的声音就是楚音。于是楚王就派人去听，听到他发出来的果然是越音，可见这个人是一直没有忘记故乡的。"屡动"，是不止一次地产生。庾信说，我就像当年的庄舄一样，在病中的呻吟都常常发出来故乡的声调。这是表明他也像庄舄一样没有忘记故国。魏颗的故事出于《左传》。《左传·宣公十五年》记载说，魏武子有一个宠妾，当魏武子得病的时候嘱咐他的儿子魏颗说，我要是死了你一定要把她嫁出去。可是后来魏武子病重的时候又嘱咐魏颗说，我死了一定要她给我殉葬。魏武子死了之后，魏颗就把这个妾嫁出去了。他说，当一个人病重的时候头脑就昏乱了，我要遵从父亲在头脑清醒时的命令。那庾信现在说，我几次曾经发出像魏武子对魏颗的这种昏乱的命令。这是什么意思呢？就是说，他思念故乡思念得心中总是悲哀抑郁，好像一个人在病中一样，头脑都昏乱了。在这里，我们不必非得说他真的生了病或者是真的发出了什么命令，不要这样咬文嚼字地去追求，他只是极写他怀乡的痛苦，痛苦得好像是得病昏迷一样。

薄晚闲闺，老幼相携，蓬头王霸之子，椎髻梁鸿之妻。燋麦两瓮，寒菜一畦。风骚骚而树急，天惨惨而云低。聚空仓而雀噪，惊懒妇而蝉嘶。

"薄晚闲闺，老幼相携"，还是写他在小园中的生活。根据历史上的记载，还有庾信的《哀江南赋》里也曾提到，庾信的母亲及妻子儿女都一同来到了北朝。所以他说，在傍晚的时候，我和我的家人都聚集在安静的内室。"相携"是彼此的手互相牵携，但我们也不一定咬文嚼字说他们手牵着手，总之是一家人很欢乐地聚集在一起就是了。那么，他的儿子和妻子是什么样的人呢？是"蓬头王霸之子，椎髻梁鸿之妻"。王霸，见《后汉书·逸民传》，他是太原人，汉光武帝屡次征聘他都不肯出仕，在当时是一个隐居的高士。他有一个朋友叫令狐子伯，后来做了楚王的国相——东汉分封宗室为王，当时的楚王叫刘英，令狐子伯就在楚王英手下为相。因此，令狐子伯的儿子也就做到郡功曹的官职。有一次，令狐子伯派他的儿子送一封书信给王霸，来的时候乘着高车驷马，衣服和侍从都是一副富贵雍容的样子。王霸的儿子正在地里耕田呢，听说家里来客人了，丢下耕田的器具就回家来接待客人，看到令狐子伯的儿子这么富贵，这么有气派，就露出一种很惭愧不敢抬头的样子。而王霸看到自己的儿子这样蓬头散发、衣服褴褛，而且不懂得应对的礼数，也觉得很羞愧，客人走了之后他就久久地躺在床上不肯起来。王霸的妻子就安慰他说：你从少年的时候就被培养出清高的品节，看不起世俗的荣华和利禄，令狐子伯的富贵显达哪里比得上你的清高？现在你怎么能因为这点事情而忘记你向来的志向呢？她这样一说，王霸就很不好意思地起床了。梁鸿亦见《后汉书·逸民传》，他是陕西平陵人，娶了同郡孟家的女孩子孟光为妻。刚娶来的时候，孟光每天都妆饰得很整齐，可梁鸿一连七天不搭理她。于是孟光就改变了自己的服饰，梳了一个最简单的椎髻，穿着粗布衣裳，自己动手劳作。梁鸿见了大喜，说这才真正是我梁鸿的妻子啊。在这里庾信是说，我的儿子是像王霸的儿子那样蓬头散发，衣服不整齐；我的妻子也像梁鸿的妻子一样椎髻布衣，亲自劳作。

那么，他们日常生活吃些什么东西呢？是"燋麦两瓮，寒菜一畦"。瓮是一种瓦器。"燋麦"是把麦子烧一烧，炒一炒，这样的麦子能保存得比较久，像潘岳的《马汧督诔》里就有"爨陈焦之麦"。"寒菜"是秋天生长的菜。"畦"是那一垄一垄的、一片一片的地。庾信说，我的厨房里存的有两瓮燋麦；我的小园里种的有一畦蔬菜。这是说，他家日常所吃的东西是非常简朴的。

"风骚骚而树急，天惨惨而云低。""骚骚"是风吹树的样子，但也可以说是描写风的声音，两个解释都行。而且《小园赋》的这两句有两个不同的本子，一个是"风骚骚而树急"，另一个是"树骚骚而风急"，两个意思其实是一样的，都是写秋风之中树在摇动。而且，天空总是阴沉沉、凄惨惨的样子，阴云总是压得很低。那么秋天来了，天已经凉了，而他家里并没有什么富足的储备，是"聚空仓而雀噪，惊懒妇而蝉嘶"。当然这是庾子山写赋了，赋总是有些夸张的。他前边不是还说家里有"燋麦两瓮"吗，怎么现在又是空仓了呢？其实这又是用了一个典故。相传汉朝苏伯玉的妻子写了一首《盘中诗》——后来也有人考证苏伯玉是晋朝人，这个我们且不去管它。这《盘中诗》里边有两句说："空仓雀，长苦饥。"麻雀这东西是要啄食米粒稻粒的，仓里没有粮食了，麻雀当然就要挨饿了。庾信说，我家并没有储存很多粮食，所以秋天常听到栖息在空仓之上的饥饿的麻雀们的叫声。"懒妇"是蟋蟀的别名，崔豹的《古今注》里记载说，蟋蟀又叫吟蛩，在初秋时出现，天气一冷它就啼叫。而另外有一个说法呢，说有的地方就把它呼为懒妇。其实，蟋蟀还有一个别名叫"促织"，这个"促"也可以写作"趋"，因为"趋"字本来也可以念"促"。三国陆玑的《毛诗草木鸟兽虫鱼疏》说："趋织鸣，懒妇惊。"因为蟋蟀是天气一冷就开始叫的，好像在催促说赶快织布该做寒衣了。而如果到了蟋蟀啼叫时你还没织好布，还没动手做寒衣，那就要挨冻了，所以是"懒妇惊"。但既然惊懒妇的是蟋蟀，为什么庾信说"惊懒妇而蝉嘶"呢？《小园赋》有一个本子在这里作"蛩嘶"，蛩就是蟋蟀，那就与古人的记载相合了。至于这个"蝉嘶"的版本，倪璠的注解说，那是因为蟋蟀的悲鸣和秋天寒蝉的那种哀嘶的声音是一样的。那么，庾信刚才不是还提到他的妻子像梁鸿的妻子一样贤淑吗，怎么现在又"懒妇"了呢？所以，对古人用的典故我们不可以过于拘执死板地去理解，庾子山在这里只是泛泛地说他的家里没有多余的粮食，也没有准备好秋天的寒衣而已。总之，我们刚刚讲的这一段和前边"试偃息于茂林"那一段所写的，都是庾子山小园之中的景物和他在小园之中生活的情事，以及他在小园之中的心情。我们现在接着看下面的一段：

　　昔草滥于吹嘘，藉《文言》之庆余。门有通德，家承赐

书。或陪玄武之观，时参凤凰之虚。观受釐于宣室，赋长杨于
直庐。

"昔草滥于吹嘘，藉《文言》之庆余。""草"字《六朝文絜》作
"早"，我认为"早"是比较恰当的。不过，现在我们先看这个"滥
于吹嘘"。这里他又用了一个典故，《韩非子·内储说》记载，齐宣
王喜欢听吹竽，他总是要三百个人合起来一起吹。有个南郭处士本
来不会吹竽却冒充会吹，参加到那三百人之中，享受着与那三百人
相同的待遇，其实不过是滥竽充数而已。后来齐宣王死了，他的儿
子齐湣王喜欢听一个人一个人地单独吹，于是南郭处士就只好逃走
了。现在我们谦虚地说自己的才能并不好，只是跟着人家一起做就
是了，也用这个"滥竽充数"。"吹嘘"，倪璠说就是指吹竽。至于
"草滥于吹嘘"，有人解释为"以草莽偶滥于禄位"。草莽有微贱的
意思，我以为这不合适，因为从庾信的家世来看，他的出身并不微
贱，而且他早年和他的父亲在南朝做官时都得到过皇帝的恩礼和宠
信，更和草莽不相干。因此还是"早"字更恰当。他是说，当初的
我就像南郭处士一样，在南朝滥竽充数，得到了禄位。下边"藉"
是凭藉的意思。《文言》是指《易经》的《文言传》。《文言传》是
解释《乾》和《坤》这两个卦的易理的，《坤》卦的《文言传》里
就有这么一句："积善之家必有余庆。"说是多行善事的人家一定
能够留给他的子孙很多的吉庆幸福。那么现在庾子山就说，就像
《坤》卦《文言》上所说的那样，我也是凭藉了我的祖先多行善事
所留下来的福荫，早年才能够在梁朝得到很高的名望禄位。当然，

这是他自己的谦虚了。

"门有通德，家承赐书。"《后汉书·郑玄传》记载说，郑玄字康成，北海高密人。当孔融在北海为国相的时候，曾命令高密县为郑玄广开门衢，就是说，把门开得高大，把门前的路修得宽广，为的是便于乘高车驷马的客人来拜访郑玄。因此就把这个门号为"通德门"。我在讲庾信的生平时曾提到，他的祖父庾易是南朝齐的征士，征士就是朝廷征聘过的士人，一般来说，这些人都是很有品德、很有名望的人物。所以庾信的意思是，我祖父的品德、名望可以媲美于后汉郑玄，我的家门也像郑玄的家门一样有通德之门。另外，在《汉书》中班固的《叙传》里记载，班彪"字叔皮，幼与从兄嗣共游学，家有赐书，内足于财，好古之士自远方至"。班彪是班固的父亲，他和他的二哥班嗣一同读书游学，家里很富有，而且还藏有皇帝赏赐的珍秘书籍，因此那些喜欢研究学问的人常常从很远的地方到他家来做客。庾信用这个典故呢，就是把他的父亲庾肩吾和他的伯父庾於陵比作当年班固的父亲班彪和班固的伯父班嗣。庾肩吾我们已经知道了，庾於陵据《梁书》记载，也是一个博学而有才思的人——这个"於"字在这里读wū。那么既然如此，庾信他自己也就是俨然以班固自比了。

"或陪玄武之观，时参凤凰之虚"是接着前两句说的，仍然是写他先世的功业。这"玄武之观"是汉朝的建筑，《三辅旧事》记载说："未央宫北有玄武阙。""观"是楼观，当然也有楼阙的意思了。前两句一个说郑玄，一个说班彪，都是汉朝的典故，所以这句仍然用汉朝的典故。但很妙的是其中还有一个巧合：在南京的城外有一个玄武湖，而南朝的梁就是建都在建康，也就是现在南京这个地方。当初庾子山父子是很可能陪着梁武帝父子游览过玄武湖附近的一些亭观的。

（安易整理）

第八讲

"凤凰之虚"也有一个出处,《韩非子·外储说》有"文王伐崇,至凤黄虚"的记述,这是周朝的故事。用周朝的故事也是有原因的,在庚子山的《哀江南赋》的开头有这样几句:"我之掌庚承周,以世功而为族;经邦佐汉,用论道而当官。"他是在追述他远祖的功德。他的这个氏族为什么以"庚"为姓呢? 那是因为在周朝的时候有一个官职叫作"掌庚","掌"是执掌,"庚"是储存粮食的仓庚。有一种仓上边没有屋顶遮盖,用一个屯把它围起来,这种储存粮食的地方就叫庚。周朝掌庚的大夫,他的后代子孙就以庚为姓了。所以你看,庚信用典故都用得非常切当:他用汉朝的郑玄和班彪比他的祖父和父亲,所以就用"未央宫北有玄武阙"这个汉朝的地名典故;而他的远祖在周朝做过掌庚的大夫,所以他就用"文王伐崇,至凤黄虚"这个周朝的地名典故。而且这句的妙处还不止如此,在南京附近有凤凰山,山上有凤凰台,这个地方既然在都城附近,那么当年庚信父子在南朝的时候也可能陪侍着皇帝或太子去游览过的。所以他的这两句实际上是说：当年在梁朝，我有的时候陪着君主去游玄武湖的楼观，有的时候陪着君主去游凤凰台。

"观受釐于宣室，赋长杨于直庐"，还是两个汉朝人的典故。"受釐于宣室"见于《汉书·贾谊传》。"釐"是祭祀的福胙，也就是祭祀剩下的肉，这个肉叫福胙，也叫釐，在祭祀后把它吃掉。史书上说，汉文帝思念贾谊，就征召他来见，贾谊来的时候，文帝正在"受釐"，就在未央宫的宣室接见了他。庾肩吾做过梁太子的中庶子，庾信做过东宫的抄撰学士，他们父子常常可以出入于宫禁之中。所以他说能够看到皇帝在宣室受釐，表面上是说贾谊，实际上是说他自己当年在皇宫里得到的恩宠和信任。"长杨"也是汉朝宫殿的名字，汉朝有个很有名的文学家叫扬雄，他曾接受汉成帝的命令作过《长杨赋》。而庾信父子当年陪侍梁朝君主的时候，也是常常写诗作赋的。"直庐"是值班者休息的地方，官员们在宫中值班时就住在直庐。庾信说，我当年在梁朝的宫中也像扬雄一样受君主的命令写过应制的诗赋。

下边是一个转折：

> 遂乃山崩川竭，冰碎瓦裂，大盗潜移，长离永灭。摧直辔于三危，碎平途于九折。荆轲有寒水之悲，苏武有秋风之别。关山则风月凄怆，陇水则肝肠断绝。龟言此地之寒，鹤讶今年之雪。

"遂乃山崩川竭，冰碎瓦裂，大盗潜移，长离永灭。""乃"字是写文章常用的一个词语，它表示一种出乎预料的语气。"遂乃"，于是乎就竟然有这样的事情发生了——这是开始写梁朝的灭亡了。"山崩川竭"的记载见《史记》的《周本纪》，说周幽王的时候岐山崩裂，三川枯竭。这是西周将亡的征兆。三川指的是从岐山流出的泾水、渭水和洛水。而庾信在这里是说，当年在梁朝那种宴乐升平的日子转眼就成为过去了，梁朝已经灭亡，就像冰一样破碎了，就像瓦一样裂开了。"大盗潜移"出于《后汉书·光武帝纪》后边的赞语"炎正中微，大盗移国"，那是指王莽的篡位，而庾信这里指的是侯景。在讲庾信生平时，我也提到过这个人。在梁武帝太清二年(548)，东魏降将侯景叛变，攻陷了台城，梁武帝就在台城中被饿死了。"潜移"是暗中转移。"长离永灭"是永久的灭亡。当然，梁武帝死后梁朝还没有马上灭亡，直到陈霸先篡夺之后才算真正灭亡，但梁朝的灭亡进程其实从这个时候就已经开始了。

"摧直辔于三危，碎平途于九折。""三危"是山的名字，在现在甘肃敦煌的南边。据说山上有三峰耸峙，好像要坠落下来的样子，所以叫三危。"辔"是马的缰辔。"直辔"是说当我们骑马走在平直的路上时，可以把手中的缰辔放松，任其自然，也不会出什么危险。但如果你走在像三危山那样危险的地方，仍然像走大道一样直辔行走，那就有跌倒的可能了。那么庾信的意思是说，梁朝承平日久，所以在变乱之中仍不知谨慎小心，以致国家败亡。"九折"也是一个地名，叫"九折坂"，在现在四川省荥经县的邛崃山，山路很险峻，须九折乃得上，所以叫九折坂。"平途"是平坦的路途。如果你在九折坂这样险峻的山路上仍然像走平路一样大意，那你的结果一定是很可怕的。这两句，都是庾信对梁朝败亡的慨叹。梁武帝很轻易地就接受了侯景的投降，又不知道防范侯景，而且在叛乱发生的时候慌乱而无所措手足，因此梁朝的败亡是无可避免的。

下边实在是庾子山《小园赋》中写得很悲哀、很沉痛的一段。他说，国家败亡了，自己流落到北方了，像什么人一样？像"荆轲有寒水之悲，苏武有秋风之别"。在《战国策·燕策》和《史记·刺客列传》里都记载了荆轲的故事。战国末年燕太子丹派了一个勇士荆轲到秦国去刺秦王，当荆轲离开燕国的时候，太子丹在易水边给他饯行。荆轲的朋友高渐离击筑——筑是一种乐器——荆轲就唱了有名的"风萧萧兮易水寒，壮士一去兮不复还"的歌。风是如此萧条，易水上寒波荡漾，而荆轲提着一把短短的匕首深入那不测的强秦，生死不可预知，恐怕是没有回到燕国的希望了。庾信说，我现在流落到北朝也没有回去的希望了，我虽然不是壮士，但那种一去不还的悲哀心情我是跟荆轲一样的。

苏武的故事就更有名了，《汉书》上有苏武的传。苏武字子卿，西汉杜陵人，他出使匈奴被扣留有十九年之久，始终不肯投降。飞将军李广的孙子李陵战败投降匈奴后，常常来看苏武。后来苏武被召回汉朝去了，李陵在与苏武离别时曾经赠诗给苏武，其中有两句说："欲因晨风发，送子以贱躯。"他说，当早晨的风吹起来的时候，我就想跟这晨风一起出发，亲自送你回到故国去。于是有人就引李陵的这两句诗，说庾子山的"苏武有秋风之别"是用了李陵的这两句来慨叹自己出使到西魏之后被扣留不能够回国的事。可是实际上这是李陵在慨叹苏武能回到故国去而自己永远回不去了，并不是苏武在慨叹，所以我以为引李陵这两句是不太妥当的，应该引苏武的诗。不过在引之前我先要解释一个问题。《昭明文选》里边有李陵和苏武的几首诗，《古文苑》和《艺文类聚》里也记载有他们的诗。但是后来有许多人考证，认为这些诗是否真的是李陵和苏武所作还很成问题。不过我们也应该看到另一个方面，那就是在庾信的那个时代，人们还没有这个疑问，他们相信那些诗确实是李陵和苏武写的。不然的话，为什么梁朝的昭明太子编的《昭明文选》把这几首诗归于李陵和苏武呢？在《古文苑》所选的苏、李诗里边，苏武的诗里有这样几句："连翩游客子，于冬服凉衣。去家千里余，一身常渴饥。寒夜立清庭，仰瞻天汉湄。寒风吹我骨，严霜切我肌。忧心常惨戚，晨风为我悲。"这是以苏武的口吻描写他羁留在匈奴异域的一种离别的悲哀。如果说庾信用了苏武诗的出处，那么就应该是这几句而不是李陵的那两句。而且我还有一个证据。在《古文苑》所选的另一首苏武诗里也有这样两句："双凫俱北飞，一凫独南翔。""凫"是凫雁，一种候鸟。而庾子山在他的《哀江南赋》里就有两句说："李陵之双凫永去，苏武之一雁空飞。"这说明庾子山那时候并不认为这些诗是伪作。当然，如果引李陵那两句诗来解释也不是不可以，那就要按照李陵的口吻来解说而不是按照苏武的口吻来解说。他是说，人家苏武终于能够回到故国去了，而我却不得不仍然留在这里。

那么，留在这里又怎么样呢？他说是"关山则风月凄怆，陇水则肝肠断绝"。古乐府的歌辞里边有一首叫作《关山月》，郭茂倩的《乐府诗集》里边引《乐府解题》说这个曲子是描写离别之悲哀的。庾信说，当我听到《关山月》这种离别的曲子就感到哀戚悲怆。这实际上是说，他在北朝所看到的一切景物，都只能增加他离别的凄怆。"陇水"也有出处。《秦川记》上说，在陇西郡有一个陇山，陇山上有从悬崖峭壁上滴下来的流水，它流到山岭中腰的地方就停潴在那里了，于是就给它起了个名字叫万石泉。北方人登陇山来到这里就作歌云："陇头流水，鸣声幽咽。遥望秦川，肝肠断绝。"说是陇山的山头上有这一湾流水，它的声音是如此幽咽悲哀，现在我离秦川已经这么远了，度过陇山以后更不晓得哪一天才能回来，这真是令我伤心欲绝啊！那么庾信这两句，都是写他自己羁留在北方常常有故国之思，关山风月和陇头流水都会增加他的悲哀，使他肠断。这两句的好处是，一方面他引的是描写离别之苦的古乐府的曲子，另一方面这同时也是真实的北方景物。

"龟言此地之寒，鹤讶今年之雪"，又有两个故事。《水经注》引过车频《秦书》里的一段话——这车频应该是前秦苻坚末年的人，在刘知幾《史通》的外篇里边记载说，河东裴景仁曾纠正过车频所写《秦书》的错误，删改成为《秦记》，有十一篇。所以《秦书》应该是历史书，记载了前秦的一些历史上的事情，但这本书现在已经亡佚了。那么《水经注》就引《秦书》说，苻坚建元十二年（376），有人在高陆县这个地方挖掘一口井，在井中得到一只龟，有两尺六寸这么大，背上有八卦古文这类字迹。于是苻坚就用石头给它做了个水池子养着它，养了十九年它就死去了。他们就用这只龟的龟甲来做占卜的工具，把它叫作"客龟"。因为负责占卜的太卜佐高做了一个梦，梦见这只龟对他说："我本来想回到江南去，可是我没有得到机会，结果就死在秦地了。"就是说，它本是一只江南的龟，可是它没能回到故乡江南去，就客死在北方了。而北方是比江南寒冷的，所以庾信说，我就像那只流落北方的客龟，感觉到北方的寒冷，怀念着南方的温暖。鹤的典故见刘敬叔的《异苑》，说在晋武帝太康二年（281）的冬天，天气特别寒冷，南州就有人看到两只白鹤在桥下说话，说是今年的寒冷啊，不低于帝尧死去的那一年，谈过之后两只鹤就飞走了。庾信用这个典故是什么意思呢？因为在梁元帝承圣三年（554），西魏攻陷江陵，梁元帝在十一月投降，十二月就被杀死。庾信用这个典故，就是把梁元帝之死比喻为帝尧之死。而且他这典用得好是因为还有一个巧合：梁元帝死的那年果然是天气特别寒冷的。《哀江南赋》里边有两句："雪暗如沙，冰横似岸。"倪璠注解说，西魏平定了江陵，把南朝的俘虏都带到长安去献俘，下边就引了《南史·殷不害传》说，西魏平定江陵的时候正是天寒雪冻，一路上被冻死的人填满了沟壑。所以你看，印证史实也能说明他这个典故用得十分切合。

（安易整理）

第九讲

下边我们看最后一段，这一段是慨叹人生的短促：

> 百龄兮倏忽，光华兮已晚。不雪雁门之踦，先念鸿陆之
> 远。非淮海兮可变，非金丹兮能转。不暴骨于龙门，终低头于
> 马坂。谅天造兮昧昧，嗟生民兮浑浑。

"百龄兮倏忽，光华兮已晚。"《列子·杨朱》里曾说，"百年"是
"寿之大齐"。齐是一个限度的意思。他说，一百岁是我们每个人
寿命的最大限度了。"倏忽"是迅速而短暂。"光华"是光阴、韶
华。"晚"是迟暮。庾信说，人生就是能活一百岁其实也是很短促
的，而我现在已经到了衰老的暮年了。"不雪雁门之踦，先念鸿陆
之远。""雁门之踦"是用的《汉书》上段会宗的典故。段会宗在西
域做都护，三年过后期限满了，就被调去做沛郡太守，后来又调去
做雁门太守。在做雁门太守的时候，他被坐法免官了。这当然是一

件耻辱不幸的事情。可是没多久朝廷又任命他去做西域都护，这时他年龄已经很大了，于是他的一个好朋友谷永就写信告诫他说："愿吾子因循旧贯，毋求奇功，终更呱还，亦足以复雁门之踦。"就是说，希望你到了西域都护任上，一切仍按照旧日的规章法则，不要追求什么过人的功劳。只要你能很平安地、没有一点儿过错地度过这三年任期，等到期限满了的时候就赶快回来，也就足以洗雪你在雁门郡做太守时被免官的那个耻辱了。"踦"字的本意是一只脚，人走路都是用两只脚，一只脚是说人的运数不偶，就是说运气不好。庾信并没有做过雁门太守，在这里他只是断章取义说，我永远不能够洗雪像段会宗那种因运数不偶而遭遇到的耻辱了。下一句用"鸿陆"来对"雁门"，对得非常工巧，它出于《易经》里边《渐》卦的"九三"这一爻。"爻"的次序是从最下边的那一画向上数，数到第三个，如果是阳数的爻，就叫"九三"。《渐》卦是取鸿雁为象的，"渐"是说有次序，鸿雁飞行的时候都是排成行列，慢慢地向前飞。《渐》卦九三的爻辞说："鸿渐于陆，夫征不复，妇孕不育，凶。"鸿本来是水鸟，应该居住在水边的沙洲上，现在它飞到了陆地上，那不是适合它住的地方，所以这一爻是不好的。在占卦的时候如果占到这一爻，那么出征的男子就永远不会回来了；如果是女子怀孕，就不能顺利地生产。那么，庾信这两句的意思是说，洗雪过去的耻辱已经是不能够了，更令我难以释怀的是流落到这么远的地方，永远也不能再回故乡。

　　一个人，既然已经留在异域永远难回故国，那么就应该使自己适应现实做一个转变。倘能从此安心在北朝做官，渐渐淡忘对故乡的思念，不是也很好吗？可是庾子山说："非淮海兮可变，非金丹兮能转。"这正如《诗经·邶风·柏舟》所说的："我心匪石，不可转也。我心匪席，不可卷也。"改变内心的感情和志节对有些人来说是做不到的。"淮海可变"出于《国语·晋语》的"雀入于海为蛤，雉入于淮为蜃"，说是雀这种鸟如果到了海中就变成蛤蜊，野鸡如果到了淮水之中就变成了蜃。蜃是什么呢？有人说是大蛤蜊，有人说是蛟龙。当然这只是古人的传说，就像苏东坡说柳絮落在水中会变成浮萍一样，那是不可能的。不过，除了《国语》之外，《吕氏春秋》《淮南子》和《礼记》的《月令》中也有这种说法。还有晋朝郭璞的《游仙》诗里也说："淮海变微禽，吾生独不化。"总之，这是古人的一种传说而已。庾信用这个典故是说，我不能够像传说中的雀和雉那样由于进入不同环境就变成了不同的动物，我是不能改变的。"金丹能转"出于葛洪的《抱朴子》，那里边记载了方士们炼金丹的方法，说鼎中金丹有一转至九转之法。就是说，在炉鼎中炼丹要经过一段很长久的时间，丹在炉内要经过很多次的转变，才能炼成药力最足的最有功效的金丹。而庾子山现在是说，我并不是那个可以在炉鼎之内转变多次的金丹，我怎么能够随便改变我的感情和志节呢？

可是既然你不肯改变感情和志节，那就应该在国家败亡的时候殉难死节，正因为当时没有殉难死节，所以才有现在的这种俯首侍奉异国的耻辱生活，因此是"不暴骨于龙门，终低头于马坂"。前一句倪璠的注解引了《三秦记》中关于鲤鱼跃龙门的典故，我以为并不恰当。不过我们还是先看他的注解，然后再说我的看法。《三秦记》说在河东有一座龙门山，相传是大禹治水的时候为疏通黄河的河水而把这座山凿通了，山的中间裂开成为一个门的形状，所以叫龙门。两岸很高很陡，不能通车马往来，而黄河的水就从这里流下去，那黄河里的鲤鱼逆流而上游到这里，如果能跳过龙门，它就能变成龙，这就是所谓鱼龙变化了。可是那些跳不过去的呢，就"点额暴鳃而返"。就是说，碰伤了前额，翻露出鱼鳃，全都受伤而回。由于有这样一个传说，所以后代很多人就拿它来比喻科举考试，一个人一旦考中了，就像鲤鱼跃过了龙门一样，从此飞黄腾达，没有考中就叫"点额"。白居易有一句诗说"五度龙门点额回"，那就是送一个姓程的秀才，这个人考了五次都没有考中。但这个鱼跃龙门的典故用在这里是不恰当的，更何况庾子山在这里说的是"暴骨"并不是"暴鳃"。而且由于倪璠这样注，有的《小园赋》版本就把"骨"改成了"鳃"，像《六朝文絜》上就说，"暴骨"有的本子作"暴鳃"。我认为这样是不对的，因为庾子山的赋对于平仄对偶相当讲究，"暴骨"两个字和下句的"低头"两个字相对仗，"头"是平声，"骨"是仄声，如果把仄声的"骨"改成平声的"鳃"，念起来声调就不好听。所以我认为，庾子山的原文一定是"暴骨"而不是"暴鳃"，而且他根本就不是用的鲤鱼跃龙门的典故。那么，他用的到底是什么典故呢？有人就想到，龙门既然在河东，那就是北方的地方了，所以庾子山是说他在北方不能够殉难死节。这种讲法我认为过于浮泛。因为用一个龙门来泛指北方的地方，那也是不甚恰当的。于是就又有人想到，庾子山的集子里有一篇《拟连珠》，其中有一句"如彼梧桐，虽残生而犹死"，倪璠的注解引了枚乘《七发》中的"龙门之桐，高百尺而无枝，其树半死而半生"。那么，庾子山在这里是否也是用龙门山上的梧桐做比喻呢？但这个说法也是很勉强的。

我认为，"龙门"这个词并不一定非得切切实实地指某一个地方，因为下一句和它相对的"马坂"也不是一个专用的地名，而只是说马行走的山坡而已。那么"龙门"可以指什么呢？我想应该是泛指国都的城门。因为国都是朝廷和天子的所在，说到天子就常常用这个龙字。更何况屈原《九章》的《哀郢》里边有"过夏首而西浮兮，顾龙门而不见"，那个"龙门"就是指楚国国都的城门。"暴骨"是尸骨暴露，当然也就是殉节死亡的意思。庾子山当年没有在国都的城门殉节死难，是有历史记载的。那是在梁武帝太清二年（548）侯景作乱攻打建康的时候，那一年庾信三十六岁，以东宫学士领建康令，就是建康县的县令。东宫太子，也就是后来的简文帝萧纲，命令庾信率领宫中的文武百官一千多人在朱雀航北扎营。当侯景到来将要开始战斗的时候，庾信看到侯景的叛军皆着铁面，就是说都穿着钢盔铁甲，看起来很强大、很可怕的样子，于是庾信就"弃军而走"，离开他所带领的军队逃走了。这是很耻辱的一件事情，人有的时候一念之差就会留下终身的耻辱。这件事在介绍作者时我没有提到，因为我觉得没有必要暴露作者自己也很伤心后悔的短处。但是现在既然讲到这里，我们就不得不提到这件事情。我认为庾子山这句"不暴骨于龙门"就是自己悲伤和检讨这件事情。他说，当年在都门朱雀航扎营的那个时候，我如果不能战胜敌人，就应该在那个地方殉难死节，可是我把这个机会错过了，于是就造成现在晚年流落北朝侍奉异国,"终低头于马坂"。

"马坂"是说一匹马要攀登上一个高山的山坡,这个故事见于《战国策》的《楚策》,说是:"夫骥之齿至矣,服盐车而上太行。蹄申膝折,尾湛胕溃,漉汁洒地,白汗交流;中坂迁延,负辕而不能上。"马的年龄大小要看它的牙齿,所谓"马齿加长"嘛。马的年龄到了可以驾车的时候,就驾着一辆装盐的车去登太行山。"骥"是骐骥,也就是千里马,但现在没有人认识它,所以它得不到好的喂养,就像韩愈《杂说》所说的"食不饱,力不足,才美不外见"。"蹄申"的"申"同"伸",说它的马蹄伸开,膝盖曲折,这是用力拉车的样子。"尾湛"的"湛"通"沉","胕溃"的"胕"通"肤",说这马由于吃力而出了许多汗,以致尾巴沉沉地垂下来,皮肤上都是一点一点的水,好像是溃烂的样子。"白汗"是那种不是因为暑热而是因为劳苦而出的汗,像我们北方俗语说"白毛汗"。总之它流了很多汗水,洒得满地都是。"中坂"是走到太行山山坡的一半时,"迁延"是迟回不能前进的样子。说它的背上驾着车辕,就没有力气爬上山坡去。这是《战国策》上写不得意的千里马。另外贾谊《吊屈原赋》中的"骥垂两耳兮服盐车"也是用的这个典故,说千里马没有得到了解它的主人,只能低着头很颓丧很疲倦地驾辕拉车。本来对任何人来说,当自己的国家破亡而不得已侍奉异国的时候都不免有一份悲哀慨叹,对庾子山来说就更是如此。因为当年他在梁朝时得到梁武帝、梁简文帝和梁元帝的重用和恩宠,而在侯景攻城的危急时刻派他带人在朱雀航防守,他竟然没有能够殉难死节,所以在他晚年侍奉北周时,虽然北周的皇帝对他也很好,但他对故国的那一份内心的愧疚是始终不能减轻的。因此他说：在我应该殉节死难的时候我没有殉节死难，所以老年时就落到这样俯首帖耳、受人屈辱的下场。

结尾两句他说："谅天造兮昧昧，嗟生民兮浑浑。"这个"浑"字我已说过应该念上声，因为它跟前边的"坂"字、"远"字、"晚"字是押韵的。"天造"是天道，就是上天的造化运行之道；"谅"有诚然、信然或者果然的意思；"昧昧"是渺茫昏昧而不可测知的样子。庚子山在他的诗和文章里常常慨叹天道的渺茫，像他在《拟咏怀》诗里说："天道或可问，微兮不忍言。"还有在《周上柱国宿国公河州都督普屯威神道碑》里说："天道茫昧，年龄倏忽。"其实古人也常常有这种慨叹，像司马迁在《史记·伯夷列传》里也曾说："傥所谓天道，是邪非邪？"庚子山他经历了故国的败亡，经受了个人的荣辱，所以他慨叹说：这上天的造化运行之道果然是渺茫昏昧难以预料的啊！下一句的"浑浑"二字，一方面是写人类愚昧无知的样子；另一方面也可以是写人类的绵延不已，就像《孟子·离娄》说的"源泉混混，不舍昼夜"，那"混混"两个字也通这个"浑浑"。清末民初有一位学者王国维先生写过一首咏蚕的诗，说那蚕"蠕蠕食复息，蠢蠢眠又起"，说它"茫茫千万载，辗转周复始"。蚕总是在那里蠢蠢地蠕动着，吃饱了就睡，睡醒了再吃，它产下的卵孵化成蚕，千年万代地重复这种循环。这是用蚕来比喻人生，人的一生也同样是这样愚昧，这样可悲哀。

讲到这里，《小园赋》就结束了。讲这篇文章我们用的时间比较长，因为像这种骈赋总是用许多典故，我们一方面要把每一个典故了解清楚，另一方面还要知道庾子山他在这个地方用这个典故的用意是什么。其实还有一些地方本来我应该加以说明的，但由于时间不够了我就没有多讲。比如我们讲"苏武有秋风之别"时提到李陵赠苏武诗中的"欲因晨风发，送子以贱躯"，说这"晨风"是早晨的风。其实这两个字还有另外一个意思，出于《诗经·秦风·晨风》的"鴥彼晨风"，那是鹰隼之类的一种鸟名，由于和本文关系不大，我们就没有讲。还有《小园赋》开端所说的"壶公"，我们书上所引的是王壶公，其实还有施壶公、谢壶公，我们都来不及仔细解释了。还有那句"五月披裘见寻"的披裘公，除了《高士传》里的林类和吴季子遇到的那位高士，其实还有《后汉书·严光传》的严光。作者对这个"披裘"用得很活，掺杂有各种意思在里边。还有像刚刚讲过的"龙门"和"马坂"之类，也都用得很活，不能够很拘执地去解释，而应该融会贯通地来理解。庾子山这篇《小园赋》实在写得很好，不但是用典贴切、对偶工整，而且文章里边寄寓了他自己的一份身世家国的感慨。所以后来虽然也有一些人想要模仿这《小园赋》，但没有一个能写得像庾子山这样深刻动人。

（安易整理）

庾信《哀江南赋序》讲录

粤以戊辰之年，建亥之月，大盗移国，金陵瓦解。余乃窜身荒谷，公私涂炭。华阳奔命，有去无归。中兴道销，穷于甲戌。三日哭于都亭，三年囚于别馆。天道周星，物极不反。傅燮之但悲身世，无处求生；袁安之每念王室，自然流涕。

昔桓君山之志事，杜元凯之平生，并有著书，咸能自序。潘岳之文采，始述家风；陆机之辞赋，先陈世德。信年始二毛，即逢丧乱。藐是流离，至于暮齿。《燕歌》远别，悲不自胜；楚老相逢，泣将何及！畏南山之雨，忽践秦庭；让东海之滨，遂餐周粟。下亭漂泊，高桥羁旅。楚歌非取乐之方，鲁酒无忘忧之用。追为此赋，聊以记言，不无危苦之辞，惟以悲哀为主。

日暮途远，人间何世！将军一去，大树飘零；壮士不还，寒风萧瑟。荆璧睨柱，受连城而见欺；载书横阶，捧珠盘而不定。钟仪君子，入就南冠之囚；季孙行人，留守西河之馆。申包胥之顿地，碎之以首；蔡威公之泪尽，加之以血。钓台移柳，非玉关之可望；华亭鹤唳，岂河桥之可闻！

孙策以天下为三分，众才一旅；项籍用江东之子弟，人惟八千。遂乃分裂山河，宰割天下。岂有百万义师，一朝卷甲，芟夷斩伐，如草木焉？江淮无涯岸之阻，亭壁无藩篱之固。头会箕敛者，合从缔交；锄耰棘矜者，因利乘便。将非江表王气，终于三百年乎？是知并吞六合，不免轵道之灾；混一车书，无救平阳之祸。呜呼！山岳崩颓，既履危亡之运；春秋迭代，必有去故之悲。天意人事，可以凄怆伤心者矣！

况复舟楫路穷，星汉非乘槎可上；风飙道阻，蓬莱无可到之期。穷者欲达其言，劳者须歌其事。陆士衡闻而抚掌，是所甘心；张平子见而陋之，固其宜矣。

第一讲

我们已经把庾子山的《小园赋》结束了。教材（这是指二十世纪六十年代叶嘉莹先生在台湾广播电台主讲《大学国文》的录音整理稿。后文提到的"教材"均指此，恕不一一另注）接下去的一篇还是庾子山的文章——《哀江南赋序》。《哀江南赋》是庾信的一篇赋，这篇赋很长，讲起来要用很多时间，所以教材上只选《哀江南赋》前边的序文。我们过去讲每篇文章之前都要先介绍作者，但庾信我们已经介绍过，并且也已经看过他的一篇赋了，所以现在我就直接读这篇文章，然后讲解：

粤以戊辰之年，建亥之月，大盗移国，金陵瓦解。

这个"解"字，有四个读音。它有的时候念 jiě，有的时候念 xiè。《易经》里有一个卦叫作《解》卦，《周易正义》解释这个卦说：念 jiě 是"谓解难之初"，就是说要解决一个困难了；念 xiè 是"谓既解之后",就是说已经解决了之后。由于方言发音的不同,有的人不念jiě念gǎi,不念xiè念hǎi。这gǎi和hǎi不能算另外两个读音,只是方音不同的缘故。第三个读音念jiè,有押送的意思,如"起解"。第四个读音念xiè,就通"懈怠"的"懈"。所谓"解谓难之初",就是要把那个困难解开,而"解开"也就是"散开"的意思。所以"瓦解"的"解"应该读jiě。《古今文选》里也选了庾信的这篇文章,它注解这个"解"字的读音念xiè,我觉得不妥,还是念jiě比较妥当。

　　余乃窜身荒谷,公私涂炭。华阳奔命,有去无归。中兴道销,穷于甲戌。三日哭于都亭,三年囚于别馆。天道周星,物极不反。傅燮之但悲身世,无处求生;袁安之每念王室,自然流涕。

到这里是第一段,这一段的大意是写他作这篇赋的缘起:当侯景叛乱的时候,金陵陷落了,庾子山逃到江陵投奔湘东王萧绎(也就是后来的梁元帝),不久又奉梁元帝的命令出使西魏。后来西魏攻陷江陵,杀了梁元帝,庾信从此就被留在北方。他非常思念自己的故国和故乡,可是故国已经灭亡,他再也回不了故乡了。

　　昔桓君山之志事,杜元凯之平生,并有著书,咸能自序。潘岳之文采,始述家风;陆机之辞赋,先陈世德。

这个"德"字是入声字，就是"道德"的"德"。普通话我们都念dé，但这篇文章是骈赋，它都是对句。上一句"潘岳之文采，始述家风"的"风"字是平声字，那么读到这个"德"字，它和"风"字是平仄相对的，是入声。如果我们按今音读成平声就不对仗了，所以要尽量把它读成仄声。像这种今音变为平声的入声字，倘若处在对于句子的平仄没有很大影响的地方，则我们也可以按今天的口语把它读成平声；但处在现在这个地方，就一定要把它读为仄声了。

> 信年始二毛，即逢丧乱。

这"丧"字有两个读音。当我们说"丧事""丧乱"的时候读平声念sāng；当我们说"丧失""丧命"的时候读仄声念sàng。那么在这里应该是读平声的。

> 藐是流离，至于暮齿。《燕歌》远别，悲不自胜；楚老相逢，泣将何及！畏南山之雨，忽践秦庭；让东海之滨，遂餐周粟。下亭漂泊，高桥羁旅。楚歌非取乐之方，鲁酒无忘忧之用。追为此赋，聊以记言，不无危苦之辞，惟以悲哀为主。

到这里是第二段，这一段是叙述他这篇《哀江南赋》的内容大意，先写他的生平，然后写对这种乱离和丧亡的悲伤感慨。

日暮途远，人间何世！将军一去，大树飘零；壮士不还，寒风萧瑟。荆璧睨柱，受连城而见欺；载书横阶，捧珠盘而不定。钟仪君子，入就南冠之囚；季孙行人，留守西河之馆。申包胥之顿地，碎之以首；蔡威公之泪尽，加之以血。钓台移柳，非玉关之可望；华亭鹤唳，岂河桥之可闻！

这是第三段，写他自己虽被羁留在北方，却不忘故国和故乡的悲哀。

孙策以天下为三分，众才一旅；项籍用江东之子弟，人惟八千。遂乃分裂山河，宰割天下。岂有百万义师，一朝卷甲，芟夷斩伐，如草木焉？江淮无涯岸之阻，亭壁无藩篱之固。头会箕敛者，合从缔交；锄耰棘矜者，因利乘便。将非江表王气，终于三百年乎？是知并吞六合，不免轵道之灾；混一车书，无救平阳之祸。呜呼！山岳崩颓，既履危亡之运；春秋迭代，必有去故之悲。天意人事，可以凄怆伤心者矣！

这是第四段，写梁朝的败亡竟然无可挽救，慨叹天意人事的无常。

况复舟楫路穷，星汉非乘槎可上；风飙道阻，蓬莱无可到之期。穷者欲达其言，劳者须歌其事。陆士衡闻而抚掌，是所甘心；张平子见而陋之，固其宜矣。

这最后一段是说，故乡是永远不能回去了，于是他就把他的这些悲苦写成了这一篇赋。最后两句则是谦虚他自己的浅陋。

我们已经读过了这篇文章。在我们的教材后面有一个《题解》，就是解释这篇赋为什么叫"哀江南"。《题解》上提到了宋玉，说从前楚国的宋玉曾写过一篇文章叫《招魂》，在《招魂》最后有这样两句："目极千里兮伤春心，魂兮归来哀江南。""春心"的"心"，我们普通就念xīn，但《楚辞》的洪兴祖补注上说这个"心"字应该读成"苏含"的反切，那就是类似"三"的声音，这样，和"江南"的"南"字就押韵了。现在我们且不管屈宋的古音把"心"字念成什么声音，我们就暂且从俗念xīn。我先把宋玉这两句原来的意思简单说一下。所谓"目极千里兮伤春心"，王逸说是"言湖泽博平，春时草短，望见千里，令人愁思而伤心也"。当春天的时候，草还没有长高，一眼望去可以看到很远，所以就令人产生了愁思。那么为什么"魂兮归来哀江南"呢？那就要先把《招魂》这个题目讲一讲。《招魂》的前边有序说明，说："《招魂》者，宋玉之所作也。招者，召也，以手曰招，以言曰召。魂者，身之精也。宋玉怜哀屈原忠而斥弃，愁懑山泽，魂魄放佚，厥命将落，故作《招魂》，欲以复其精神，延其年寿，外陈四方之恶，内崇楚国之美，以讽谏怀王，冀其觉悟而还之也。"他认为《招魂》是宋玉的作品。"招"就是呼召的意思，用手来招呼人就叫作招，用语言来招呼人就叫作召。而"魂"呢，就是指身体中的精神。为什么说"精神"而不说"鬼魂"呢？因为我们一般说起来总是把魂魄当成死人的鬼魂，其实并不尽如此。古人常说人有三魂七魄，这个魂魄就是指人的精神，而不是指鬼魂，或者说是人的"精魂"也可以。为什么说他这里这个"魂魄"是生时的而不是死后的呢？因为接下去他说：宋玉同情屈原，认为屈原因忠义而被贬逐，流离于山泽之间，他的魂魄一定会散逸颓唐，那样他的生命也是不会久长的，所以就作了《招魂》，希望能够恢复他的精神，延长他的年寿。其实，从"复其精神，延其年寿"这两句我们就已经可以看出来，所谓"招魂"是招屈原生时的魂魄而不是死后的。那么《招魂》这篇文章的内容大致是说什么呢？它是陈述外面四方的险恶，赞美楚国国内的美好，为的是劝谏楚怀王，希望怀王能够觉悟，让屈原回到楚国的都城来。因此王逸对最后一句"魂兮归来哀江南"注解说："言魂魄当急来归，江南土地僻远，山林险阻，诚可哀伤，不足处也。"就是说，江南的地方又荒僻又遥远，而且山林里有那么多危险，你不能留在那里，你应该回到郢都来。不只是王逸这么说，《昭明文选》里也选有宋玉的《招魂》，"五臣注"的注解对这一句解释说："欲使原复归于郢，故言江南之地可哀如此。"这也是同样的意思。

那我们教材的《题解》上就说了，说是宋玉《招魂》的"目极千里兮伤春心，魂兮归来哀江南"是哀楚国之乱；那么庾子山的《哀江南赋》呢，"系哀梁之乱亡"，就是悲哀南朝梁的丧乱败亡了。但是，所谓"魂兮归来哀江南"的"哀江南"是哀楚国的丧乱，其实过去并没有人肯定明白地这样解释过。教材的《题解》上之所以这样说，我想也仅仅是因为庾子山的这篇《哀江南赋》是哀梁之丧乱的，所以就这样比附而言。但庾子山文章中的典故常常用得很活，我认为他用"哀江南"这三个字与宋玉的"哀江南"那三个字并不见得有什么很具体、很确切的关系，他只是断章取义，只取其江南之可悲哀的意思。至于什么江南"土地僻远""山林险阻"之类的意思，他就不见得有了。因为萧梁的朝廷是在江南的，现在梁朝已经败亡了，所以江南诚可哀伤。这个意思和宋玉的意思是不大一样的。

我们接下去看《题解》。庾信本来是梁朝人，他在梁朝做官做到东宫学士领建康令，在武帝太清二年（548）的时候遇到侯景叛乱，他曾奉简文帝的命令率领人马去拒守，但后来他弃军而走，就逃到江陵投奔湘东王萧绎去了。那萧绎即位成为梁元帝以后呢，就派庾子山出使西魏，而正在这个时候，西魏派兵南侵，攻陷了江陵，杀死了梁元帝，所以他就被留在了长安。不久以后，宇文氏篡魏建立北周，而北周的几个君主对庾子山都很看重，所以他在北周做官做得很高。但尽管如此，他却并不快乐，常常有乡关之思。这些我们以前都讲过的。庾子山在晚年的时候感慨身世，眷念故国，所以才写了《哀江南赋》。这篇赋以其身世为经，以其所见所闻的实事为纬，叙述萧梁亡国的史实，抒写他自己对故国和故乡的一份感情。赋的中间也掺杂有许多评论，批评了萧梁亡国时那些君臣的功过是非，批评得很深切。因此，这篇由叙事、抒情、评论交织而成的赋，真是一篇体制宏伟、波澜壮阔的很了不起的作品。它的叙事、抒情、评论的起伏转折，那真是称得起波澜壮阔，但是同时它又写得"哀感顽艳"。什么是"顽艳"？就是既古拙、深厚，同时又非常美艳。有的人写文章写得艳丽了，就不免浮薄，而庾子山这篇赋既美艳又深厚，可以说是屈原《离骚》以后的又一篇很伟大的杰作。令狐德棻编写《周书》的时候，就在《庚信传》里收入了《哀江南赋》的全文，这说明他也认为这篇赋足以作为庚信的代表作。我们刚刚讲过庚信的《小园赋》，已经写得很好了。这篇《哀江南赋》不但篇幅比《小园赋》长得多，而且它的内容更重大，变化也更多。

所以，虽然我们要讲的只是《哀江南赋》的序文，但如果对《哀江南赋》没有丝毫的认识，那是不行的。因此我请大家看一下我们教材中所附录的一段对《哀江南赋》的研究。《哀江南赋》全文有三千四百多字，所以这篇研究并没有录下全文，只是简单地叙述一下它的内容。关于赋的序文，刚才我在读的时候已经把每一段的大意简单地说过了，以后还要仔细去讲，所以我们先不要看它，我们先看对赋的介绍。

赋的发端是叙述庚信他们家族祖先的功业以及他们由北迁南的原委。庚信的家族本来是南阳新野人，由于西晋灭亡了，他的八世祖庚滔才随着晋元帝过江迁到南方来。然后呢，就写他的父亲庚肩吾以及他自己在梁朝仕宦的种种情况，这个我们讲《小园赋》介绍作者时都讲过了。此外，他还写了萧梁王朝全盛时的太平景象，接下去就写到侯景的叛乱，写台城被攻陷和武帝被饿死。当时，天下各路的兵马也曾来援救，但由于彼此间的猜忌而不能同心一德联合作战，所以都失败了。然后就写侯景的军队和王僧辩的军队在长江上作战的场面，也叙述了他自己到江陵投奔湘东王萧绎沿途的艰难情景。王僧辩字君才，在梁武帝天监年间做官做到参军。侯景叛乱之后，王僧辩也跟庚子山一样到江陵投奔了萧绎。萧绎是梁武帝的第七个儿子，封湘东王，他就是后来的梁元帝。萧绎派王僧辩做大都督，和陈霸先一起带领军队顺江而下打败了侯景，收复了建康。赋中还写了建康被收复之后那举目凄凉的景象。

下边呢，就分别来追忆当时的一些重要人物，首先是梁简文帝萧纲。梁武帝饿死台城之后，萧纲曾在侯景挟持之下做过两年皇帝，后来就被侯景害死了。然后赋中又写了王僧辩，写了邵陵王萧纶。萧纶是梁武帝的第六个儿子，封邵陵王，当侯景叛乱时他也曾起兵入援。侯景攻陷台城之后，各路援师都退回去了。萧纶本来想要再进兵来跟侯景作战，可是他受到湘东王萧绎的嫉恨，萧绎曾派王僧辩带兵去攻打萧纶。历史上记载说，萧纶听说萧绎派王僧辩来攻打他的时候曾涕泣言曰："我本无他，志在灭贼，湘东常谓与之争帝，遂尔见伐。"（《资治通鉴》卷一六三）他还曾写信责备王僧辩说：你怎么可以替人家带兵来打人家的哥哥呢？庾信在赋中还写了梁元帝萧绎。萧绎在侯景叛乱时曾派王僧辩与侯景作战，但同时也一直在跟他的兄弟们征战。他常常心怀猜忌，恐怕兄弟们有跟他争帝位的念头，所以就不能专心致志地联合各路援师去讨平叛贼侯景。当然最后王僧辩还是把侯景讨平了，萧绎在江陵即位，就是历史上所称的梁元帝。但是他只想偏安在江陵，不肯迁都回到建康去。而江陵这个地方土地狭小，国势不够强大，所以后来才有被西魏攻陷的事情发生。梁元帝在位只有三年，就亡于西魏了。

我曾说过，庾子山这篇《哀江南赋》实在是很伟大的一篇著作，里面无论是抒情、叙事、议论、批评，写得都非常感人。他对当时那些重要的历史人物，像梁简文帝啦，王僧辩啦，邵陵王纶啦，梁元帝啦，都加以批评，我们教材上所附的这篇研究文章说是"各有月旦"。"月旦"就是批评的意思，出于《后汉书》的《许劭传》，后汉许劭和他的族兄许靖每个月都要品评他们乡党的人物，所以后来就称对人物的评论为"月旦"。梁元帝萧绎留恋江陵而不肯东归建康，专门对他自己的兄弟寻衅征战。上文谈到的邵陵王萧纶是他的哥哥，还有武陵王萧纪是梁武帝第八个儿子，是他的弟弟，萧绎都和他们开过战。再有河东王萧誉和岳阳王萧詧是昭明太子萧统的第二个、第三个儿子，论起来都是萧绎的侄儿了，他也和他们开过战。庾子山在赋里就叙述了这些事情，然后谈到正是由于他们兄弟叔侄之间都不能够同心同德共同对敌，而且江陵地狭民稀国势衰弱，所以西魏才能趁着这个机会攻破了江陵城。当然梁元帝死后梁朝还不算最后灭亡，王僧辩和陈霸先还曾立了梁元帝的儿子萧方智做皇帝，就是梁敬帝。可是他在位只有三年，就被陈霸先所篡。这个陈霸先在梁朝做过交州刺史，曾帮助王僧辩讨平了侯景，但是最终他篡梁建立了陈，就是后来的陈武帝了。

梁朝的败亡是无法挽回的，我们教材上附录的《研究》说："虽有王琳、陆法和之忠义，亦终无所补。"当时有两个比较典型的忠义臣子，一个叫王琳，一个叫陆法和。王琳是会稽山阴人，他的妹妹被湘东王萧绎所宠爱，因此他在很年轻的时候就追随在湘东王左右。侯景被讨平后，王琳做了湘州刺史。可是梁元帝萧绎这个人本性实在是猜忌多疑，所以王琳就受到猜忌，被派到岭南去做广州刺史。后来江陵被西魏围困的时候，梁元帝曾征召王琳带兵来援救，可是王琳的军队还没有赶到，江陵就已经陷落了。陆法和这个人，历史上传说他有道术，能够未卜先知。他曾经在江陵隐居，当侯景派大将任约向荆州来攻打湘东王萧绎的时候，陆法和自告奋勇带兵迎敌，打败了侯景的军队，生擒了任约。梁元帝任命他做都督郢州刺史，可是在西魏进兵江陵的时候，他也受到梁元帝的猜忌，不让他带兵赴援。所以说，在那个时候并不是没有肯为萧梁效力的忠义之士，而是梁元帝矫饰和猜忌的性格品质，使得他不能成就中兴的事业，从而梁朝的灭亡也就成为不可避免的了。

（安易整理）

第二讲

接下来就叙述到江陵陷落之后，江陵的很多士大夫和老百姓都成为俘虏被带到北方去了。我们教材的附录里就附了《哀江南赋》中写这些被俘入关的人沿途凄惨情形的赋文，我们一段一段地来看：

> 水毒秦泾，山高赵陉。十里五里，长亭短亭。饥随蛰燕，暗逐流萤。秦中水黑，关上泥青。

"秦"指陕西这一带地方，"泾"是一条水的名字，"秦泾"就是秦地的泾水了。"水毒"，是说泾水是这样险恶。其实"水毒"两个字是有出处的，出于《左传》襄公十四年。说是有一次晋国和郑国来打秦国，"秦人毒泾上流，师人多死"，秦国就置毒于泾水的上游来毒死晋、郑的士兵。"山高赵陉"的"赵陉"，就是《史记·淮阴侯列传》里所说的井陉。"陉"是山脉中断的地方，韩信破赵就是从井陉口带兵出来的。而庾子山在这里是说那些被俘的人们沿路经过了秦地险恶的流水，也经过了赵地险峻的高山。"十里五里，长亭短亭"，是说走了一程又有一程，是极言路途的遥远。《汉官仪》上说："十里一亭，五里一邮。"就是每隔十里或五里就有一个邮亭或驿亭，那是古人在行旅途中休息的地方。"饥随蛰燕，暗逐流萤"是说，他们饥饿的时候没有东西吃，就只好去搜寻那些冬天蛰伏起来的燕子吃掉；天黑时没有灯火还要走路，就只能随着那飞动的萤火微光来勉强辨认路途。当然这两句也是有出处的，"饥随蛰燕"见于何法盛的《晋中兴书》，"暗逐流萤"见于《后汉书·灵帝本纪》。我就不仔细说了。"秦中水黑，关上泥青"是说，秦中的水是黑色的，关上的泥土也是黑色的。这个见于《禹贡》，说雍州这个地方是黑水，而雍州就是秦地。《地理志》说，秦西有青泥关。庾子山是用这些典故来写北方山水荒凉的样子，同时也写出了这些人路途上的艰难困苦。

> 于时瓦解冰泮，风飞电散。浑然千里，淄渑一乱。雪暗如沙，冰横似岸。逢赴洛之陆机，见离家之王粲。莫不闻陇水而掩泣，向关山而长叹。

这一段就是写被俘虏的这些人的遭遇了。他说，在江陵陷落的时候，国家的局面就像是瓦被摔碎破裂了，就像是冰被化解裂开了，就像是风飞散的样子，就像是电光消散的情形。"于时"，就是说在当时。"浑然千里，淄渑一乱"，是说在这么长的俘虏行列中有士大夫也有平民，但他们现在都是一个样子，已经分辨不出来了。淄水和渑水本来是两条水，古人说这两条水的味道是不相同的。但如果把它们混合在一起，那就很难分辨出来。庾子山现在是说，这些亡国的人都遭受到当俘虏的屈辱，以前的贵族士大夫现在都跟卑贱的平民混到一起，没什么区别了。讲《小园赋》的时候我也曾提到过，江陵陷落是在冬天，那么江陵的俘虏被带到北方去正是在严冬腊月的时候。当时真是"雪暗如沙，冰横似岸"：满地那茫茫的积雪，经过人们的践踏都变得又脏又暗，好像是堆积的沙土；那一层一层冻结得很厚的冰横在眼前就像水边的高岸。"逢赴洛之陆机，见离家之王粲"，是说路途上所见到的那些人。陆机本来是三国时吴国的人，他二十岁的时候吴国被晋所灭，在晋朝太康年间，他和弟弟陆云一起被带到北方的洛阳。在陆机的诗集里，就有题为《赴洛》和《赴洛道中》的两首诗。陆机是因为国家灭亡被带到北方的洛阳，而现在这些江陵的士大夫和人民也是因为国家灭亡而被带到北方，跟当年陆机的情形是差不多的。至于离家的王粲呢，我们可以从他的《登楼赋》中了解，王粲是因为战乱而离开长安逃难到荆州去投奔刘表的，这个我就不再详细说了。那么，现在这些个奔走在严冬道路上的人们，不也是因为战乱而遭遇这种不幸的吗？庾子山说，这些人们"莫不闻陇水而掩泣，向关山而长叹"。我以前也提到过，古时候有一首歌，说是"陇头流水，鸣声幽咽。遥望秦川，肝肠断绝"。古乐府里边还有《度关山》的曲子，也是写离别之苦的。现在在道路上的这些人们，没有一个不是听到陇水的呜咽就掩面而啼，没有一个不是看到北方险峻的关山就悲哀叹息。这是写这些不幸的人们长途跋涉之苦和离别家乡之悲。

况复君在交河，妾在青波。石望夫而逾远，山望子而逾多。才人之忆代郡，公主之去清河。栩阳亭有离别之赋，临江王有愁思之歌。

这一段是写在当时由于国家的败亡，有许多家庭的夫妻、母子都离散了，本来路途上的艰苦就已经很凄惨了，还要加上这些妻离子散的痛苦。所以他用"况复"——更何况又加上了这样的情况。"君"指的是丈夫。"交河"是地名，在现在的新疆一带，对南方人来说那当然是很遥远的北方了。"妾"指妻子。"青波"在楚地。就是说，丈夫被俘虏带往北方，妻子仍然留在南方的江陵。"石望夫而逾远"出自刘义庆的《幽明录》，说是武昌的北山有一块望夫石，这块石头就像一个人立在山上的样子。民间就传说，古代有一个贞节的妇女，丈夫从役远征，她在这里为她丈夫饯别，然后就一直站在山上遥望她的丈夫，一直到死后变成了这块石头。现在庚子山说：在江陵有多少女子就这样被迫和丈夫离别，就这样站在山上望着自己的丈夫越走越远，也不晓得将来还有没有再见面的日子。"山望子而逾多"出自《述异记》，说是在中山这个地方有韩夫人的愁思台和望子陵。庚子山在这里是说：在江陵还有许多母亲被迫和儿子离别，以至在那么多的山头上都有做母亲的在瞻望远去的儿子。而且，这俘虏队伍中也并非只有男人，其中也有妇女。

"才人之忆代郡"出于谢朓的一首题为《咏邯郸故才人嫁为厮

养卒妇》的诗，这里边也有一个故事。据《史记·张耳陈馀列传》和《楚汉春秋》记载，战国时候赵王武臣被燕国的军队俘虏了，赵国多次派使者去请求燕国把赵王放回来，燕国都不肯，而且把那些使者都杀死了。后来赵国有一个厮养卒自告奋勇说能把赵王救回来。别人都不信，可是他居然就真的说动了燕国人把赵王放回来了。赵王武臣回来以后为了报答厮养卒，就把宫中的一个美人送给他做妻子。厮养卒是很卑贱的人，而宫中的才人美女地位是很高贵的，才人被嫁给厮养卒，就离开了她原来居住的地方，也离开了她原来美好的生活，所以是"才人之忆代郡"。至于"公主之去清河"，则出于《晋书·贾后传》。贾后的女儿临海公主原封清河，在洛阳之乱中被人抢去卖到南方，卖给了吴兴一个叫钱温的，钱温把她送给了自己的女儿，钱女待公主非常刻毒，直到梁元帝到了建业才把她解救出来，改封临海公主。现在，这些被西魏送到长安去的俘虏里边，一定也有萧梁宗族的一些女子，她们也像清河公主那样失去了高贵的身份，被迫离开家乡，将来也会被辗转卖给别人去做卑贱的工作。所以庾信说：就好像宫的才人回忆过去在代郡的美好生活一样，又好像晋朝的公主离开了她原来的封地被卖到远方一样，这些女子也在俘虏的队伍中受尽苦难。

"栩阳亭有离别之赋"这句，有个问题应该讨论一下。《汉书·艺文志》里记载有"别栩阳赋五篇"。可是大家对这个"别栩阳赋"是有不同说法的，有的人就引了庾子山的这一句，说"栩阳"是亭子的名字，即前边所说的"十里五里，长亭短亭"，所以"别栩阳"就是在栩阳亭离别，因此叫《别栩阳赋》。但这种说法是不可信的。因为《汉书·艺文志》的这个"别栩阳赋"著录在"赋家"，而所谓"赋家"都是以人为主的，一般都是说某某人所写的赋有多少篇。所以按照《汉书·艺文志》的体例来说，这"别栩阳赋五篇"的"别栩阳"应该是个人名，而且古代确实也有"别"这个姓氏。另外，还有人说"栩阳"可能是封地的名字，是一个姓"别"的人被封作栩阳亭侯，因此叫"别栩阳"。这三种说法里边，应该以第二种说法为可信。这段考证见于《二十五史补编·汉书艺文志条理》，作者是清朝的姚振宗。那么，庚子山在"栩阳"下边加了一个"亭"字是不对的，他是因为看到"别栩阳赋"有一个"别"字，就断章取义拿来作为写离别的赋，又因"栩阳"两个字就说是栩阳亭。他是为了配合自己的文章，就这样用下来了。有的时候，我们对文人的用典不必过分苛求，因为很多文人写文章的时候都不免如此。下一句"临江王有愁思之歌"，在《汉书·艺文志》上也有著录，说是有"临江王及愁思节士歌诗四篇"。临江王是汉景帝的儿子，即《汉书》中孝景帝十三王传里的临江闵王刘荣。刘荣曾被立为太子，被废之后封为临江王，最后是自杀而死的。庚子山说临江王作有"愁思"的歌诗，这仍然是取其离别的愁思哀怨，以此来形容这些被俘虏的人心中的痛苦。

　　别有飘飖武威，羁旅金微。班超生而望返，温序死而思归。李陵之双凫永去，苏武之一雁空飞。

《庚子山集》倪璠的注解说："'别有'以下，信自谓奉使留秦，有乡关之思也。""别有",就是说除了这些俘虏的悲惨遭遇以外,还有遭遇到其他情形的人——那就是庾信说他自己了。庾信是在江陵还没有陷落、梁朝还没有灭亡的时候奉了梁元帝的命令出使到西魏去的。他不在那些被驱赶北上的俘虏队伍之中,这个时候他已经在北方的西魏了。所以这几句是写他自己,说是除了正行走在艰难路途中的那些南朝俘虏之外,还有的人早已远离故国而"飘飘武威,羁旅金微"。"飘飘"是极言其遥远的样子;"武威"是地名,在现在甘肃省;"羁旅"是在外乡羁身为客;"金微"是过去匈奴人住的地方,即今阿尔泰山。这"武威"和"金微"其实都不是实指,只是说自己现在作客在遥远的北方而已。"班超生而望返"说的是汉朝的班超,他长久地在遥远的西域任职,到年老的时候就给皇帝上了一个奏疏,说是"但愿生入玉门关"——希望能够在未死之前返入玉门关,活着回到自己的故乡去。这件事见于《后汉书·班超传》。那么班超是希望活着回来,可是还有人是活着没能够回来,死了之后还念念不忘地想要回到故乡去。这件事见《后汉书·独行传》,说是有一个叫温序的人死在遥远的外乡,后来他的儿子梦见父亲来对他说:"久客思乡里。"因为他被埋葬在外乡了,他希望能回故乡。于是他的儿子就上书给皇帝,要求把他父亲的灵柩移葬故乡。这就是说,所有的人,无论是生是死,都是怀念故乡的。而庾子山说,现在我呢,我居然就不能够回到我的故乡去了。所以是"李陵之双凫永去,苏武之一雁空飞"。

在讲《小园赋》的时候我已经提到过这两句,这两句出于《古文苑》所载苏武答李陵的诗:"双凫俱北飞,一凫独南翔。子当留斯馆，我当归故乡。"李陵和苏武两个人都流落匈奴，苏武是因为出使匈奴被扣留了，李陵是因为作战失败而投降了。后来呢，苏武被召回，而李陵就永远留在了匈奴。所以苏武别李陵的诗说：我们就好像是一双鳬鸟——鳬是鸟名，属于野鸭子之类——同时飞到北方，流落在匈奴，而现在你留在了匈奴，我得到了回故乡的机会。"苏武之一雁空飞"也有个故事，《汉书·苏武传》记载说，匈奴把苏武扣留不放他回去，告诉汉朝说他死了。后来又有汉朝使者出使到匈奴，苏武手下的人就跟使者暗通消息，教给使者对匈奴单于说汉朝天子在上林苑射到一只雁，雁足上系着一封帛书，说苏武并没有死，现在在匈奴的某个地方。匈奴的习俗是很迷信的，所以就信以为真，赶快把苏武放回来了。现在庾信是说：人家班超是希望能活着回去，温序是死了之后还盼着回去，而我呢，我就像李陵一样，只能眼看着苏武回去而自己永远不会有回去的日子；我要想像苏武那样让鸿雁传递我的消息给故国，那也是不可能的事情，因为我的故国已经灭亡了。

这一段写江陵败亡之后，被俘虏的人民北上途中的悲惨情景，以及庾子山在北方的这一份怀乡思国的忧愁，都写得非常好。所以我们教材附录的《研究》上说，这一节是"文情凄艳，音节铿锵，允推千古独步"——这一段写得如此凄凉哀艳，而且音调抑扬，很有节奏。我们因为要讲解所以常常停下来，其实要是一口气念下来，你就会感觉到这一段实在写得铿锵抑扬，非常动人。

现在我要说一些题外的话。对庾子山的这两篇文章，我们要了解他典故的出处，还要弄明白他文中的用意，这样讲起来就常常使得一篇文章显得支离破碎。由于讲解的需要我不得不这样讲，但我们要欣赏一篇文章的时候是一定要把它一口气读下来的。所以我很希望大家听过我的讲解之后再把通篇连贯起来多读几遍，这样才能体会到它的文情并茂的好处。

接下来我们教材附录的《研究》上又说，他在写了这些俘虏在途中的惨痛之后呢，又写陈霸先接受了梁敬帝的禅让。这是在江陵陷落，梁元帝死后的事。先是王僧辩和陈霸先立了梁元帝的儿子梁敬帝，建都在建康，然后是陈霸先杀了王僧辩，再后是敬帝禅位给陈霸先。这时梁朝就正式灭亡了。我们教材附录的《研究》上说，庾子山这时候已入关作客，他追思当年的种种情形，所以就写了这一篇《哀江南赋》。他以"天道回旋"的一段作为结尾，因为上天的运行之道总是这样寒来暑往，冬去春来，是辗转重复的。而庾子山的家族呢？当初在东晋的时候他们是由北方迁到南方，那现在他又由南方迁到北方，这也是一种回旋。而且他从此就留在北方，不能够回到他所思念的南方去了。这是这篇赋的结尾。

（安易整理）

第三讲

我们教材附录的《研究》最后几句是批评庾子山的骈文的。庾子山的骈文用典用得非常贴切，我们已从《小园赋》中看到了。还有它的音韵谐美，读起来声调很好听，这个我也已经讲过。还有一点是我们读庾子山的骈文应该注意到的，那就是他常常在排偶之中夹以散行的句法。就是说，在两两相对的对偶之中掺杂一些不对偶的散句。比如《哀江南赋》中就有这样的句子："见披发于伊川，知百年而为戎矣。""披发于伊川"和"知百年而为戎"就不是对偶。这两句是什么意思呢？他用的也是典故。在《左传》鲁僖公二十二年的传文上说，当初周平王迁都到洛邑的时候，"辛有适伊川"，辛有这个人到伊川去。伊川，是一条水的名字。辛有在伊川就看到有人披散着头发在山野之中行祭祀的礼仪，于是辛有就慨叹说："不及百年，此其戎乎！其礼先亡矣。"意思是说，不用到一百年，恐怕这个地方就要沦落成为戎狄之地了。因为披发并不是古礼，现在这个地方的礼仪已经消亡了，所以它也就快要沦为戎狄了。现在庾子山是用这个典故来慨叹梁朝的衰败，他并不是看到有什么人披发在伊川，而只是说他已经看到了国家将要败亡的种种迹象。这两句，都是散行的句法。在通篇骈偶的句法中加上一个散行的句法，就有了一种参差错综的变化，反而显得这句更有力量。在《哀江南赋》里还有这样的句子："伯兮叔兮，同见戮于犹子。"这两句是什么意思呢？古代兄弟排行伯仲叔季，"伯"和"叔"是兄弟，这里指的是梁元帝的两个儿子愍怀太子元良和始安王方略。"犹子"是侄儿，侄儿跟自己的儿子差不多，所以叫"犹子"，这里指的是岳阳王萧詧，他是昭明太子萧统的儿子，而梁元帝萧绎是萧统的弟弟，所以梁元帝和萧詧是叔侄的关系。我在介绍《哀江南赋》的时候曾提到，梁元帝常常向他的兄弟寻衅并彼此争战，他曾经与萧詧以及萧詧的哥哥河东王萧誉打过仗，而且杀了萧誉。后来当西魏跟梁元帝作战的时候，萧詧就帮西魏来攻江陵。梁元帝的败亡，实在就是由于萧詧帮助敌人西魏的缘故。而江陵陷落之后，萧詧就杀了元帝的两个儿子元良和方略，在江陵这里自立为梁王。"伯兮叔兮，同见戮于犹子"，这又是一个散句。由此可以看出，凡善于写文章和写诗的人，一般都能够把骈散的变化运用得恰到好处，非常自然。我们现在说的是骈偶的文章里加入散行的句法，可是你要知道，在散文里边加入一两句对偶的句法，也会显得很有力量，这方面的例子我们就不举了。至于在诗里边，有人写律诗的时候故意把对句掺杂上一些散行的气息，也显得很好。像李太白《夜泊牛渚怀古》的"登舟望秋月，空忆谢将军。余亦能高咏，斯人不可闻"，这本来是五言律诗的中间两联，应该对偶工整，可是它并非严格的对仗，而是掺杂有散行的气息，但也写得很好。我现在要说的是，中国骈偶文体技巧的进步，到庾子山就可以说是登峰造极了。《哀江南赋》可以说是把骈偶技巧运用得最熟练的文章范例。

现在我们已经对《哀江南赋》的赋文有了一个大概的了解，下面就要看《哀江南赋序》了。我们从第一段看起：

> 粤以戊辰之年，建亥之月，大盗移国，金陵瓦解。余乃窜身荒谷，公私涂炭。华阳奔命，有去无归。中兴道销，穷于甲戌。三日哭于都亭，三年囚于别馆。天道周星，物极不反。傅燮之但悲身世，无处求生；袁安之每念王室，自然流涕。

这个"粤"字是放在一句话开端的一个助词，并没有什么意义。比如《史记·周本纪》里边就有"粤詹洛、伊，毋远天室"，那是周武王说的话，"粤"字就不需要讲解，它只是一句话的开端，本身并没有什么意思。在这里，庾子山是追想当年变乱发生的时间。"戊辰"当然是古代的干支纪年了，那是指梁武帝的太清二年，也就是公元548年。侯景的变乱就发生在那一年，那一年庾信三十六岁。"建亥之月"指的是十月。为什么十月叫建亥之月呢？在我们中国古代的历法中，夏代的历法是以寅月为岁首。就是说，把一年的十二个月用十二地支来做代表，那么就以寅月为正月，以卯月为二月……以此类推。当然，商周两代都不是以寅月为岁首的，这里就不细说了。而到了后来，大家一般都是沿用夏代的历法以寅月为正月。那么从"寅"推下去，第十位的地支是亥，所以"建亥之月"就是十月。侯景举兵造反是在梁武帝太清二年的八月，到太清二年冬天十月的辛亥这一日，侯景的军队就来到了梁朝的都城建康城下。

"大盗移国，金陵瓦解。""大盗"当然指叛贼侯景。"移国"是转移传统的国祚，也就是说侯景想要谋篡国家政权的意思。侯景是朔方人，本来是东魏的一个很强悍的武将，后来他背叛东魏投降西魏，然后又背叛西魏投降南朝的梁。梁武帝接受了他，封他做河南王，可是他又举兵叛变，包围建康，攻陷台城。所谓台城，在晋宋之间的时代，把朝廷禁省称作台省，所以就把宫禁的禁城之所在称为台城。梁朝宫禁所在的台城，就在南京玄武湖附近的地方。侯景在太清二年的十月包围建康攻陷台城之后，就逼迫梁武帝饿死在台城，然后立太子萧纲为简文帝，后来又杀了简文帝，自立为汉帝，所以这就是"大盗移国"了。"金陵"就是建康，也就是现在的南京。在战国的时候楚国把这个地方称为金陵，秦始皇的时候改名秣陵，晋朝的时候改称建康。"瓦解"是说金陵这个城就像瓦的破碎一样不能够保全了。

"余乃窜身荒谷，公私涂炭。华阳奔命，有去无归。"当建康城陷落的时候，庾信怎么样呢？在庾信的传记上记载，他当时曾接受太子萧纲的命令防守在朱雀航，但由于看到侯景的军队实在厉害，他就逃走了，而在这之后不久，台城就陷落了，所以是"余乃窜身荒谷"。"荒谷"，《左传》杜预注说是在楚国的地方，那地方相当于现在湖北江陵的东南。也就是说，庾信他就逃奔江陵去了——江陵有湘东王萧绎，是梁武帝的第七个儿子，也就是后来的梁元帝。

"公私涂炭"的"涂炭"出于《尚书·商书》的《仲虺之诰》，说是"有夏昏德，民坠涂炭"。《尚书》孔安国的传解释说，涂是泥土，炭是炭火，人民的生活就好像陷入泥土、坠入炭火一样痛苦。所以后来我们也常常这样用这个词，说"民生涂炭"。庾信在这里是追忆当时的事情，他说，当时无论是公门还是私门——无论国家朝廷还是黎民百姓——全都遭遇到了这种如陷泥坠火一样的不幸。

庾信逃到江陵以后呢，梁元帝就在江陵称帝了。然后庾信就接受了梁元帝的命令出使到西魏去，这一去就是"华阳奔命，有去无归"。"华阳"是地名，在今陕西洛南。"奔命"有两个意思。一个是《左传》襄公二十六年传文里有一句说："楚罢于奔命。"这个"奔命"是闻命而赴的意思，也就是说，听到国君征召的命令之后就赶快前往命令他去的地方。但"奔命"还有另外的意思，在清朝曾国藩的《求阙斋读书录》里说，"奔命"是"奔走之极急"的意思。就是说，极言其奔走之急，像不要命一样。庾子山在这里当然用的是前一个意思，是说他接受了梁元帝的命令之后就匆促地奔往北方的西魏去了。华阳在陕西的洛南县，距西魏的首都长安不是太远。庾信以散骑常侍的官职从江陵奉使到长安，本来是要交结邻国、商定边界。他是四月出发的，可是就在那年冬天，西魏大将于谨带领五万大军攻陷了江陵，而出使在长安的庾信就被扣留了，从此再也没有回到南朝。"中兴道销，穷于甲戌"，这个"戌"字念成xū，实在是普通话的读音。它本来是个入声字，我们现在没有入声，但在文章里要尽量把它读成仄声，念xù。为什么说"中兴道销，穷于甲戌"呢？因为梁元帝在江陵即位后，派遣王僧辩和陈霸先讨平了侯景，收复了建康，洗雪了台城的耻辱，此后倘能够继续好自为之，本来有希望开创一个中兴的局面。可是没有想到，梁元帝在位只有短短的三年。就在梁元帝承圣三年（554）的十一月，西魏攻陷江陵，而梁朝从此再也没有这种中兴的机遇了。

那么，庾子山他在长安听到江陵陷落的消息之后怎么样呢？他说是"三日哭于都亭，三年囚于别馆"。"三日哭于都亭"出于《晋书·罗宪传》："魏之伐蜀……宪守永安城。及成都败……知刘禅降，乃率所统临于都亭三日。"这个蜀汉后主的名字很多人念chán，那是不对的，应该念shàn。因为刘禅字公嗣，"嗣"有继承的意思，而"禅"读作shàn的时候也有替代、传授的意思。"都亭"是县里传舍的亭子。"临"字有两个读音："登临"的时候读平声lín，哭吊死者的时候读去声lìn。罗宪是蜀汉的大将，驻守在四川的永安，当他听到后主已经投降、蜀汉已经灭亡的消息时，就率领他的部下在当地的都亭吊祭哀哭了有三天之久。在这里，庾信是极言他自己听到故国败亡消息之时的哀痛。"三年囚于别馆"出于《左传》昭公二十三年，说是鲁国派了一个叫叔孙婼的大夫到晋国去，而晋国人就把他拘囚起来，让他住在箕这个地方。叔孙婼还有个副使叫子服昭伯，晋国人把他拘囚在另外一个地方，说是"舍子服昭伯于他邑"，杜预的注解说是"别囚之也"。这就是庾子山所说的"囚于别馆"了。至于"三年"，是极言其被囚时间之久。在《北史·庾信传》里说，当庾信聘于西魏的时候，正赶上"大军南讨"。因为这是北史了，所以称西魏军队去攻打梁朝为"南讨"。而庾信因此就"遂留长安"，就把他留在长安了。庾信的传文上并没有关于当时是怎样拘禁他的详细记载，总之是他以梁朝友好使者的身份出使到西魏，却赶上西魏要去讨伐梁，两国既已成为敌国，庾子山就被拘留在长安不能回去了。在《周书》里也有庾信的传记："江陵平，拜使持节、抚军将军、右金紫光禄大夫、大都督，寻进车骑大将军、仪同三司。"后来周闵帝即位后又封了他很多爵位和官职，总之他是很得北朝重用和礼遇的。所以这"三年囚于别馆"只是借用了《左传》里的这个典故而已，文人有时候常常夸大其词，并不是说他真的被关在监狱里囚禁了三年。

"天道周星，物极不反。""天道"是上天的运行之道，"周星"指的是岁星。岁星呢，其实就是木星。据说这个星大约十二年运行一周天。按照天象来说，天道分为十二辰，就好像是有十二个界线的样子，而岁星它每一年走一辰，十二年恰好走完一周，就是一周天，所以就把它叫作"岁星"。"天道周星"是说，上天的运行之道都是往而复返、周而复始的，就如同岁星的运转，每十二年轮转一次。所谓"物极不反"的"物"，古人并不是用来专指东西物件，而是也可以兼指事情。宇宙间的一切事物，当它走到极端的时候就应该翻过来向回走了，也就是所谓"否极泰来，泰极否至"。既然盛极则衰，那么衰极也应该再盛才是，但是现在竟然"物极不反"了：天道虽有轮回，而我的故国败亡之后，却再也没有复兴的机会了。

"傅燮之但悲身世，无处求生；袁安之每念王室，自然流涕"，又用了两个古人的典故。傅燮字幼起，是后汉灵州人，曾举孝廉，以护军司马讨黄巾贼，因为他得罪了宦官，所以功劳虽然很大却得不到封赏。后来拜为议郎，又因为直言而遭到权贵的嫉恨，被打发出去做汉阳太守。汉阳，在现在的甘肃。而当他做汉阳太守的时候，就有金城贼包围了汉阳。金城，在现在甘肃皋兰附近的地方。当时城中兵少粮尽，他的儿子就劝他，这个城既然没有办法守下去了，不如我们弃城还乡，回到我们的故乡去。傅燮就对他儿子说："世乱不能养浩然之志，食禄又欲避其难乎？吾行何之，必死于此。"后汉当然是乱世了，诸葛亮《出师表》不就曾经说过"苟全性命于乱世"吗？"浩然之志"出于《孟子》，说是用高隐来养自己的一种浩然之气。那么，现在既然不能够隐居养志而出来做官，享受了国家的俸禄，则食君之禄就应该忠君之事，又怎么能为保全性命而逃避灾难呢？所以他说"吾行何之，必死于此"。"何之"就是"何往"。他说，就算我要逃走，我能逃到什么地方去？天下虽大，已经没有我的归去之所，没有一个能够让我苟全性命的地方了，所以我一定要死在这里。傅燮是受到宦官和权贵的谗害，又遭遇到敌寇的侵袭，而庾子山的身世和傅燮是不同的，但我讲《小园赋》时也讲过，古人用典故也常常断章取义，虽然他们两个的身世不同，但他们两个都是在慨叹自己的身世，这一点是相同的。尤其傅燮又说过"吾行何之"这样的话，所以庾子山就说"傅燮之但悲身世，无处求生"——天下虽大却没有他傅燮的求生之所了。那么庾子山被留在北朝，梁朝已经败亡，天下虽大他也没有一个可以逃回去的故国了。

"袁安之每念王室，自然流涕"，袁安是后汉汝阳人，字邵公，举孝廉，拜楚郡太守。当时由于楚王英谋叛，许多人被牵连拘禁，袁安经过审理，把四百多家人解脱出狱。这说明他为人很宽厚，治狱也很公平。后来他还做过河南尹，最后做到司徒的官职。在后汉和帝的时候，窦太后的哥哥窦宪专权，袁安这个人不肯屈服于权贵，因此屡次地和窦宪相难折——就是互相诘难，据说他"每朝会进见及与公卿言国家事，未尝不噫呜流涕"。袁安与庾信的身世当然不同，庾子山在这里也只是断章取义地说：对于故国的怀念，他也只能悲伤流涕而已。

（安易整理）

第四讲

我已经把《哀江南赋序》的第一段讲完了，现在我们看第二段：

> 昔桓君山之志事，杜元凯之平生，并有著书，咸能自序。潘岳之文采，始述家风；陆机之辞赋，先陈世德。信年始二毛，即逢丧乱，藐是流离，至于暮齿。《燕歌》远别，悲不自胜；楚老相逢，泣将何及！畏南山之雨，忽践秦庭；让东海之滨，遂餐周粟。下亭漂泊，高桥羁旅。楚歌非取乐之方，鲁酒无忘忧之用。追为此赋，聊以记言，不无危苦之辞，惟以悲哀为主。

前四句的要点，在最后一句中的"自序"二字。因为开头我也曾介绍了《哀江南赋》的大意，赋的开端就是叙述庾子山他自己的家世、他祖先的德业和他自己的身世。所以他在序里就先引证了两个古人的典故。桓君山是后汉人，名叫桓谭，他喜欢音乐，善于弹琴，五经都读得很熟，文章也写得很好。在光武帝的时候由于有人举荐，担任过议郎和给事中的官职，曾经上疏陈述政治上的利弊，当时光武帝相信谶书图箓——就是那些预言性质的东西——想靠谶书图箓来决定一些困惑的事情。桓谭却力言谶书之毫无根据，结果惹得皇帝生气了，就把他贬出去做六安郡丞。桓谭因此而忽忽不乐，在路上就得病死去了。他留下来的著作有《新论》二十九篇，前边本来有一篇自序，但现在已散佚了。杜元凯就是杜预，西晋杜陵人，晋武帝泰始年间（265—274）做过河南尹，又做过度支尚书，后来被任命为镇南大将军去攻打孙吴，以平吴功封当阳县侯。这个人学问很渊博，读书很通达，做事殚精竭虑，人称"杜武库"。杜预酷嗜《左传》，著有《春秋左传集解》和其他很多书。《太平御览》里边记载他有一篇《自序》，在这篇《自序》里说："少而好学，在官则勤于吏治，在家则滋味典籍。"所以现在庾子山就引这两个人物，说像后汉的桓谭，以他的志意、以他的成就，像西晋的杜预，以他平生的功业，他们都有著作留传下来，而且他们都写过《自序》来叙述自己的身世。

接下去他又举了两个古人陈述自己祖先德业的例证，说是"潘岳之文采，始述家风；陆机之辞赋，先陈世德"。潘岳字安仁，小说里常常形容美男子"貌比潘安"，说的就是他。讲《小园赋》的时候有一句"韩康则舅甥不别"，我说过这个人其实叫韩康伯，古人省略了"伯"字就称他韩康。这潘安仁也是如此，人们常常省略了"仁"字就称他为潘安。潘岳是西晋中牟地方的人，从小就很聪明，有很好的资质和风仪，他的诗文辞藻美丽，尤长于哀诔。可是这个人性情轻躁，常常追求世俗的荣利，所以元遗山的论诗绝句说："心画心声总失真，文章宁复见为人。高情千古闲居赋，争信安仁拜路尘。"潘岳做官做到散骑侍郎，他和石崇等人谄事贾谧。石崇是当时有名的富翁，遭到孙秀的嫉恨，后来孙秀在赵王伦手下得势的时候就诬陷石崇和潘岳想要谋反，两人因此被杀。潘岳的诗里边有一首题目就叫《家风》，所以庾子山说，像潘岳这样有文采的作者，他在写诗文时，一开始也要叙述自己的家风。下边，他又说到另一个古人陆机。陆机字士衡，吴郡人，是东吴陆抗的儿子、陆逊的孙子，吴灭后入晋。陆机推崇儒家学术，他的诗和赋辞藻宏丽，写得非常好。吴亡后闭门勤学，写过《辩亡论》二篇，论述东吴的兴亡和他祖父的功业。后来在晋室的八王之乱中，他侍奉了成都王颖，受命去讨伐长沙王乂，结果因兵败被司马颖所杀。陆机的集子叫《陆平原集》，其中就有题为《祖德》和《述先》的两篇赋，都是叙述他祖先德业的。庾子山说，像潘岳、陆机，他们都写过辞赋来陈述自己祖先的德业，所以他的这篇《哀江南赋》在开端也是先陈述自己的家世和祖先的德业。

接下去就写他自己的遭遇了："信年始二毛，即逢丧乱，貌是流离，至于暮齿。""信"当然是他自称了。"二毛"的意思是说头发一半是黑色一半是白色，也就是头发已经花白了。这个词见于《左传》鲁僖公二十二年，有一句"不禽二毛"，就是说两国交战的时候不要去捕捉那些头发已经斑白的老人。"二毛"除见于《左传》之外，还见于《礼记·檀弓》，说："不杀厉，不获二毛。"就是说，两国作战时不杀那些病得很重的人，不擒获那些头发斑白的人。这是表示对病人的怜惜和对老人的尊重。此外，潘岳《秋兴赋》的序文中有这样一句："余春秋三十有二，始见二毛。"潘岳在三十二岁的时候，就已经开始有白头发了。那么在梁武帝太清三年（549）台城陷落的时候，庾信是三十七岁，在这个年龄也可以说是"年始二毛"了。他说我在三十多岁头发刚刚开始斑白的时候，就遭遇到国家的丧亡败乱，而从此之后就是"藐是流离，至于暮齿"。"藐"字同"邈"，是遥远的意思，楚辞《九章》的《悲回风》就有"邈漫漫之不可量兮"，那个"漫漫"就也是长远的意思。"是"字是个语助词，可以不讲。"流离"是漂泊流浪的样子。"暮齿"是迟暮的年龄。庾子山说：自从我三十多岁遭遇到国家的丧亡败乱之后，我就漂泊流离到很远的地方，一直到现在这衰老的迟暮之年。

"《燕歌》远别，悲不自胜。""燕歌"是《燕歌行》。本来早在曹魏之时，魏文帝曹丕就写过《燕歌行》，不过庾信这里的《燕歌行》主要以南北朝时人所写的送别之辞为主。南朝有个很有名的作者王褒作过《燕歌行》这样一篇乐府诗歌，里边"妙尽塞北寒苦之状"，这个见于《北史》王褒的传记。而且不但王褒写有《燕歌行》，南朝的梁元帝以及其他一些文士都有和作，这些和作的诗歌是"竞为凄切"。其实现在我们可以看到，在庾子山的集子里边也有《燕歌行》。所以我们的教材后边就说，"疑为送子山等北使而作"。就是说，这些人都写了《燕歌行》，那就很可能是庾子山出使到西魏，南朝君臣为他送别时所作。"悲不自胜"的"胜"，是能够承受得住的意思。庾子山说：当年我出使到北方来的时候，梁朝君臣那么多人写了《燕歌行》为我送别，现在回想起来，真是令我悲哀到难以承受的程度。其实呢，这个"燕歌"还有另一个含义，讲《小园赋》时我就提到过，说是荆轲为燕太子丹出使秦国要谋刺秦王的时候，有许多朋友在易水边送别，那时荆轲曾作歌说："风萧萧兮易水寒，壮士一去兮不复还。"所以这个"燕歌远别，悲不自胜"，可能也有"一去兮不复还"的意思在内。

　　"楚老相逢"又是一个典故。西汉有一个大臣叫龚胜，字君实，是彭城人——彭城属于楚地。龚胜年少时非常好学，读书渊博，汉哀帝时做官做到光禄大夫。哀帝死去，王莽主持国政，龚胜看到这种情形就告老回乡。不久以后王莽篡位，派遣使者请龚胜出来做官。龚胜不愿侍奉篡位的王莽，就躺在床上说有病。侍者把印绶放在他身上，他就把它推开不接受。可王莽还是一次又一次地征聘他，于是他把后事嘱托给家人，然后就不再开口饮食了，绝食十四天之后死去，时年七十九岁。龚胜死去之后，有一个当地的老者来吊祭他，哭得非常悲哀，哭完了之后说："嗟乎！薰以香自烧，膏以明自销。龚生竟夭天年，非吾徒也。""薰"就是用来熏东西的香了，它因为有香味而被焚烧；"膏"是点灯用的膏油，因为它点着后能发出光明所以就被烧毁。那么龚胜呢？一方面他有很好的品德，一方面他不能够退隐。现在虽然他已经退隐，可是世上的人已经知道他的名声了，所以王莽才会来征聘他。这位楚老就叹息说：龚生就因为他不能够韬光养晦来保全自己，所以就夭折了自己的天年，像他这样的人不属于我们这一类啊。说完这些话，这个老人就离去了。当然了，这位"楚老"才是一个真正能韬光养晦不为世人所知的隐士，所以直到今天我们只知道他是"楚老"而并不知道他的名字。至于这个"夭"字，一般我们说短命而死叫夭折，为什么龚胜死时已经七十九岁了，楚老还说他是"竟夭天年"呢？《汉书》王先谦的补注中说，七十九岁死而谓之夭，那是"悲其不能隐去致不令终也"。就是说，他不能够以养晦来保全自己，以致不能得到一个天年的善终。因为他是绝食而死的。

庚子山当然不能够和龚胜相比了。他出使到西魏，而在西魏灭了梁之后他不但留在西魏做了官，而且在宇文氏篡西魏建立北周的时候，他又在北周做了官。比起不肯侍奉王莽的龚胜来，那庚信真是自己觉得惭愧，所以他说："楚老相逢，泣将何及！"——如果楚老他要是遇到像我这样的人物，那他真是要更加为我哭泣哀伤了。我们还要注意到一点：他这里这个"楚老"，还不仅仅是《汉书》里吊祭龚胜的那个"楚老"。因为梁元帝即位在江陵，江陵本是楚的地方，而庚子山他奉使到北方来的时候是从江陵那边来的，所以这个"楚老"还有另外的一层意思，就是指江陵故乡的那些老朋友们。庚信由于诗文有名而被北朝的一些君主所尊重，所以他不能够韬光养晦，以致为异国所用。他说，倘若故乡的亲朋故旧现在见到我，他们一定会为我哭泣哀伤的。所以你们看，这个"楚老"的典故用得真是非常贴切。

"畏南山之雨，忽践秦庭；让东海之滨，遂餐周粟"，这几句庚子山写他自己在国破家亡之后屈身侍奉异朝敌国，写得很沉痛。"南山之雨"见于刘向《列女传·陶答子妻》，说是陶答子这个人没有很好的名誉，不修品德，但家里非常富有，他的妻子有一天就劝告他说，"夫子能薄而官大，是谓婴害；无功而家昌，是谓积殃"——你的能力浅薄而官做得很大，像这种情形就快要遭遇到祸害了；你没有丝毫的功业而家业却非常的兴隆，像这种情形就快要有大灾殃了。她又做了一个比喻说："妾闻南山有玄豹，雾雨七日而不下食者，何也？欲以泽其毛而成文章也，故藏而远害。"南山有一只玄豹，在下着溟蒙雾雨的时候有七天之久它都没下来找食吃，为什么呢？因为它希望它的毛色润泽有美好的纹彩，所以就隐藏在南山之上，避免自己的皮毛遭到损伤。她又说，"犬彘不择食以肥其身"，那是"坐而须死耳"。猪狗之类的动物，给它什么样的食物它都吃，吃得肥肥的，那是坐在那里等死啊。所以她就劝她的丈夫说，像你这样不修品德只贪图财利，那你将来不久就要败亡了。这是"南山之雨"这四个字的出处。但我实在要说，庾子山用这四个字其实和陶答子妻并没有什么关系，他只是把这个"雨"比作一种国家败亡的灾难，而"南"字就是比作南朝的意思。所以他用这个典故实在是望文生义、断章取义。不过古人写诗文是往往如此的，我们也不必苛求。

"忽践秦庭"，"践"是脚踏到什么地方，也就是来到的意思。"秦庭"指的是西魏，因为西魏建都在长安，长安在陕西，那是从前秦国所在的地方。倪璠的注解在这里引了《淮南子》中关于申包胥的一段故事。在春秋的时候，楚国被吴国打败了，楚国的大夫申包胥想要挽救楚国的危亡，就来到秦国朝廷的所在，哭了有七天七夜之久，感动了秦王，秦王为他发兵打败了吴国，保全了楚国。刚才我也说过，江陵古代属于楚国，而西魏建都在长安，一个正相当于从前的楚，一个正相当于从前的秦。所以倪璠在注解后边就加了一句："信之至秦，亦欲存楚也。"就是说，庚信当年出使到西魏，也是为了要保全楚的。这个"楚"，就代表着江陵，也就是南朝的梁了。梁元帝派他做使者到西魏来，本来就是为了和西魏联络感情以保全江陵的，可是他没能完成这个使命，西魏就暗中派兵把江陵攻陷了。

接下去看，"让东海之滨，遂餐周粟"。庚子山用典故贴切工巧，像他用申包胥的典故，申包胥是为了楚，恰好就代表了江陵的地方；他自己出使到西魏，又恰好是当年秦的地方。所以那个"忽践秦庭"用得确实是好。而这个"让东海之滨，遂餐周粟"同样也用得好。我们教材上引《孟子·离娄》说："伯夷辟纣，居北海之滨。"伯夷，孟子说他是"圣之清者也"。他本来是孤竹国的世子，因让位而离开了孤竹国。当时正是纣王统治时期，伯夷为了躲避纣的暴政而住在北海的海边。"北海之滨"就相当于我们现在渤海的海滨，也就是靠近东北方的海边上。而且《孟子》的下边还有一句说"太公辟纣，居东海之滨"，说是姜太公当年也曾为了躲避纣的暴政而住在东海的海边。那么庚子山现在就用了这个典故，说像伯夷这样的贤士，他曾让掉国君之位而居于东海之滨，后来周武王伐纣统一天下做了天子，伯夷认为以臣弑君是不义的事情，所以他就"不食周粟"。这个"食"字有享用的意思，所谓"不食周粟"表面上是说不吃周朝的粮食，实际上是说他不享用周朝的禄位。伯夷是这么清高，他虽然生在一个暴乱的时代，但却能够保全自己清高的品德，不肯享用周朝的禄位。而现在呢？庚信他不但在西魏灭梁之后做了西魏的官，而且又在宇文氏篡魏之后做了北周的官，所以是"遂餐周粟"。他这个典故中所说的"周"是武王灭纣后建立的那个周，但以他现在的情形来说，他所仕宦的这个"周"是宇文氏建立的北周。这"遂餐"两个字写得真是沉痛，他说：我没有想到我竟然不能够持守住我的品节，终于就做出了这样的事情！

"下亭漂泊，高桥羁旅"是写他在北方漂泊羁旅的生活。"下亭"的典故出于《后汉书·独行传》，说是有一个人叫孔嵩，当他要到京师去的时候"道宿下亭，盗共窃其马"。他在下亭这个地方歇宿，就被盗贼把他的马偷走了。这是说漂泊在旅途上的人遭遇盗匪的这种不幸。庾子山在北朝不一定就遇到过被偷窃的事，他只是借这个典故来说明流落在异乡的人是难免遭遇到很多不幸的。"高桥羁旅"，这个"高"字也可以写作"皋"。皋桥在现在江苏吴县的阊门内，因为是汉朝皋伯通所住的地方，所以叫皋桥。东汉有一个很有名的高士叫梁鸿，他贫贱落魄时曾经在这里"赁舂"，就是替人家捣米捣粮食来换取报酬。庾子山说，我就像当年的梁鸿一样羁旅作客在异乡，过着为人赁舂的生活。这当然也是打比方了，因为他现在留在北方侍奉北周也是一件很屈辱的事情。

"楚歌非取乐之方"的"楚歌"两个字也是用得很好的。一方面因为江陵是楚地，所以楚歌是指故乡的歌。他说，偶然我也会吟唱一下我故乡的歌，但这并不能使我得到安慰和快乐。另一方面，"楚歌"还有一个典故的出处。据《汉书》记载，戚夫人要求汉高祖刘邦传位给自己的儿子赵王，这事被吕后知道，吕后就和张良商量请来商山四皓，结果就保全了吕后的儿子太子刘盈，就是后来的孝惠帝。汉高祖对戚夫人说，太子刘盈的势力已经形成了，所以我不能够立你的儿子做太子了。戚夫人很伤心，汉高祖就说："为我楚舞，吾为若楚歌。"这当然是想为戚夫人解忧了，但楚歌的调子一般说起来都是很悲哀很惨伤的，所以高祖唱了楚歌之后戚夫人更加唏嘘流涕。那么庾信在这里是说：我本想要吟唱楚歌来解除我的忧愁，但那并不是个好办法，根本就解除不了我的忧愁。

（安易整理）

第五讲

"鲁酒无忘忧之用","鲁酒"是滋味淡薄的酒,这个典故出于《庄子》。《庄子·胠箧》说:"鲁酒薄而邯郸围。"为什么鲁酒薄而邯郸围呢?许慎《淮南子注》说,楚会诸侯,鲁国和赵国都献酒给楚王,鲁国的酒滋味淡薄,赵国的酒滋味醇厚,楚国管酒的官吏要赵国的使者送给他一些酒,赵国的使者不肯送,于是这个楚国管酒的官吏就生气了,就把赵国的好酒换成鲁国的薄酒。楚王尝了酒很生气,就派兵攻打赵国,包围了赵国的都城邯郸。典故的故事是这样的,但庚子山用这典故只是取"鲁酒"这两个字。"鲁"在山东,那是北方的地方,而庚子山他是南方人,鲁酒对他来说是异乡的酒。他说:异乡的酒滋味淡薄,对于我并不能起到消解忧愁的作用。

以上这几句,都是写他自己羁留在北方的这种抑郁不得志的悲哀愁苦。下面他就总结起来说,因为自己有这种不幸的经历,所以"追为此赋,聊以记言"——追想当年那种种的不幸,就把它们记载下来写了这篇赋。"记言"两个字出于《汉书·艺文志》:"古之王者,世有史官……左史记言,右史记事。"说古代凡是做帝王的人,手下都有掌管国史记载的官吏,"左史"负责记载帝王的语言诏命,"右史"负责记载国家发生的大事。所以,这个"记言"本来是史官的事情。但有的诗人,像唐代的杜甫,虽然不是史官,但他的诗里记载了很多与当时国家政治有关的事,因此大家称他为"诗史"。而庾子山的这篇赋记载了梁朝的治乱兴亡,把当时的历史记载得非常详细,所以真可以称他为"赋史"了。他说,既然我这篇赋记载的都是国家和我自己的危亡苦难,所以就"不无危苦之辞,惟以悲哀为主"。这两句里边的"危苦"和"悲哀"两个词其实也是有出处的。嵇康曾写过一篇《琴赋》,前边有一个序言,序言里边有两句话:"称其材干,则以危苦为上;赋其声音,则以悲哀为主。"那是说琴是以表现危苦、悲哀为主的,而现在庾子山说,他的这篇《哀江南赋》也是以表现危苦、悲哀为主的。下面我们看第三段:

> 日暮途远,人间何世!将军一去,大树飘零;壮士不还,寒风萧瑟。荆璧睨柱,受连城而见欺;载书横阶,捧珠盘而不定。钟仪君子,入就南冠之囚;季孙行人,留守西河之馆。申包胥之顿地,碎之以首;蔡威公之泪尽,加之以血。钓台移柳,非玉关之可望;华亭鹤唳,岂河桥之可闻!

"日暮途远"四个字里边也有一段故事。《史记》中伍子胥的传记里说，楚平王杀了伍子胥的父亲和哥哥，伍子胥立誓为父兄报仇，就逃到吴国，得到了吴王的重用。他就劝吴王伐楚，并亲自带领吴国的军队打败了楚国。可这时楚平王已死，伍子胥就掘了楚平王的墓，鞭尸三百。于是楚国的一个大夫——也是伍子胥的一个朋友——申包胥就责问伍子胥说："今子故平王之臣，亲北面而事之，今至于僇死人，此岂其无天道之极乎？"说你这不是太过分了吗？伍子胥就回答了他一句话："吾日暮途远，吾故倒行而逆施之。"日暮是一天快要过完了，而路途却还是这样遥远。就是说，是我所遭遇到的事情已经把我逼到这样一条绝路上，而一个人在这样的情况下就会做出违背人性，甚至于违背天道的事情来。所以这是当年伍子胥说过的话，那时候他曾遭遇到那样的不幸。而现在庾子山说："日暮途远，人间何世！"他的国家败亡了，他自己不得不羁留在北方侍奉异国，那也是"日暮途远"，他说：我所遭遇到的究竟是一个什么样的世界呢？为什么这种种的不幸都降到了我的身上呢？

"将军一去，大树飘零"也有典故，出于《后汉书·冯异传》。冯异是东汉初年的一个名将，秉性谦虚退让。每当军队驻扎休息下来的时候，"诸将并坐论功"，其他的将军们坐在一起彼此争论自己的功劳，而这个时候冯异"常独屏树下"。"屏"是退避的意思。冯异就离开那些人，独自躲到一棵大树下。所以军中就给他起了个外号叫"大树将军"。庾子山现在用了"将军"，又用了"大树"，当然是出自冯异的这个典故，可是他在用这两个词的时候却另外有一个意思。我在讲《小园赋》的时候也曾经讲过，庾信也是带过兵的。当侯景兵临建康时，庾信曾奉萧纲的命令率领文武一千多人在朱雀航抵御侯景，可是由于侯景的军队实在强悍，庾信就逃走了，后来建康也就陷落了。所以这个"将军"实在是他自己说自己，跟东汉的冯异并没有什么关系。他说：没想到当时我离开之后，国家就像一棵大树在秋风之中枝叶凋零，很快就走向了灭亡。

"壮士不还，寒风萧瑟"，是说他后来又为梁元帝出使到北方的西魏，而梁元帝在江陵很快也败亡了，他从此就再也不能回到南方去了。"壮士不还"的典故我们也讲过，《史记·刺客列传》里记载了荆轲的故事。荆轲本是战国时候的一个游侠之士，他接受了燕太子丹的命令到秦国去刺杀秦王，临行时大家送他到易水边，荆轲就唱了一首歌："风萧萧兮易水寒，壮士一去兮不复还。"结果刺杀秦王失败，荆轲果然就死在了秦国再也没有回来。那么"壮士不还，寒风萧瑟"，也就是荆轲所唱的这两句，说是我也像荆轲一样永远留在寒风萧瑟的北方，再也没有机会回去了。

下边就接着写他出使时的种种事情。"荆璧睨柱，受连城而见欺"，"睨"是去声字，读nì，这个典故在《史记·廉颇蔺相如列传》里。楚国有一个人叫卞和，他在荆山发现了一块最好的美玉。由于是卞和发现的，所以后人称它为"和氏璧"。这块和氏璧后来被赵国的惠文王得到了，而秦国的秦昭王就给惠文王写信，说是愿以十五城易之——这就叫"价值连城"嘛！这时赵国就想了：要是秦国拿到玉不给我们城怎么办？但是如果不送去，就会得罪强大的秦国。于是蔺相如就接受了使命，到秦国去献璧。蔺相如到了秦国，当面把美玉献给秦王之后，秦王就和他左右的臣子及美女姬妾传观这块宝玉，不再提用十五座城交换的话。蔺相如看出秦王根本就没有交换的诚意，就骗秦王说，玉上有一个瑕疵，我要指给你看。他把这块玉拿到手之后，就退后几步站到一根柱子旁边，对秦王说：你要是真有诚意用十五座城交换这块玉，就斋戒五日，举行一个正式的交换仪式；你要是没有诚意想硬夺这块玉，我现在就把它和我的头一起撞碎在这根柱子上！说完就举着这块玉盯准那根柱子。秦王怕他把玉砸碎，当时就没敢强迫夺取这块玉。然后蔺相如暗中派跟随他的人带着这块玉逃回赵国，他自己留下来对付秦王。秦王无可奈何，只好把他放回去，后来也不再提用城换玉的事了。

秦国说用十五座城来换和氏璧，其实是意在欺骗赵国而白白得到那块宝玉。那么庾子山用这个典故呢，是说他自己出使到西魏，本来的使命是来谈两国的和好，没想到西魏竟暗中出兵去攻打江陵，于是他也像当年蔺相如出使秦国一样，遭遇到一个受敌国欺骗的局面，他也正是因此而被羁留在北方的。

"载书横阶，捧珠盘而不定"，也有一个典故。"载书"，是定盟约的盟书。古代两国要定盟约的时候，就把他们的约言写在简策之上，然后杀牲取血，把地挖一个坑，把杀死的牲放在下面，把盟书放在杀死的牲上面，再把它们埋起来，这就叫作"载书"，见于《周礼·秋官·司盟》的注疏。"珠盘"见于《周礼·天官·玉府》"若合诸侯则共珠盘玉敦"，注疏说是在会合诸侯的时候，要用一个以珠玉为饰的盘子来盛牛耳。因为古代诸侯定盟约时有一种礼节，要把牛的耳朵割下来，把鲜血流在盘子上，要蘸这个血来定盟。所以，后来对古代的盟主常称其"执牛耳"。那么"捧珠盘而不定"是怎么回事呢？那是《史记·平原君虞卿列传》上记载的一段故事。说的是当秦国来攻打赵国时，赵国的平原君奉使求救于楚，对楚王谈"合从"的好处。"从"字同"纵"字，但在这里读zōng，不读zòng。"放纵"的纵读zòng，"纵横"的纵读zōng。我们把南北叫作"纵"，把东西叫作"横"。当时秦国在函谷关以西，而其他六国在东方，如果东方各国都与西方的秦联合，侍奉秦国，就叫"连横"；如果与此相反，东方六国由南到北联合起来共同抵抗秦国，就叫"合纵"。那平原君向楚王说合从的好处，从日出谈到日中，楚王还在犹犹豫豫不肯做决定。平原君有一个从者毛遂就拔剑劫楚王，然后又说以利害，结果在他的胁迫和劝说之下，楚王终于答应派春申君领兵救赵，于是就定了盟约。《史记》上说，毛遂"奉铜盘而跪进之楚王"，这就是歃血定盟了。而现在庾信说，我当年奉了梁元帝的使命到西魏来，也是为了结定一个两国和好的盟约。我来到西魏后，是"载书横阶"，我把定盟的盟书横放在宫廷的阶陛之上，我本来以为可以很顺利地结定盟约的，可是我竟没能完成这个使命。我捧着结盟的珠盘，但是没有像平原君那样定下盟约来，而且我的祖国被西魏打败，最后就灭亡了。这是庾子山在回想当年那种种可悲哀、可怅恨的事情。

他不但没有定成盟约，而且从此以后就被羁留在北方了。下面就接着写他在北朝被羁留的情形。"钟仪君子，入就南冠之囚"，这件事在《左传》成公七年和成公九年的传文上有记载。钟仪是春秋时楚国人，在楚国和郑国的一次战争中被郑国人俘虏。郑国向晋国表示友好，就把俘获的楚囚钟仪献给了晋国。晋侯有一天在巡视军府的时候看见了钟仪，见他头上戴着一顶楚国的帽子，就问："南

冠而系者,谁也?"下面的人就回答说:"郑人所献楚囚也。"晋侯
就叫人拿一张琴给钟仪让他弹奏——因为钟仪的祖先历代都是伶
官,是掌管音乐的。而钟仪在弹琴的时候就"操南音",发出来的
都是南方他的故乡的声音。当时晋国有一个叫范文子的大夫就赞美
钟仪说,这个楚囚是"君子也",因为他弹奏的音乐都是故国的声
调,说明他是"不忘旧也",没有忘记他的楚国。钟仪当然是一个
很好的人,他不肯忘记他的楚国,所以虽然被敌人俘虏,头上仍然
戴着楚国的帽子,弹琴仍然弹奏楚国的声调。可是,他毕竟离开了
他的楚国,成了晋国的俘虏了啊!庾信说:我也像当年的钟仪一
样,不幸被敌人囚禁在北方,而且我也没有忘记我的故国。要知
道,梁元帝即位在江陵,江陵也正是当年的楚地,所以他这个典故
用得也非常贴切。

"季孙行人,留守西河之馆",说的是古代另一个曾被敌国囚
禁的人,这个人叫季孙意如。晋国盟诸侯于平丘,鲁昭公没有参
加,晋国就囚禁了鲁国的大夫季孙意如。后来晋国韩宣子派大夫羊
舌鲋号叔鱼的,对季孙意如说:"鲋也闻诸吏,将为子除馆于西河,
其若之何?""除馆于西河",是在西河为你准备了一个馆舍,意思
是向季孙意如暗示晋国已经准备把他长期拘禁,不放他回鲁国去
了。"行人"就是使者,《周礼·秋官》有"大行人""小行人",是
掌管朝觐聘问诸事的官员。庾信的意思是说:我也是我的国家派出
的一个使者,我出使到西魏也被拘留了,就像春秋时的季孙意如一
样——庾信不一定真的被关到什么监狱里,但是在西魏暗中准备出
兵伐梁时,庾信作为梁的使者在长安当然要受到监视,不会让他行

动自由的。

下面"申包胥之顿地，碎之以首；蔡威公之泪尽，加之以血"，是说他自己对于祖国的败亡丝毫也不能够挽救。申包胥是春秋时楚国的大夫，前边讲"日暮途远"的时候我已经提到过。伍子胥带领吴国的军队来攻打楚国，攻进了郢都，申包胥看到自己的国家败亡了，就到秦国去求救兵，"立，依于庭墙而哭，日夜不绝声，勺饮不入口七日。秦哀公为之赋《无衣》，九顿首而坐，秦师乃出"。他站立在秦国宫廷的墙边哭了七天七夜，秦哀公被他感动了，就为他吟赋了《诗经·秦风》里的《无衣》这首诗，诗中说："岂曰无衣，与子同袍。王于兴师，修我戈矛，与子同仇。"这就是说，秦哀公表示愿意与他同仇敌忾，也就是同意为他出兵救楚了。申包胥非常感激，就"九顿首而坐"。"九"是表示多次的意思，"九顿首"就是极言其叩首之多了。所以庾子山就说，"申包胥之顿地，碎之以首"——当年申包胥在秦国以头顿地，真是愿意把自己的头叩碎，以此换来秦国的救兵挽救自己祖国的危亡；而当我听到祖国败亡的消息时，我也像申包胥一样愿意顿地碎首来挽救我的国家，但是我竟没能做到。

(安易整理)

第六讲

　　"蔡威公之泪尽，加之以血"，见于刘向《说苑》第十三卷《权谋》，说的是下蔡的地方有一个叫威公的人。下蔡，是蔡国的一个地方。周武王曾把他的弟弟叔度封于蔡国，那个地方叫上蔡，在现在的河南省；春秋的时候，由于楚国的侵夺，蔡平侯被迁到新蔡，这个地方也在现在的河南省；后来传到蔡昭侯的时候，还是被楚国所迫，又不得不迁到州来，这个地方在现在的安徽凤台，自蔡昭侯迁都于此就改称下蔡。说是下蔡的威公这个人，有一天就闭门而哭，哭了有三天三夜之久，"泣尽而继以血"。当他这样哭泣的时候，他旁边的邻居就窥墙而问之曰："子何故而哭悲若此乎？"他回答说："吾国且亡。"他的邻居问："何以知也？"他说："吾闻病之将死也，不可为良医；国之将亡也，不可为计谋。吾数谏吾君，吾君不用，是以知国之将亡也。"说是当一个人病重的时候就没有办法找到好医生，因为没有人可以医治他了；当一个国家将要灭亡的时候，也没有办法替它想出好的计谋来。我屡次进谏，可是我的国君不听，所以我知道国家就要灭亡了。窥墙的这位邻居听了他的话就带着全家离开蔡国到楚国去了。过了几年，果然楚王举兵伐蔡，他的邻居已经在楚国的军队里任职，而威公则成了楚军的俘虏了。所以庚子山说：当我听到梁朝败亡的消息时，我就跟当年下蔡的威公一样为国家的败亡哭到泪尽而继之以血。

"钓台移柳，非玉关之可望"，这里有两个典故。《晋书·陶侃传》上说，陶侃镇守武昌时，"尝课诸营种柳"，又说他曾"整阵于钓台为后继"。现在庚信把这两件事合起来说，就成了"钓台移柳"。庚子山曾做过郢州别驾，而且他也曾谈论过水战的事，很得梁武帝的欣赏。钓台这地方就在现在湖北武昌西北的江边上，郢州离钓台很近。所以庚子山在这里是回想自己当年做郢州别驾时，也曾关心过水战和练兵的事情，就像当年陶侃在武昌的时候那样。但这些事情已经成为过去了，他现在已羁身在遥远的北方，所以是"非玉关之可望"。"玉关"就是玉门关，在现在甘肃敦煌的西边。东汉班超在汉明帝时出使西域，说服了西域五十多个国家臣服汉朝，他自己在西域居住了三十年之久，被封为定远侯。到年老的时候，他给皇帝上书请求召回，说过这样的话："臣不敢望到酒泉郡，但愿生入玉门关。"皇帝很受感动，就把他召回洛阳了。我们教材上说，庚子山是悲伤他自己已经不能够像当年的班超那样盼望着"生入玉门关"了，他是永远也不能够回去了。不过这里边有一个问题：南朝的梁是在江南，那里并没有玉门关。玉门关远在塞外，它更适宜比作庚子山现在所在的遥远的北方，而不适宜比作江南。因此倪璠的注本上有另外的解释，他说："钓台移柳，非远戍玉关者能望。"就是说，我当年在郢州做别驾时所做的种种事情，就像陶侃曾经做过的种柳和整阵等事情，已经不是现在远处北方的我所可以望见的了。这样解释就有了一个呼应，这个"望"可以呼应前面那个"柳"。因为玉门关外是没有柳树的，"春风不度玉门关"嘛！

"华亭鹤唳"是晋朝陆机的故事。"华亭"在现在江苏的松江西，那是三国时吴国的地方，是陆逊的封邑。当年，陆机和他的弟弟陆云曾经共游华亭。后来吴国被晋国灭掉了，陆机和陆云都被带到洛阳，就做了晋朝的官。西晋有"八王之乱"，陆机为成都王颖带兵和长沙王乂在河桥作战——这个"河桥"在现在的河南孟津——结果陆机的军队被打败了。然后他就被卢志所谗害。卢志的号叫子道，成都王颖镇守邺城的时候很欣赏卢志的才干，就让卢志在他手下做中书监。卢志和陆机之间是产生过嫌隙的，那是在陆机和陆云刚从南方来到洛阳的时候。有一次卢志在大庭广众之下问陆机："陆逊、陆抗于君近远？"陆逊是陆机的祖父，陆抗是陆机的父亲，这样指名道姓地问人家的祖父和父亲是非常不礼貌的。于是陆机就回答说："如君于卢毓、卢珽。"卢毓和卢珽是卢志的祖父和父亲，陆机就这样把卢志的话还回去了。卢志听了当然也不高兴。所以当陆机失败的时候，卢志就在司马颖面前说了陆机的坏话。结果，司马颖就派人去把陆机杀死了。陆机临刑时就叹息说："华亭鹤唳，岂可复闻乎？"他是回想起当年孙吴时代和他弟弟陆云在华亭旧游的往事，感叹说当初在华亭的那种优游自在的快乐生活是不可以再得到了。现在庾子山就用这个典故说：陆机的故国败亡了，当他在河桥失败被杀的时候，哪里能够再听到故乡华亭鹤唳的声音呢？这也就是说，他自己的祖国也已经败亡了，回想当初在故国一切旧游的生活也都永远不可复得了。下面我们看第四段：

> 孙策以天下为三分，众才一旅；项籍用江东之子弟，人惟八千。遂乃分裂山河，宰割天下。岂有百万义师，一朝卷甲，芟夷斩伐，如草木焉？江淮无崖岸之阻，亭壁无藩篱之固。头会箕敛者，合从缔交；锄耰棘矜者，因利乘便。将非江表王气，终于三百年乎？是知并吞六合，不免轵道之灾；混一车书，无救平阳之祸。呜呼！山岳崩颓，既履危亡之运；春秋迭代，必有去故之悲。天意人事，可以凄怆伤心者矣！

这一段的开头意在慨叹南朝的败亡。孙策字伯符，是吴郡富春人，他的父亲孙坚做过豫州刺史，曾接受袁术的命令与荆州刺史刘表作战，被杀身亡。孙策率领孙坚的残部几百人，骑数十匹，得到袁术的支持，渡江作战，所向无敌，不久就自领会稽太守。后来曹操就奉表封他为讨逆将军，又封他为吴侯。于是他渐渐就平定了江东，奠定了孙吴建国的基业。他的弟弟孙权继承了他的事业，后来就形成魏、蜀、吴鼎足三分天下的局面。那么"孙策以天下为三分，众才一旅"，他打下这样大的基业，当初起事时手下所率领的军队也不过几百人而已。"旅"是古代军队的编制，五百人叫一旅。而这个"一旅"还有一个出处：《左传》哀公元年记载吴越的事情时曾提到，古代夏朝时少康的父亲夏后相被奸臣篡弑了，夏后相的妻子逃回娘家去，在娘家生下少康。少康要为父亲报仇还要复兴他的国家，可那时他所有的不过是"有田一成，有众一旅"。方十里为成，五百人为旅，而他就凭着这点儿本钱消灭了仇人，中兴了夏朝。庾信用这个典故其实是要做一个反比：古代的那些杰出人物都是以很少的军队起家，而最后获得很大的成功；可是像梁朝这么大一个国家，又拥有那么多的军队，为什么竟然一下子就败亡了呢？

"项籍用江东之子弟，人惟八千。"项籍就是项羽，他的名字叫籍，他的号叫羽，就是我们常说的楚霸王项羽。项籍是下相人，他和他的叔父项梁在秦末刚一起兵的时候，手下只有江东子弟八千人，而居然就能够灭了秦朝，自立为西楚霸王。虽然项羽后来在乌江自刎，最终是失败了，但庾子山现在用这个典故却是断章取义：只说项羽的成功，不提他的失败。他说，项羽建立了霸王的大业，而他在起兵的时候也只是率领了江东子弟八千人而已啊！

"遂乃分裂山河，宰割天下。"这个"分裂"就是指的"割据"，所以"分裂山河"和"宰割天下"乃是叠句，是同样的意思。孙策奠定了孙吴的基业，项羽成为一代霸王，像他们二人都是以很少的军队起家而终于有了这样大的成就。那么梁朝呢？庾信说："岂有百万义师，一朝卷甲，芟夷斩伐，如草木焉？"这说的就是梁朝的败亡了。因为在侯景反叛的时候，梁武帝曾经传檄征调四方军队入援。"义师"，指的就是那些到建康来勤王的部队。这些部队当时都屯扎在京师外围，"百万"乃极言其多。这些勤王的将领，从历史记载上看，至少有以下几个人是比较有名的。一个叫作柳仲礼，《南史》上有他的传，说他"勇力兼人，少有胆气"。他在梁武帝的时候做过电威将军，也曾带兵与西魏的军队作战而获胜。在侯景刚刚依附梁朝的时候，柳仲礼就发现他有谋叛之意，因此屡次上奏启，请求讨伐侯景，可是梁武帝没有听他的。而侯景果然就起兵叛乱了，那时候柳仲礼也曾都督诸军与侯景作战，也曾一度打败了侯景，可是接下来他又被侯景打败。柳仲礼这个人，自以为很有胆量而且勇力过人，可那是在他胜而不败的时候。他这个人经不起挫败，所以一败之后，就"自此壮气外衰，不复言战"了，然后他就每天"置酒高会，日作优倡"，而且还"毒掠百姓"。最后，他投降了侯景。这个人虽然有勇力，但是却没有志节。另外还有一个人叫作韦粲，《南史》本传说他"好学仗气"，在梁朝做官做到衡州刺史。当侯景作乱的时候，他兼程倍道来援，到了建康附近一个叫青塘的地方，还没有扎好营寨，侯景就带了一批最精锐的部队来攻打，一下子就把他的军队打败了。韦粲的手下劝他赶快逃走，他不肯临阵脱逃，于是就被杀死了。还有一个人叫作萧纶，是梁武帝的第六个儿子，被封为邵陵王。在侯景叛乱的时候，他以征讨大都督的名义来讨伐侯景，也失败了，逃走到京口。后来梁元帝萧绎怕萧纶跟他争帝位，派王僧辩攻打他，萧纶败走，最后被西魏所杀。

所以你看，当侯景攻打建康的时候，并不是没有人来救援，只是由于种种原因，他们都失败了，是"百万义师，一朝卷甲"。"一朝"，乃是极言其快；"卷"是卷藏，把兵甲都卷藏了，也就是说收拾兵甲退走了。"岂有"是说怎么会这样呢？怎么会百万大军居然这么快就都打败退走了？于是，侯景的军队攻入了建康城，就"芟夷斩伐，如草木焉"。"芟"有"刈"的意思，"刈"是割草；"夷"

是削平，也就是杀戮的意思。用刀来砍叫作斩，用戟来刺叫作伐。所以这两句是写破城之后的屠杀。史书上记载侯景讲过这样的话："破栅平城，当净杀之。"就是说，破城之后，我们要把城里的人通通杀光。所以侯景的部下士兵就专门以杀掠为事，把人民百姓就像割除地上的野草和树木一样地屠杀。而朝廷竟没有一点抵抗的办法，是"江淮无崖岸之阻，亭壁无藩篱之固"。

"崖岸"是高起的河岸。他说，那长江、淮河本来应该是天堑的险阻，但现在却好像连一点儿阻隔的作用都没有了。这虽然是说建康城惨痛的陷落，但后来梁元帝即位于江陵，西魏的大军同样在转眼之间就兵临城下，那江河的阻隔同样无济于事。那什么叫作"亭壁"呢？在秦汉时代设立有"亭长"的职务，这种官吏是掌管捕捉盗贼的。亭长手下有士兵有武器，还建有防守的堡垒，所以是"亭壁"。"藩"是屏障，"篱"是篱笆。"亭壁无藩篱之固"就是说，各亭的壁垒，就连屏障篱笆的那一点点阻隔效用都没有的，敌人简直就是长驱直入。

下面他说："头会箕敛者，合从缔交；锄耰棘矜者，因利乘便。"这"头会箕敛"四个字见于《汉书·张耳陈馀传》的"头会箕敛，以供军费"。那是讲秦朝是怎样向老百姓收取赋税的。《汉书》服虔的注解说是："吏到其家，人人头数出谷，以箕敛之。"这个"会"字应读为kuài，有总计的意思；"箕"就是簸箕。就是说，官吏到百姓的家里，按照人头的数目来计算该交多少钱谷，然后就用簸箕来收取。

说到服虔，我还要插一句，之前我们讲到过这样两句："栩阳亭有离别之赋，临江王有愁思之歌。"那里面的"栩"字，我们读为xǔ。但倪璠的注解在那个地方引服虔注解说是"栩音翊"，倪璠引错了。《汉书》服虔注解的原文是"栩音诩"，诩字读音为xǔ，是正确的。倪璠误以诩字为翊字，翊字读音为yì，是错误的。当然，诩字与翊字形似，这也可能是刻版时产生的错误。有的听众发现倪璠注解为"栩音翊"，我讲的时候读的是xǔ，因而提出疑问，所以我在这里做一个解释。

现在我们接着看，庾子山用"头会箕敛"这个词所要表达的是什么意思呢？他这个"头会箕敛者"，是说被征收赋税的老百姓，也就是当时社会上那些微贱的平民。那这个指的是谁？我以为他指的是陈霸先。《南史》上有陈高祖的本纪，说陈霸先这个人"其本甚微"，他的出身是很卑微的。早先他在他的故乡做"里司"，是里巷间的一个非常小的官吏；后来他到建邺做过"油库吏"，就是管理油库的官吏。庾子山说，像这样卑贱的一个人，他居然就能够"合从缔交"。什么是"合从缔交"呢？这四个字出于贾谊的《过秦论》。之前我们讲过"从"字同"纵"。"合从"，本来是战国时纵横家的主张。当时秦国位于函谷关以西的地方，从天下而言，如果关东的六国从南到北联合起来抗秦，就叫作"合从"；而如果关东的六国从东到西分别与秦联盟和好呢，那就叫作"连横"了。而秦在统一六国之后建都咸阳，咸阳也是西方关中之地。那么，当陈胜吴广起兵反秦之后，关东六国诸侯的后代也都乘时而起，天下的豪杰大家互相联合起来一起打秦朝，结果秦朝就灭亡了。而陈霸先呢？他其实并没有什么"合从缔交"之事，庾子山在这里的重点其实还是"头会箕敛者"，是强调他出身微贱，说那些本来以种地干活交纳赋税为本分的人现在也都趁此机会起义结盟了，结盟做什么？结盟来造反作乱啊。

"锄耰棘矜"和"因利乘便"，其实也是贾谊《过秦论》里的话。"锄"就是耕田的锄头。"耰"，《汉书》颜师古注解说是"摩田器也"，就是用来松土平整土地的农具。"棘"是个入声字，它就相当于"刀枪剑戟"的那个"戟"字。"矜"是长矛的柄。你要知道，秦始皇统一天下之后，曾收集天下所有的兵器聚之咸阳，把它们熔化之后铸成了十二个金人。到了秦末农民起义的时候，民间已无兵器可用，所以就把那些耕地的器具都拿来当武器用了。"因利乘便"的"因"和"乘"，都有"借着"的意思。秦末的那些个英雄豪杰，是借了时代的际会才成就了他们的一番事业，而陈高祖陈霸先呢？他也是借到了一个好机会：先是侯景叛梁，朝廷一败涂地，然后梁元帝又败亡于西魏，梁朝的国祚一天比一天衰微下去，陈霸先的势力就一天比一天强大起来，结果他就接受了梁敬帝的禅让，从一个布衣的平民，变成了一代开国的帝王。

（安易整理）

第七讲

　　"将非江表王气，终于三百年乎？""将非"者，是"莫不是"的意思。"江表"是长江以外，而站在中原之地来看，长江以外就是指长江以南的地方。"王气"，指的是天子之气。中国古代有善于望气的人，史书里也常有望气的记载，例如《史记·项羽本纪》里就记载了范增劝项羽杀刘邦时说的话："吾令人望其气，皆为龙虎，成五采，此天子气也。急击勿失。"而在《史记·高祖本纪》里就记载说："秦始皇帝常曰'东南有天子气'，于是因东游以厌之。"江南后来确实有好几个朝代在那里建都，说明那里真的是有些"王气"的。可是庾子山说：莫非江南王气的气象现在已经终尽了吗——"终于三百年乎"？为什么说"三百年"呢？因为从三国时代孙吴建都在建业算起，经过了东晋、宋、齐、梁，一直到梁敬帝在太平二年（557）禅位给陈霸先为止，加起来一共有二百九十二年之久，做文章取其成数，那就是三百年了。

　　"是知并吞六合，不免轵道之灾。"他说，通过江南这几个朝代的盛衰兴亡我就知道了，不管你建立过多大的功业，也无法避免将要发生的灾难。"六合"是东、西、南、北四个方向再加上下面的地和上面的天，这六个方位合起来就包括了整个的天下，这个"六"字我们习惯了读liù，但它本来是个入声字，不妨读为lù。"并吞六合"出于贾谊《过秦论》的"履至尊而制六合"，是说秦始皇能够登上至尊的天子地位，控制住整个的天下。秦始皇他自己称为始皇帝，以为将来可以一代一代地传下去成为子孙万世之业，可是在秦二世三年（前207）的时候天下英雄之士就已经纷纷起兵了。后来赵高杀死了秦二世，另立太子扶苏的儿子子婴为秦王。但这个时候沛公刘邦的军队已经到了霸上，咸阳已经守不住了。霸上，在长安东南灞水的边上。当时，秦王子婴就"系颈以组，白马素车，奉天子玺符，降轵道旁"——在脖子上绑一根绳子表示降服，乘着素车白马，捧着天子的玺符，就在轵道那个地方向刘邦投降，秦朝从此就灭亡了。"轵道"是一个亭的名字，在陕西咸阳东北。

"混一车书，无救平阳之祸。"这"平阳之祸"就是说晋朝的事情了。在《礼记》的《中庸》里有这样的话，"车同轨，书同文"，说是天下所有的车，那车辙轨道的距离宽窄都是一样的，天下所有书籍所用的文字也都是统一的。那么"混一车书"呢？那就和上一句的"并吞六合"一样，都有统一天下的意思。在晋朝之前是魏、蜀、吴三国鼎立的局面，后来魏灭掉了蜀，晋武帝司马炎篡了魏，然后又灭掉了吴，这才统一了天下。而到了晋怀帝永嘉五年（311）的时候，刘聪攻陷洛阳，俘虏了晋怀帝，把他迁到平阳，不久就把他杀死了。当洛阳陷落时，晋怀帝的侄子晋愍帝即位于长安，而到建兴四年（316），刘曜攻陷长安，俘虏了愍帝，把他也送到平阳，不久也杀死了。西晋就这样灭亡了。所以庾信说：晋武帝司马炎当年曾统一了天下，使车同轨，书同文，可是他却不能够挽救他的后世子孙，不能够让他们避免亡国和被俘虏被杀害的灾祸。侯景攻陷建康之后囚禁了梁武帝和简文帝，梁武帝和简文帝是父子关系，西晋的怀帝和愍帝是叔侄关系，都是两代君主遭遇灾祸，所以这个典故用得也非常贴切。

"呜呼！山岳崩颓，既履危亡之运；春秋迭代，必有去故之悲。""呜呼"当然是叹息了。"山岳崩颓"的出处在讲《小园赋》"山崩川竭"的时候讲过，见于《史记·周本纪》，说是周幽王的时候岐山崩裂，三川枯竭，那是一种国家将亡的征兆。那么，梁朝现在也已经走上了败亡之路。"既"是已经。"履"是走上去了。他说，人世间的这种盛衰兴亡的推移转变，就和春夏秋冬四季的推移转变是一样的。"迭"是更迭。"代"就是替代。当我们看到季节更易的时候，就会有一种时间消逝的悲哀，感到旧日的一切都已离开我们而远去了，就像李后主《虞美人》词所说的："春花秋月何时了，往事知多少！"而庾信呢，他还不只是对季节和往事的悲哀，他还有对故国败亡的悲哀。所以他说："天意人事，可以凄怆伤心者矣！"春秋的推移是天意了，所谓"盛极则衰，物极必反"，春天万物就生长，秋天万物就凋零，天道本来就是这样循环的。而人事呢？人类之间的胜败兴亡也是一样的。所以无论是天意还是人事，都让我们看到真的是有那令人凄怆伤心的一面。接下去看最后一段：

　　　　况复舟楫路穷，星汉非乘槎可上；风飙道阻，蓬莱无可到
　　之期。穷者欲达其言，劳者须歌其事。陆士衡闻而抚掌，是所
　　甘心；张平子见而陋之，固其宜矣。

"况复"，何况再加上。加上什么呢？"舟楫路穷。"倪璠的注解引了
贾谊《治安策》："是犹渡江河亡维楫，中流而遇风波，船必覆矣。"
贾谊说，如果国家没有一定的法律制度，那就像要渡河却没有船桨
维系又遇到风波，船一定会沉没。可是庾子山并没有完全用贾谊的
这两句话，他只是说：我现在是没有办法回到故国去的，我是"舟
楫路穷，星汉非乘槎可上"。"星汉"就是银河，也就是天河。晋代
张华《博物志》讲了一个故事，他说过去传说天上的天河是和海相
通的，有一个人住在海边，每年八月都有一个浮槎来到又离开，从
来不错过日期。这个人就决心要探险，有一回就带了很多干粮上了
这个浮槎。他随着浮槎来到一个地方，那里有城郭，还有很整齐的
屋舍，里面有许多织妇。又看到一个男子牵着牛到水边饮水。他就
问那个男子这是什么地方，那人对他说：你将来回去问蜀郡的严君
平就会知道。后来这个人回去以后就到蜀郡去问严君平。严君平
说：某年某月某日我曾看到有一个客星到了天上牵牛星的旁边。算
了一算日子，正好是这个人到天河去的时候。由此就知道，那个饮
牛的男子就是牵牛星了。而现在庾信就说：我已经没有办法，我已
经无路可走了，我的故国就像天河一样远在天上，不是乘槎就可以
到达的。
　　"风飙道阻，蓬莱无可到之期。""飙"是一种非常强大的、旋

转的暴风。"蓬莱"出于《史记·封禅书》，说是海上有蓬莱、方丈、瀛洲三座神山，战国时的齐威王、齐宣王、燕昭王都曾派人入海寻求。那三座神山相传是在渤海之中，去人不远，但是"患且至，则船风引而去"，就是说当你坐着船快要到达的时候，就会刮起狂风，把你的船吹开了。

既然庾子山的国家败亡了，他自己羁留在北朝这么多年，满心都是这种怅惘和哀伤，所以下面就说到他为什么写这篇《哀江南赋》了。他说："穷者欲达其言，劳者须歌其事。"人到穷困的时候，就希望把他的这些穷困用语言表达出来。像司马迁在《史记·太史公自序》里边就曾说过，古代那些有名的文章，"大抵贤圣发愤之所为作也"。这"穷者欲达其言"还有一个出处，在《晋书·王隐传》。王隐字处叔，陈郡人，家世寒素，少年好学，有著述之志。他有一个朋友涿郡人祖纳，这个人好博弈，喜欢下棋。王隐认为这件事情是很浪费时间的，所以"每谏止之"。祖纳就回答他说，"聊用忘忧耳"——我不过借博弈来忘怀我不得意的忧愁就是了。王隐就对他说："盖古人遭时，则以功达其道；不遇，则以言达其才，故否泰不穷也。"说是古人如果得到当代君主的知遇任用，就应该建立一番功业来实现他的理想；如果他没有这种机会，得不到知遇和任用，那就应该用言辞来著述文章以表现自己的才能，所以无论是遭遇到幸还是不幸，他都不会真正穷困的。庾子山在这里是要说：困穷的人在建立功业上已经没有机会，那就希望在言辞上得到一个表达的机会，所以他就要用文章来写出他自己的这份悲哀。"劳者须歌其事"也有出处，倪璠的注解引了《韩诗序》

的"劳者歌事"，这是他辗转引来的。《诗经》的今文解说有齐、鲁、韩三家，在《隋书·经籍志》里记载着有《韩诗》二十二卷。清朝的章宗源在《隋书·经籍志》的考证中说，《韩诗内传》在宋朝就已亡佚了。那么《韩诗序》当然也就亡佚了，现在只剩下一些散佚的章句。我已经提到过庾子山的赋里所用的词语常常都是有出处的，虽然有的地方不提出处也能明白，但我们还是应该知道它的出处。

"陆士衡闻而抚掌，是所甘心。"陆士衡就是我已经提到过的陆机，他本是吴国人，孙吴覆灭之后就来到洛阳。这个人很有才，赋写得非常好，所以他到了洛阳就"拟作《三都赋》"。"三都"，就是魏都、蜀都和吴都。这时他听说有个左思也要写《三都赋》，于是就"抚掌大笑，与弟士龙书曰：'此间有伧父欲作《三都赋》，须其成，以覆酒瓮耳。'"南方人认为北方人粗野，常称北方人为伧父。陆机才学很高，不免目中无人。他认为左思一定写不好，所以说等他写完了，可以用来盖酒坛子。左思字太冲，临淄人，是太康时期有名的诗人，他的妹妹左芬也很有才学，被选入宫中做晋武帝的贵嫔。相传左思为写《三都赋》下了很大的功夫构思和搜集材料，用了十年的时间才写成。写成后人们彼此传抄，以至洛阳因此纸贵。陆机虽然在一开始讥笑他，但是当左思的赋写出来之后，"遂辍笔焉"——惊叹左思的赋写得好，所以他自己就搁笔不写了。现在庾子山用这个典故是表示谦虚，他说：我这篇《哀江南赋》可能写得并不好，如果有像陆士衡那样的写赋的文学家听说我写了这篇赋而抚掌大笑地嘲笑我，我是甘心接受的。

"张平子见而陋之，固其宜矣。"后汉张衡字平子，也是一个善于写文章的人。《艺文类聚》里边说班固写了《两都赋》——两都就是东都洛阳和西都长安——"张平子薄而陋之，故更造焉"，张衡认为班固的《两都赋》很浅陋，于是他自己就写了《二京赋》。二京，也是指洛阳和长安，即东、西两京。张衡的《二京赋》也用了十年之久才完成，完成之后也是传诵一时。所以庾子山就说：我这篇《哀江南赋》如果被张平子这样的人看到而认为写得很浅陋，那也是理所当然的。这当然也是庾子山表示客气和谦逊的话。

现在，庾子山的《小园赋》和《哀江南赋序》就都讲完了。我们已经看到庾子山的骈赋对偶之工整、用典之贴切，写得确实是好。尤其是这两篇文章都是庾信晚年在北朝所作，杜甫《咏怀古迹》诗中有两句说："庾信生平最萧瑟，暮年诗赋动江关。"庾信晚年羁留在北朝有二十七年之久，所以他晚年所写的诗赋已不像当时一般人的诗赋只重雕饰章句、铺陈辞藻，他的这两篇赋里边真是非常悲哀、非常沉痛、非常有内容的，有很高的文学价值。尤其是《哀江南赋》，记载了当时的历史，批评了当时的人物，抒写了自己的感情，在中国的赋里边是很伟大的一篇作品。

其实庾信早年的作品也有一点特别值得注意。早年他在南朝的时候，与梁武帝、梁简文帝经常有君臣之间的吟咏唱和，他还写过《春赋》啦，《荡子赋》啦等等作品。这些作品的内容虽然比较空洞，但我们应该注意到：在《春赋》《荡子赋》这类作品里边常常有一些七言的句子，那些句子不像文章的句法，而像诗歌的句法，在平仄的声音上也很像后来的律诗，而且其中也有对句。比如像

《春赋》的开头:"宜春苑中春已归,披香殿里作春衣。新年鸟声千种啭,二月杨花满路飞。"如果我们只念这四句,很难分辨它是诗的句子还是文章的句子。我在开始讲赋这种体裁的时候就曾讲到,赋本来是诗歌与散文混合演进而成的。从楚辞而来的骚体的赋到汉朝的汉赋,实在是从诗歌走向散文。六朝的赋逐渐开始注意到骈偶和声律,于是散文化的赋就又有了诗歌化的趋势。这又涉及七言诗发生、发展与演进的历史了。

(安易整理)

欧阳修《秋声赋》讲录

欧阳子方夜读书，闻有声自西南来者，悚然而听之，曰："异哉！"初淅沥以萧飒，忽奔腾而砰湃，如波涛夜惊，风雨骤至。其触于物也，鏦鏦铮铮，金铁皆鸣；又如赴敌之兵，衔枚疾走，不闻号令，但闻人马之行声。余谓童子："此何声也？汝出视之。"童子曰："星月皎洁，明河在天，四无人声，声在树间。"

　　余曰："噫嘻悲哉！此秋声也，胡为而来哉？盖夫秋之为状也：其色惨淡，烟霏云敛；其容清明，天高日晶；其气栗冽，砭人肌骨；其意萧条，山川寂寥。故其为声也，凄凄切切，呼号愤发。丰草绿缛而争茂，佳木葱茏而可悦；草拂之而色变，木遭之而叶脱；其所以摧败零落者，乃其一气之余烈。夫秋，刑官也，于时为阴；又兵象也，于行为金；是谓天地之义气，常以肃杀而为心。天之于物，春生秋实。故其在乐也，商声主西方之音，夷则为七月之律。商，伤也，物既老而悲伤；夷，戮也，物过盛而当杀。

　　"嗟乎！草木无情，有时飘零。人为动物，惟物之灵，百忧感其心，万事劳其形，有动于中，必摇其精。而况思其力之所不及，忧其智之所不能，宜其渥然丹者为槁木，黟然黑者为星星。奈何以非金石之质，欲与草木而争荣？念谁为之戕贼，亦何恨乎秋声！"

　　童子莫对，垂头而睡。但闻四壁虫声唧唧，如助余之叹息。

第一讲

上一讲，我们已经把《哀江南赋序》讲完了。在讲《哀江南赋序》结尾的时候，我曾经提到关于赋的体裁的演进。

上文谈到，由楚辞发展而成的骚赋到汉朝的汉赋，在文学形式上逐渐显现由诗歌而散文化了。那么，庾子山的赋呢，有两点是值得注意的：其一，是我们从庾子山《小园赋》和《哀江南赋》可以看到，"赋"这种体裁，到了庾子山的时候，已经是非常工整了，形成了骈赋。"骈赋"也叫"俳赋"。骈，骈偶的、对句的。从庾子山《小园赋》和《哀江南赋》，已经看到庾子山骈赋对偶之工整、用典之贴切，写得确实是好。其二，庾子山在他早期，还写过一些短短的小赋，像《春赋》《荡子赋》这类作品，其中常常使用很多七言句，那些句子不像文章的句法，而像诗歌的句法；平仄的声音也很像后来的律诗，也有对句，也讲求对偶。比如《春赋》中写："宜春苑中春已归，披香殿里作春衣。新年鸟声千种啭，二月杨花满路飞。"像这种句子，很难分辨它是诗句还是文句。而赋这种体裁，本来是诗歌与散文融合演进而成的。从楚辞而来的骚体赋到汉赋，实在是从诗歌走向散文；六朝赋逐渐开始注意到骈偶和声律，于是散文化的赋就又有了诗歌化的趋势，就像庾子山《春赋》《荡子赋》之类，用了很多近体诗的句子，这种句子，影响到唐朝的七言律诗。这又涉及七言诗发生、发展与演进的历史了。

从中国诗体发展上来看，七言诗晚于五言诗出现，故七言律诗的成熟亦当晚于五律。在古代的诗中，比如《诗经》中虽然有七言句，那不过是偶然有七个字一句的句子而已，并不多见的，当然不能够称之为七言诗，因为它只是一篇诗里边，偶然有这样一句或者两句，而通篇并不是七言一句的，所以并不能够说是七言诗。后来古诗中，有些诗是七个字一句的，然而它中间常常加个语助词"兮"字，像汉高祖《大风歌》"大风起兮云飞扬"，虽然是七个字一句，但中间有"兮"字，这是属于骚体的短歌，并不是七言诗。一直到魏晋的时候，魏文帝曹丕留下了两首《燕歌行》，是最早的七言诗了，它在中国的诗歌史上，是对一个新诗体的开创。当时魏晋其他诗人，写七言诗的很少，几乎不可见。而到唐朝的时候，不但写七言诗的人多起来了，而且随着五言律诗的形成，七言律诗也形成了。

我们知道，律诗是中国近体诗的一种，格律严密，讲究声律、对偶，而像齐、梁之间的小赋，有些近于七言诗的句子，比如庾子山《春赋》的"新年鸟声千种啭，二月杨花满路飞"，在当时已经非常讲究骈偶、讲究平仄了，可以说对后来七言律诗的影响很大。这样的七言诗赋的句子，逐渐有律化的痕迹了。由庾子山《春赋》《荡子赋》这样的"骈赋",随着骈体与声律说的演进,到唐朝形成了"律赋"。律赋是唐代科举考试专用的试帖赋,写的时候既要顾及排偶对仗,还要顾及声律,因此有的作者常常就只注意表面的雕琢,妨害到内容与情意的表达了。但是,庾信的赋没有这样的缺点。"律赋"以后,到唐宋的时候,又形成另外一种"文赋"的体裁。从韩愈、柳宗元提倡文章"复古",要写散文,而不写骈文。唐代韩愈、柳宗元倡导的古文运动,到了宋朝的时候,像欧阳修、"三苏"、曾巩、王安石等这些古文家,他们的散文创作,继承和发扬了韩、柳的传统,又别开生面,异彩纷呈。而随着唐宋古文运动而起的文学革新运动,波及更广,赋这种体裁呢,就又有了一种变化,由"骈赋""律赋",又有了一种"文赋"的演进与发展了。

"文赋",并不是说像从前晋朝陆机写过一篇文章叫《文赋》。陆机的《文赋》,是以"文"为题目,而用"赋"的体裁来写的,它是关于文章创作、欣赏的理论批评著作。那么,我们所说的"文赋",则说的是唐宋时期赋这种体裁逐渐散文化了。文赋的特点是:废弃骈律的限制,骈散结合,形成一种自由的体裁。如此说来,赋体的流变大致经历了骚赋、汉赋、骈赋、律赋、文赋几个阶段。

我们之所以把赋之体裁的演进,做比较详细的说明,是因为紧接着《哀江南赋序》以后,就要讲到欧阳修所写的《秋声赋》了。欧阳修《秋声赋》,就是一篇属于已经散文化了的文赋。这就是说,赋这种体裁形式,从齐、梁以后,逐渐讲求骈偶,到唐朝更有严格格律规定的所谓"律赋"的形成。但是,随着唐宋古文运动,赋的文体的革新就在于:废弃骈律的限制,骈散结合,不要过分严格遵守这种"骈偶"的格律，对于押韵这方面也比较放宽，中间掺杂了很多散文化的句子，形成一种自由的体裁，就叫作"文赋"。欧阳修《秋声赋》，就是一篇比较散文化的文赋。

我们每一次在讲授之前，总是先把文章读一下，把每个字的读音读清楚。现在先看《秋声赋》第一段：

> 欧阳子方夜读书，闻有声自西南来者，悚然而听之，曰："异哉！"初淅沥以萧飒，忽奔腾而砰湃，如波涛夜惊，风雨骤至。其触于物也，鏦鏦铮铮，金铁皆鸣；又如赴敌之兵，衔枚疾走，不闻号令，但闻人马之行声。余谓童子："此何声也？汝出视之。"童子曰："星月皎洁，明河在天，四无人声，声在树间。"

"悚"是第三声，上声。"飒"本来是入声字，我们普通把它念作第四声，去声，也有人把它念作第三声。我们从这一段，可以看到赋是散文化了。

在以前，像讲庾子山《小园赋》这一篇赋，我们说过，《小园赋》的头两段相当于一个"序"，所以不押韵。《小园赋》的第三段开始，才是正式的赋文，开始押韵了，从《小园赋》第三段开始，每一段它是押韵的，虽然中间可以换韵，可以转换成另外一个韵，但一般说起来，每一段都是押韵的。现在欧阳修的这一篇《秋声赋》，就以第一段来看，它中间有的地方押韵，有的地方就不押韵；有的地方很整齐，讲究对偶，有的地方就不整齐，不讲究对偶。所以像这样的体裁，就是赋的散文化，就是"文赋"了。

庚子山《哀江南赋序》并没有押韵，因为他那一篇是赋的序，而不是赋的本文。而《哀江南赋》的本文，是押韵的，如《哀江南赋》中所写被俘入关的人沿途之凄惨情形的一段赋文："水毒秦泾，山高赵陉。十里五里，长亭短亭。饥随蛰燕，暗逐流萤。"从这一段看起来，它总是两句一押韵，两句一押韵；虽然中间可以换韵，也总是两句一押韵。而欧阳修《秋声赋》，就不是如此的。欧阳修《秋声赋》有的地方押韵，有的地方不押韵。那什么地方是押韵的句子呢？我们简单地看一下：《秋声赋》开头几句，都是不押韵的；从后边"铮铮"的"铮"字、"金铁皆鸣"的"鸣"字、"又如赴敌之兵"的"兵"字、"但闻人马之行声"的"声"字，这几句才是押韵的。再接下去看："余谓童子：'此何声也？汝出视之。'"这几句不押韵，从"童子曰"以后，"明河在天"的"天"字和"声在树间"的"间"字，是押韵的。

下面，再看《秋声赋》第二段：

余曰："噫嘻悲哉！此秋声也，胡为而来哉？盖夫秋之为状也：其色惨淡，烟霏云敛；其容清明，天高日晶；其气栗冽，砭人肌骨；其意萧条，山川寂寥。故其为声也，凄凄切切，呼号愤发。丰草绿缛而争茂，佳木葱茏而可悦；草拂之而色变，木遭之而叶脱；其所以摧败零落者，乃其一气之余烈。夫秋，刑官也，于时为阴；又兵象也，于行为金；是谓天地之义气，常以肃杀而为心。天之于物，春生秋实。故其在乐也，商声主西方之音，夷则为七月之律。商，伤也，物既老而悲伤；夷，戮也，物过盛而当杀。

这一段，"砭人肌骨"之"砭"字，有平声和去声两个读音，像我们凭靠在栏杆上的那个"凭"字，还比如像听见声音的那个"听"字，都有平声和去声两个读音。"呼号愤发"之"发"字，是入声字；"木遭之而叶脱"之"脱"字，现代汉语把它念成平声了，其实它也是一个入声字；还有"常以肃杀而为心"，"肃杀"之"杀"字，也是入声字。

这一段开头几句，是不押韵的；从"秋之为状也：其色惨淡"这里就押韵了。"其色惨淡"的"淡"字，跟"烟霏云敛"的"敛"字，这两个字是一个韵的。下面，"其容清明"的"明"字，跟"天高日晶"的"晶"字，这两句是押韵的，两句一个韵。"其气栗冽"的"冽"字，跟"砭人肌骨"的"骨"字，这两个字是押韵的。"其意萧条，山川寂寥"，这个"条"字和"寥"字是押韵的。所以这几句，是每两句一个韵。然后，"故其为声"之"声"，就是"秋声"，以下有一大段都是要押韵的。而这一段押韵，都是押的入声字，所以我们现在读起来，好像是不大谐和的样子，不像是押韵的字；但是在古代，这个入声字押韵的时候比较宽，有很多韵是可以通用的，在诗韵中，比如"月亮"的"月"字这个韵、"曷不"的"曷"字那个韵，还有"琐屑"的"屑"字这个韵，这三个入声韵，都是可以通押的。这一大段的入声字都是押韵的，从"故其为声也"下面，"凄凄切切"的"切"字、"呼号愤发"的"发"字，然后"佳木葱茏而可悦"的"悦"字、"木遭之而叶脱"的"脱"字，最后一个是"一气之余烈"的"烈"字，这些字，都是押韵的。而"于时为阴"的"阴"字、"于行为金"的"金"字、"常以肃杀而为心"的"心"字，是押韵的。再后边，又换了入声韵了，"春生秋实"的"实"字，是个入声字；"夷则为七月之律"的"律"字，还有最后一个字"物过盛而当杀"的"杀"字，都是入声字，这几个字是押韵的。

下面，再接着看《秋声赋》第三段：

> "嗟乎！草木无情，有时飘零。人为动物，惟物之灵，百忧感其心，万事劳其形，有动于中，必摇其精。而况思其力之所不及，忧其智之所不能，宜其渥然丹者为槁木，黟然黑者为星星。奈何以非金石之质，欲与草木而争荣？念谁为之戕贼，亦何恨乎秋声！"

"有时飘零"的"零"字、"惟物之灵"的"灵"字、"万事劳其形"的"形"字、"必摇其精"的"精"字、"智之所不能"的"能"字、"黟然黑者为星星"的"星"字，还有"欲与草木而争荣"的"荣"字、"亦何恨乎秋声"的"声"字，都是平声的韵。这一段，可以说是在《秋声赋》里押韵最整齐的一段。一般说来，它都是两句一押韵，而且都押的是一个韵，平声韵。

下边是《秋声赋》的最后一行：

童子莫对，垂头而睡。但闻四壁虫声唧唧，如助余之
叹息。

这个"童子莫对"的"对"字、"垂头而睡"的"睡"字，是押韵
的。而后，换了入声韵，"虫声唧唧"的"唧"字、"如助余之叹
息"的"息"字，是押韵的。

《秋声赋》这篇文章，它的押韵要比我们之前所讲的《小园赋》
随便得多了。像《哀江南赋》，我们虽然没有讲《哀江南赋》，只
是讲了一篇《哀江南赋序》，但是看《哀江南赋》这篇文章，我
们可以看到，那个押韵是比较整齐的，两句一个韵。欧阳修的这
篇《秋声赋》呢，它押韵非常随意，有的时候押韵，有的时候就不
押韵，它的变化也比较多。这说明，随着古文运动，赋慢慢散文
化了。

这篇赋是写什么呢？欧阳修的《秋声赋》是写秋天的声音，所
以叫作"秋声"，秋天的时候，我们所听到的外面的风声、树声，
这一切萧瑟凄凉的声音，写秋天的声音的性质，以及他听到秋声以
后的感触，因草木之飘零，而想到人生之短暂无常。

这一篇文章，写在宋仁宗嘉祐四年（1059）秋天。那一年，欧
阳修已经有五十三岁了。庾信《枯树赋》引《淮南子》云："木叶
落，长年悲。"欧阳修当时五十三岁，是逐渐衰老了，当这样的年
龄，听到这样凄凉萧瑟的声音，就引起了他对于人生短暂无常的感
触，想到人生的衰老和死亡。

我们以前在讲每篇文章的时候，读过文章之后，都要介绍一下

作者。现在我们要看一看欧阳修的生平与著作，然后再开始讲这篇文章。

（张红整理）

第二讲

上一讲，在讲《秋声赋》开始的时候，我已经谈到赋的体裁的演进。要言之：赋是一种文体，由楚辞发展而来，赋体的流变大致经历了骚赋、汉赋、骈赋、律赋、文赋各个阶段。

骚赋，指屈原、宋玉为代表的楚辞以及后世模仿楚辞的作品，其特点在于抒情浓郁，意象瑰玮，声调绵邈，句中或句尾多半用楚辞的语助词"兮"字，它还不像汉以后的赋那样注重铺陈事物。汉赋，主要指汉代流行的大赋，它的内容多半是铺张扬厉、歌功颂德的，比如，司马相如的《子虚赋》《上林赋》，班固的《两都赋》，张衡的《二京赋》，都可以作为汉赋的代表。后来在魏晋的时代呢，又产生了抒情的骈赋，像以前我们讲过庾子山的《哀江南赋序》和《小园赋》等，注意到骈偶和声律，于是散文化的赋又有了诗歌化的趋势。到了唐宋，古诗变为律诗，骈赋也变为律赋了。文赋呢，是受到唐宋古文运动的影响，废弃骈律的限制，骈散结合，形成一种自由的体裁，欧阳修的《秋声赋》和苏东坡的《前赤壁赋》等名篇，都是宋朝的文赋。这些文赋在当时已经散文化了，所以它们不像六朝时那些骈赋讲究对偶与押韵，与我们讲过的《小园赋》不同，文赋不大重视押韵，即使押韵也不大整齐，有的时候是很散文化的。这是赋的体裁的演进，我们要注意研究。

下面，我们看一看作者的生平：

欧阳修字永叔，号醉翁，晚年又号六一居士，是宋代的古文大宗师、政治家、诗人。他祖籍是吉州永丰（今江西永丰县），因永丰县属庐陵郡所辖，所以在他文章中常落款"庐陵欧阳修"，自称庐陵人。生于宋真宗景德四年（1007）六月二十一日，卒于神宗熙宁五年（1072）闰七月，年六十六岁。

欧阳修四岁丧父，母亲郑氏立誓守节，带他到湖北随县，依靠叔父生活。家境贫寒，没有钱供他读书，就由母亲亲自授读。没有纸笔，他母亲就"以获画地，教以书字"，用芦苇秆在沙地上写画，教他写字、识字。"多诵古人篇章"，还教给他诵读许多古人的篇章。"以至昼夜忘寝食，惟读书是务"，欧阳修苦读，就这样夜以继日、废寝忘食，只是致力读书。因为聪明过人，努力读书，少年就有名，"自幼所作诗赋文字，下笔已如成人"。

仁宗天圣八年（1030），欧阳修二十四岁时中进士甲科。次年到西京（洛阳）任留守推官，与古文家尹洙（师鲁）、诗人梅尧臣（圣俞）交游。二十八岁回京，任馆阁校勘，饱读中秘典籍，参与编辑《崇文总目》。三十岁"因论救范仲淹，贻书谴责司谏高若讷"，因为热心支持以范仲淹为代表的政治改革，写信痛骂谏官高若讷依附权贵，昧于是非——这就是欧阳修著名的《与高司谏书》，第一次显露他在政治上的远见卓识，朝野为之轰动。欧阳修也因此于景祐三年（1036）五月被贬为夷陵（今湖北宜昌市夷陵区）县令。

以后，欧阳修做过乾德（今湖北光化县①西部）县令、滑州（今河南滑县）判官等。庆历三年（1043），知谏院，以直言见知于仁宗，参与修起居注，知制诰。此时，正值范仲淹、韩琦、富弼等人推行"庆历新政"，欧阳修参与革新，提出改革吏治、军事、贡举法等主张。庆历五年（1045）的时候，因为政治上党争的缘故，一些小人就以流言来诬陷欧阳修，因此欧阳修又被贬官，知滁州（今安徽滁州）。

滁州城，四面环山，景色宜人，欧阳修到滁州，常常在遨游山水中求得自娱，自号"醉翁"。本来是"因流言诬陷"，对于一般人而言，因为遭受到别人诬枉陷害而被贬官，心中应该是很抑郁悲愤的，而欧阳修这个人呢，他在滁州的时候，是很善于排遣的，游山玩水，乐而不返。我们说，东坡的为人如果与欧阳修相比起来，两个人有着不同的地方。欧阳修在艰苦患难之中，有一份排遣的兴致，比如欧阳修被贬到滁州这一时期，他留下相当数量的写山水游乐的诗文，他的《醉翁亭记》《丰乐亭记》等，都写成于此时。所以说，在遇到患难、遭遇到挫折的时候，欧阳修所有的是一份遣玩的意兴，而东坡所有的是一份超旷的襟怀。

①光化县已于1983年撤销，划归老河口市。本文据二十世纪六十年代授课录音整理，故保留作者当时表述，未作改动。下同。——编者注

还有，欧阳修在滁州所作的一些诗，比如《丰乐亭游春》，其中有这样的诗句："春云淡淡日辉辉，草惹行襟絮拂衣。行到亭西逢太守，篮舆酩酊插花归。"他说，天上的晴云，淡淡地飘动着，春天的太阳也很光明、很温暖，所以是"春云淡淡日辉辉"。"草惹行襟絮拂衣"，是说地面上长成的绿草牵惹在行人的衣襟上，柳絮扑惹到人的衣服上。"行到亭西逢太守"，这些游人，走到丰乐亭的西边，就会遇到太守。太守，就是欧阳修他自己。太守是什么样子呢？"篮舆"，是古人所坐的这种竹做的轿子。"酩酊"，是喝酒喝得很沉醉，微醺的样子，插着满头的花回来了。这反映了他在滁州被贬官以后生活的态度，这在一个人的修养上说起来呢，是很重要的。在遭遇到挫折或者不幸的时候，每一个人的反应都是不同的，我们每个人对待患难、挫折的态度是不同的。那么，当欧阳修因流言的诬陷被贬官的时候，还能有这一种消遣的态度，可以说是有很好的修养了。如果我们从这一方面来看呢，也许他与唐朝的韩愈、柳宗元在操行、修养的方面相比，更有节制，因此就影响到他的诗文的风格，也可以说他的诗文的风格更有情韵，更艺术化一点。所谓艺术化，是对比而言的，比如，韩愈的文章是以"气"胜的，气势很盛；像苏东坡的文章呢，是以"才"胜的，才气大盛；而欧阳修的文章呢，是以"情韵"取胜的。"气"与"才"，韩愈以气胜，东坡以才胜，都是"天也，非人也"，都是得之于天赋的比较多。而欧阳修的这一份操守、节制，可以说是有很多人为的修养在里面，是天与人二者相辅而成的，表现得很有情韵，这是一份人为的艺术表现在里面。欧阳修这个人呢，有着一份很好的修养，影响了他为文的风格。

后来，欧阳修知滁州不久，曾经"徙知扬州、颍州"。颍州（今安徽阜阳）风景也很好，有一个名胜之地，叫作西湖，与浙江杭州的那个西湖名字相同，然而不是杭州西湖，而是颍州西湖。欧阳修很喜欢、很欣赏颍州西湖风景的美好，他晚年退休以后，就住到颍州来了，那是后话。欧阳修知扬州、颍州之后，还做过南京的留守。"留守南京"，宋朝所谓的"南京"，相当于现在的河南商丘。

至和元年（1054），欧阳修升任翰林学士，奉命与宋祁重修《唐书》——就是我们现在的《新唐书》。次年，他曾经出使到契丹，去到北方的外族契丹那里，因为他的诗文都很有名了，他的文名"震动邻国"，契丹那地方的人呢，也曾经听到过他诗文的盛名，所以当他出使到契丹的时候，也很受契丹的优待和礼遇。到宋仁宗嘉祐二年（1057），欧阳修"知贡举"，以翰林学士身份主持进士考试，继承唐代古文运动传统，提倡平实文风，拔取苏轼、苏辙、曾巩等人，使当时的文风一变。

欧阳修取韩愈"文从字顺"的精神，大力提倡简而有法和流畅自然的文风，反对浮靡雕琢和怪僻晦涩，于是，宋代散文一种平正通达的风气，才真正能够盛行起来。我们常常讲到唐宋八大家的古文运动，欧阳修在古文运动中是非常重要的一个人物，如果没有欧阳修的北宋诗文革新，虽然古文运动在唐朝经过韩、柳的提倡，但在晚唐，文坛风气仍然是写骈文的。到了宋朝的时候，虽然有些人想要改变骈文的文风，但都没有这种力量，有些人虽然提出来这种理论，但他自己的文章并不能够实践他的理论，没有很成功的散文作品，一直到欧阳修，古文运动才真是理论和实践合而为一了。因为欧阳修不是空谈理论，他自己写的文章确实是非常好的。所以他在嘉祐二年"知贡举"这件事情呢，在文学史上，在文章作风的演变上，是非常重要的一件事情。

后来到嘉祐五年（1060），《新唐书》修成，欧阳修"因功拜礼部侍郎，兼侍读学士"。不久，又升任了枢密副使。第二年闰八月，担任参知政事的职务，当时欧阳修在政治上的地位可以说是非常崇高了。所以欧阳修是一个很了不起的人物，宋朝那些有名的古文家，像"三苏"、曾、王，即苏洵、苏轼、苏辙、曾巩、王安石，都出于欧阳修门下，他是宋朝古文一大宗师，是被大家所宗法的。此外，他也是一位很出色的政治家，他曾经在宋仁宗朝担任枢密副使、参知政事，掌揽国家政治大权，欧阳修与当时的宰相韩琦两人"同心辅政"。虽然那时宋仁宗已经衰老，而宋英宗继位后身体又很衰弱多病，在这种情形之下，在这六七年中，能够做到天下清平，治平无事，这都是欧阳修与韩琦两个人同心辅政的结果。所以欧阳修在宋朝，也是一个很了不起的政治家，在政治上是很有成就和作为的。

有些文学家，只是在文学方面有成就，而欧阳修是有多方面的才干的。所以有人评说，如王国维《人间词话》就曾经谈到，像李后主这样的词人，他是"不失其赤子之心"，他在现实的生活中做君主、做南唐后主失败了，而在文学上得到成就了。有些人说起来是如此的，就是在现实的生活上，他是属于失败的一个类型，而在文学上是属于成功的。但并不是尽然如此的，像欧阳修这样的人，就有多方面的才干，他在政治上、在现实生活上也做得非常好，也是很有成就的。

其后，宋朝治平四年（1067），宋神宗即位，欧阳修"力辞繁剧"。枢密副使、参知政事身为宰辅，是很繁重的职务，他就竭力辞去这种繁杂艰巨的职务。"遂以观文殿学士，出知亳州"，做亳州（今安徽亳县）太守；第二年又"转知青州"（今山东益都）；又过了两年，"转知蔡州"（今河南汝南）。到宋神宗熙宁四年（1071）七月，欧阳修"以太子少师告老"。"告老"，指辞职、退休。我们刚才讲过，欧阳修曾经知颍州，颍州风景很好，有颍州西湖。当他中年在颍州的时候，就很喜欢颍州这个地方，所以当他六十多岁"以太子少师告老"退休了，他就"归隐于颍州"，归隐到颍州时他曾经写过几首很有名的词。

我们说，欧阳修的成就是多方面的，他是古文宗师，是政治家；他不但文章写得好，诗也写得好，欧阳修的诗可以说是领导了宋朝诗风的转变，他的诗在文学史上占有很重要的地位。他的词也是写得很好的，老年归隐颍州时，写过一组共十首关于颍州西湖的《采桑子》，词调名《采桑子》，第一句都是说西湖风景如何好，在《采桑子》的第十首，他曾经有这样的词句：

平生为爱西湖好，来拥朱轮，富贵浮云，俯仰流年二十春。

归来恰似辽东鹤，城郭人民，触目皆新，谁识当年旧主人？

这词写得很好。"平生为爱西湖好"，他平生很早以前，就喜欢西湖这个地方风景好。他曾经在西湖、在颍州这里，做过太守，所以说"来拥朱轮"。"朱轮"，是车，朱红色的车轮，是太守所乘坐的。现在回想起他当年在颍州做太守的事情，真是"富贵浮云"，当年那些在官场上的仕宦的风尘富贵，真是像天上的浮云一样变化消失了。所以现在是"俯仰流年二十春"，人生很快的，俯仰之间，年华就过去了，今天他六十多岁归隐到颍州，回想到他四十多岁，在颍州做太守的时候，已经有二十年这样长久了，所以说"富贵浮云，俯仰流年二十春"。过片"归来恰似辽东鹤"，用"辽东鹤"的传说点明"归来"，现在我再回到颍州来，已是六十多岁的年纪，"恰似辽东鹤"，就好像古人得道化鹤归来。"辽东鹤"，是用汉朝道士丁令威化鹤归来的传说，这在《搜神后记》有记载："丁令威本辽东人，学道于灵虚山，后化鹤归辽，集城门华表柱。时有少年，举弓欲射之，鹤乃飞，徘徊空中而言曰：'有鸟有鸟丁令威，去家千年今始归。城郭如故人民非，何不学仙冢累累。'遂高上冲天。"这是说，从前汉朝的时候有个人叫丁令威，他后来学道成仙，化为一只白鹤回到辽东，欧阳修说我现在就好像是丁令威化鹤归来了。"城郭人民，触目皆新。"他说：我现在再看到这里城市的样子、来往的人民，都不是二十年前那种情形了，城郭街道建筑改变了，人事也改变了，二十年，一切都已经过去了，真是世变沧桑呀！而现在，"谁识当年旧主人"呢？我再回到颍州来，颍州的人有谁认识我，认识当年旧日颍州的主人？因为他当年做过颍州太守，重来颍州如返故乡。这首词他写得非常有情致，写得很好。

欧阳修从他中年时，就很喜欢颍州这个地方，希望老年时能够归隐到这里来，到他老年的时候果然能够归隐到这里来了。然而，他"归隐于颍州"的岁月不多，到了第二年，欧阳修在颍州居住差不多只有一年的时间，就因病去世了。他死后，宋神宗赠他"太子太师"称号，谥"文忠"，世称"欧阳文忠公"。

以上所讲是欧阳修的生平，下面我们讲欧阳修的为人与其文章风格。

"文忠为人刚正无私。"欧阳修自己曾经说过："孔子言，以直报怨。夫直者，是之为是，非之为非。"（《欧阳文忠公全集》附录《先公事迹》）他说，从前孔子说过"以直报怨"。孔子曾明确地说："以直报怨，以德报德。"（《论语·宪问》）"是之为是，非之为非。""是"，对就是对的；"非"，错就是错。《周易·坤·文言》云："直，其正也。""以直报怨"，简而言之就是以正直之心对待结怨者；是非善恶一切都要用这种非常公正的心来判断、来处理，这才是"为人刚正无私"，没有私人的恩怨和报复。欧阳修这个人，很是忠心，非常坦荡，没有一点点的嫌隙存于内心，不存私心和成见，非常刚正无私，能够在朝廷之上"主持清议"，就是主持这种非常清明正直的议论。

而且，他还"排佛老，倡节义，倾动朝野"。欧阳修力排佛老，提倡节义，当时真使得无论是在朝的朝官，还是在野的——那些没有做官的人们，都为他的思想与行为而震动，其人格修养、伦理智慧，倾动一时。因为他为人很刚正，所以他看到一些罪恶的事情，就非常愤怨不平，就忍不住要指责，结果"因嫉恶如仇，也常为奸人所中伤诬陷"。我们讲他生平时曾讲过了，欧阳修因屡遭弹劾被诬，贬谪再三，但他始终保持风节，志气自若。

"早年熟读昌黎文集。"我们曾经说过，欧阳修古文运动的成就，在宋朝影响很大。由于欧阳修早年曾熟读过韩愈的文集，所以在思想上、在文章上，都很受韩愈的影响。

（张红整理）

第三讲

这一次，接着介绍欧阳修在文坛的成就。

因为欧阳修早年曾熟读过韩昌黎韩愈的文集，所以他在思想上、文章上深受韩愈的影响。韩愈"盛倡文章为'载道''致用'之说"，他也同样提倡文章要"载道""致用"。他继承了韩愈古文运动的精神，主张文章不应只注重辞藻对偶和雕琢修饰，文章不仅只是晚唐时代所流行的那些骈偶唯美的形式，里边更要有真正的实用价值，所以他提倡文章为"载道""致用"的理论。他的文章的风格是：委曲纡徐，神韵绵邈，说理剀切，叙事简练，抒情真挚，被推为两宋第一大作家。欧阳修的作品，真是"委曲纡徐"，委婉曲折、非常纡徐。"纡徐"，谓文辞委婉舒缓。"徐"，是非常缓慢从容的样子。

宋朝另外一位文学家、苏轼的父亲苏洵有一篇文章《上欧阳内翰书》。"欧阳内翰"指的就是欧阳修，欧阳修曾经在翰林院里做过翰林学士，所以称他作"欧阳内翰"。苏洵《上欧阳内翰书》是写给欧阳修的一封信。这篇文章很长，其中有一段谈到欧阳修的文章。我们要知道，对于欧阳修的文章，当时宋朝很多文学家，都曾经有过批评推崇的话，而苏洵的一段话说得最为恰当。他说：

> 执事之文，纡余委备，往复百折，而条达疏畅，无所间断。气尽语极，急言竭论，而容与闲易，无艰难劳苦之态。

苏洵说，"执事之文"，这是指称欧阳内翰执事的文章，真是"纡余委备"。"纡余委备"，即刚才我们说过的"委曲纡徐"之意，谓文辞非常委婉曲折，非常从容详尽完备。"纡余委备，往复百折"，说他的文章不是委婉曲折吗？常常是反复唱叹，一唱三叹。"百折"，形容他这种纡余曲折的作风。欧阳修的文章，确实是如此的，最富有这种唱叹的意味。另外，他的文章无论是说理，还是抒情，都能够写得"条达疏畅"，条理通达，非常明白畅达。"无所间断"，他文章的神气，不管是怎么样的反复、怎么样的曲折，都没有间断的地方，能够一口气贯穿下来的。而且，苏洵还说他虽然是"气尽语极，急言竭论"，虽然有的时候，说的好像是那种非常激动的话、非常急切的话——"竭论"，是说到极点的这种论述——即使是说到非常激动、非常急切的时候，他仍然能够表现得"容与闲易"，非常从容而悠闲自在，丝毫也没有"艰难劳苦之态"。

欧阳修一生写了五百余篇散文，各体兼备，有政论文、史论文、记事文、抒情文和笔记文等。他的散文大都内容充实，气势旺盛，具有平易自然、流畅婉转的艺术风格。叙事既得委婉之妙，又简括有法；议论纡徐有致，却富有内在的逻辑力量。章法结构既能曲折变化而又十分严密。"三苏"父子苏洵、苏轼、苏辙和王安石、曾巩等写作古文，都受他的影响，也因为他的提携赞美才名满于当时。王安石《祭欧阳文忠公文》称赞欧阳修散文的风格说：

> 充于文章，见于议论，豪健俊伟，怪巧瑰琦。其积于中者，浩如江河之停蓄；其发于外者，烂如日星之光辉。其清音幽韵，凄如飘风急雨之骤至；其雄辞闳辩，快如轻车骏马之奔驰。

苏轼《六一居士集叙》曾这样评价自己的老师，说：

> 愈之后二百有余年而后得欧阳子，其学推韩愈、孟子以达于孔氏，著礼乐仁义之实，以合于大道。其言简而明，信而通，引物连类，折之于至理，以服人心，故天下翕然师尊之。自欧阳子之存，世之不说者，哗而攻之，能折困其身，而不能屈其言。士无贤不肖不谋而同曰："欧阳子，今之韩愈也。"

苏轼尤为赞赏欧阳修文章"简而明，信而通"的平易风格，欧阳修不仅能够从实际出发，提出平实的散文理论，而且他自己又以造诣很高的创作实绩，起了示范作用，所以"天下翕然师尊之"。

欧阳修在诗歌创作方面也卓有成就，他的诗以清新自然为特色。他还创作了很多词，他的词婉约清丽，潇洒缠绵，无不曲尽其妙，在宋初词坛上占有一席重要的位置。此外，欧阳修在说经、辨伪、考古等学术方面，也有不少新的贡献。欧阳修一生著述繁富，成绩斐然，现存著作《欧阳文忠公全集》一百五十三卷，附录五卷（有清嘉庆间欧阳衡刻本；有商务印书馆《四部丛刊》影印元刻本，有排印本；世界书局仿古本），包括：《居士集》五十卷；《外集》二十五卷；《易童子问》三卷；《外制集》三卷；《内制集》八卷；《表奏书启四六集》七卷；《奏议集》十八卷；《杂著述》十九卷；《书简》十卷；《集古录跋尾》十卷，四百多篇，简称《集古录》，是今存最早的金石学著作。另外有与宋祁同修的《新唐书》二百二十五卷，又自撰《新五代史》《毛诗本义》等经史著作。有《六一词》三卷；《六一诗话》一卷，开历代"诗话"之先河。

关于欧阳修的传记资料，现存《欧阳文忠公全集》附录前附年谱，后附行状、墓志、传文等。宋韩琦有《欧阳公墓志铭》，苏辙有《欧阳文忠公神道碑》，胡柯撰有《庐陵欧阳文忠公年谱》一卷，《宋史》有《欧阳修传》（卷三一九）。清人杨希闵编有《欧阳文忠公年谱》一卷（有《豫章先贤九家年谱》本、《十五家年谱丛书》本等），华孳亨编有《增订欧阳文忠公年谱》一卷（《昭代丛书》本）。

关于欧阳修的生平与著作介绍完了，下面讲《秋声赋》。

欧阳修这篇《秋声赋》，是写秋天的声音，写于宋仁宗嘉祐四年（1059）秋天，作者已经有五十三岁了，当这样的年龄，听到凄凉萧瑟的秋声，于是引起了他采用赋的形式抒写秋感，因草木之飘零，而想到人生之短暂无常。

文章第一段写作者夜读时听到秋声，从而展开了对秋声的描绘。所以，《秋声赋》开头两句是："欧阳子方夜读书，闻有声自西南来者。"这个"欧阳子"，就是作者欧阳修的自称。"子"，汉字有多种意义和用法，可以尊称对方，还可用于自称，像苏东坡，就自称为"苏子"；像杜甫《北征》诗"杜子将北征"，自称为"杜子"。

（张红整理）

第四讲

上一讲我们讲到《秋声赋》开头两句："欧阳子方夜读书,闻有声自西南来者。"我们讲到这个汉字"子"的意思,有时"子"是尊称对方,用作对别人客气的一个称呼;但有时也可以自称"子"。古时候文人常常称自己为"子",像苏东坡自称为"苏子";像杜甫《北征》诗"杜子将北征",就自称为"杜子"。这里作者自称"欧阳子","子"呢,不过是一个自称而已。

欧阳修说,他自己正当秋夜读书的时候,听到"有声自西南来者",有声音从西南这个方向传来。因为秋天风的方向是从西南方吹来的,所以当他秋夜听到秋声,就说是从西南这个方向传来。于是"悚然而听之",这个"悚"字,是吃惊的样子,表示很惊讶,大吃一惊,他听到这个声音觉得很惊讶。"悚然而听之","而"字是一个转折的助词,他"悚然"的样子,侧耳倾听秋风的声音。"曰",欧阳修就说了:"异哉!"真是很奇怪啊,那如何奇怪呢?他下面就接下去写这个声音。

"初淅沥以萧飒，忽奔腾而砰湃。"刚刚开始的时候，是淅沥淅沥的声音。这个"淅沥"的声音，是什么声音呢？"淅沥"，可以形容很多种的声音，比如说，像唐朝有一个诗人，叫乔知之，他曾经写过一首诗《定情篇》，其中有这样一句："黄叶已淅沥。"可见这个"淅沥"，是形容黄叶、落叶的声音。晋宋间有位很有名的大诗人谢灵运，他的堂弟叫谢惠连，写过一篇《雪赋》，其中这样说："霰淅沥而先集。"这个"霰"，是介乎雨雪之间的、从大自然降落的一种雪珠和雪花。谢惠连《雪赋》说，当大雪飘落之前，先有霰雪，"淅沥"地落下来，可见"淅沥"是形容霰雪的声音；我们也常常说下雨的声音"雨声淅沥"。所以"淅沥"可以形容落叶的声音，也可以形容雨、雪的声音。这里写作者夜读时，被一种奇特的声音所惊动。这个声音，最初听起来好像是淅沥淅沥的雨声。"初淅沥以萧飒"，这个"以"字，也是一个承接的连词，与刚才我们所说"悚然而听之"的"而"字，用法很相似，有因、则、又、后这样种种的意思。"初淅沥以萧飒"，说它起初好像是淅沥的微雨的声音，然后就转为萧飒的声音。这个"萧飒"，是秋天萧飒的风声。刚才我已经说过了，"淅沥"可以形容雨雪的声音，也可以形容落叶的声音，但是我在这里把它讲成雨的声音，落雨的声音。为什么这样讲呢？等一下我们讲到后面就可以知道了。其实，这里并不是真的下雨的声音，它只是说"秋声"，随着秋风传来的声音，好像是风雨的声音，好像是淅沥的雨声，又好像是萧飒的风声。

"忽奔腾而砰湃"，本来好像是这种轻微的雨声、萧飒的风声，但忽然之间就转变了，变成怎样的声音呢？变成水波奔腾、波涛汹涌的声音了。"奔腾""砰湃"，都是形容水的奔流、激荡的声音。"奔"，是急走，形容人奔走，走得很急；"腾"字呢，本来形容马的腾跃，在这里"奔腾"两个字，不是写人的奔走，也不是写马的腾跃，而是说水流得很快的样子。比如郦道元《水经注》有这样两句："潜流惊急，奔波聒天。""急"，就是急忙的急；"奔波聒天"，奔波是说奔腾的波浪，所以"奔腾而砰湃"这个"奔腾"，在这里是写那波浪的奔腾。他说，忽然间这种声音就转为波涛奔腾的声音，"而砰湃"，"而"字，我们刚才说过，是一个承接的连词，有因、则、又、后等种种的意思，我们可以把它很灵活地讲解：忽然之间，"秋声"急剧变化，它就转为流水的这种奔腾的声音，而且发出澎湃激荡的响声。这个"砰湃"呢，就是水的波涛互相撞击的声音，水浪奔腾的声音。作者在静夜中听到从西南方传来的声音，这个声音真是奇怪啊！这个声音起初听起来呢，好像是"淅沥"的微雨的声音，又好像是"萧飒"的风的声音，然后忽然之间，就转为这种流水奔腾的声音，发出波浪相击的响声，"忽奔腾而砰湃"。

接下去，"如波涛夜惊，风雨骤至"。这种声音就好像是波涛在黑夜里惊起，"惊"是惊骇、惊起的意思，形容波浪涌起的样子，好像是奔腾的波浪在黑夜之间忽然地涌起了；又好像是"风雨骤至"，"骤"是骤然、突然，暴风雨猛然地吹来了。现在我就要解释，刚才我说那"淅沥"两个字是雨声，而"萧飒"是风声的原因了：这是作者借助赋体固有的铺陈手法，多侧面地描绘"秋声"，由"初"到"忽"，以极为贴切的一连串比喻来描摹秋声由远而近、自弱而强的动态过程，上面的一句是"初淅沥以萧飒"，对应着下面的一句就是"风雨骤至"的声音；上面的一句是"忽奔腾而砰湃"，接着下面的一句，这是"如波涛夜惊"的声音。描摹细腻、生动、形象，把难以捉摸的东西变得具体可感。他在静夜中倾听到的"秋声"，好像是风雨的声音，好像是波涛的声音，好像是波涛在黑夜之中突然地惊起了，好像是狂风暴雨忽然之间吹来了。这种铺叙渲染之精彩，令人叫绝。以下，作者紧扣文题，层层铺写，步步拓展，对秋声作多方面的描摹。

"其触于物也，铖铖铮铮，金铁皆鸣"，这是一个比喻。作者夜读中倾听到的"秋声"，好像什么声音呢？"铖铖铮铮"，金属铁器互相撞击的声音。他说，当这个从西南方来的声音，接触到宇宙的万物，就发出来这种好像是金属铁器互相撞击的"铖铖铮铮"的声音。"金铁皆鸣"，就好像是很多的金属、很多的铁器同时响起来了。"皆鸣"，是同一个时间响起来了，敲响了这些金铁的声音。

"自西南来者"之"声"，还好像什么声音呢？"又如赴敌之兵，衔枚疾走，不闻号令，但闻人马之行声。"这又是一个比喻。他说，这种声音，又好像是"赴敌之兵"，好像是开往敌人阵中的士兵。"赴"，是前往之意。"敌"，就是敌军的阵前，在前线上。这个声音又好像是开往前线的军队，去征伐敌人的"赴敌之兵"。那么，开往敌军阵前的军队是如何呢？发出什么样的声音呢？"衔枚疾走，不闻号令"，这个"枚"字，是指用木头做的一种东西，它的形状就好像是"箸"。"箸"就是我们平常用的筷子，文言一点说它是"箸"，俗话说它是筷子。"枚"是一种木头做的东西，形状像筷子，比筷子稍微短一点，两端都系着一根丝线，可以把它挂在脖子上，为什么要挂这个东西呢？"枚"原来是在古代举行重大祭祀之时用的，挂在脖子上，当要举行祭祀典礼时令人把它横着含在嘴巴的中间，目的在禁止说话，禁止人喧哗叫嚣。《周礼·秋官》载："衔枚氏掌司嚣。""衔枚氏"，周礼秋官所属，是一个官职，掌管"衔枚"这件事情，在祭祀的时候，"衔枚氏"就令人口中含着这个像筷子一样的东西，以禁止喧哗吵闹。这原是古代大祭祀时所用的，到了秦朝以后，"衔枚"这件事情，才用于夜里行军，当黑夜行军的时候，半夜里要偷袭敌人，就叫军队里的兵士，每个人的口中都含着一个"枚"，在这种情形之下，军队的兵士就没有办法彼此谈话了，所以行军就"无声而疾速"，军队向前，就可以没有声音而走得很快。人如果彼此之间讲话，就耽误时间，走得很慢，口中含着这个"枚"呢，就走路走得很快，而且没有声音。

欧阳修说他夜读中倾听到的声音，就好像是开往前线的军队，那些兵士们每个人口中都含着像筷子一样的木头，很快地在向前进。既然如此，应是没有声音了，所以他说"不闻号令"，很安静地向前走，不但兵士们彼此没有交头接耳的声音，而且也听不见发号施令的声音。将"衔枚"用于行军，这在古书上都有记载。比如《汉书·高帝纪》曾经有这样一句话："章邯夜衔枚击项梁。"项梁，项羽的叔叔。当项梁跟项羽起兵的时候，秦国曾派了一员大将章邯，在黑夜时，来偷袭项梁跟项羽的军队。那时，章邯的军队就在黑夜"衔枚"击项梁。为什么要"衔枚"呢？《汉书》颜师古注解："止言语欢嚣，欲令敌人不知其来也。"这是说"衔枚"的意思，为阻止兵士们言语的喧哗，使敌人不知道他们来偷袭。《昭明文选》的《吴都赋》里有这样一句："衔枚无声。"可见这个"衔枚"，是古代在行军作战的时候，口中含着"枚"，就不发出声音来。"号令"，也是古代用于行军，当古时候行军作战之时，他们发布命令要用传呼的方法，那个时候没有所谓种种电信设备。"号"是呼，发布命令就用这种传呼的方法。

欧阳修在这里本来是要形容秋天的一种声音，要紧扣"声"字来写，可是，他先说了两句"衔枚疾走，不闻号令"，这是写无声。他先说了没有声音，底下才陪衬一句，说有声音："但闻人马之行声。""但闻"，是说只听到——没有讲话的声音，没有号令的声音，只听到人马行军的声音。我想，这个声音或许有人曾经听到过，当然曾经在军队里面行军作战的人，听到过这种人马行军的声音了。现在一般每到阅兵大典的时候，士兵从司令台前走过去，听到脚步踏在地上喇喇响的声音。但欧阳修这里写的是没有一个人讲话的声音，所以说"但闻人马之行声"，这又是以声写声的方法了。用无声衬托有声，又以声写声，文势变化而构思巧妙。

以上这一大段，都是写欧阳修听到的这个声音，他用种种的比喻来形容这个声音，说像风雨的声音，像波涛的声音，像金铁相碰击的声音，又好像是开往前线的军队，"衔枚疾走，不闻号令"，只听到"人马之行声"，多重的比喻，表现了作者的精细观察力、丰富想象力。

究竟是什么声音呢？作者用了种种比喻来形容这个声音，而没有说出来它是什么声音。于是下面宕开一笔："余谓童子：'此何声也？汝出视之。'"因为"有声"，它像风雨，而不是风雨；像波涛，也不是波涛；好像是金铁，也不是金铁；像是人马的行声，当然更不是人马的行声了。所以他前面用了两个字说是"异哉"——真是奇怪，这究竟是什么声音呢？"余谓童子"，"余"指代"我"，欧阳修自称。这个"童子"，应该是侍奉他的一个童仆了，作者以第一人称口吻"我"对一个童仆说："此何声也？汝出视之。"这究竟是什么声音呢？你出去到外面看一看。

下面，这个童子回答了。"童子曰：'星月皎洁。'"他说，我出去到外面看一看，看到天空上的星星，还有月亮，都是非常光明而且洁白的样子。"星月皎洁"，秋天的时候，天空显得特别高爽，星星和月亮的光辉也显得特别明亮，真是"星月皎洁"！又是"明河在天"。"明河"，天上的银河，按照现代科学来讲呢，这个银河，本来是由无数光芒很微弱的星星组成的，这个银河就横在天上，因为它的颜色，好像是银白色的样子。古人何以称它作"河"呢？因为它弯弯地横在天上，好像是一条河的样子。在中国古代，这个"银河"还有很多别名，也叫"天河""星河""秋河""银汉""天汉""河汉""星汉"等。这里，童子回答："明河在天"，光明皎洁的银河，就横在天上；"四无人声"，深夜的时候——《秋声赋》第一句是"欧阳子方夜读书"，所以深夜都很寂静了——四面没有一点点人的言语喧哗的声音。这仍然用无声衬托有声，所以接下去说："声在树间。"童仆回答"有声自西南来者"的这个声音，是在高大的树木中间发出来的。

这几句，欧阳修与童仆，一问一答。这种情形，可能是欧阳修当时果然曾经问一个童仆，但也不一定。我们若一定死板地、拘执地这样说，说当时欧阳修确实是问过一个童仆，童仆如此回答，可能是如此，而不必然如此。为什么这样说呢？因为赋这种体裁，我们以前曾经讲过，赋本来是由诗歌与散文融合演进而成的，从屈原《楚辞》骚体的赋，到汉朝的汉赋逐渐演变下来的，而这个骚赋的传统文体形式即采用主客问答的结构。这种假设为主客问答的体裁结构，文中的"童子"与"欧阳子"，是用来引起他的文章，作为一个发端。比如，以屈原作品来说，《渔父》《卜居》相传是屈原的作品了，关于屈原作品中的真伪问题，后人纷纷讨论，各执一说，我们现在暂不考虑作者问题。相传是屈原的作品《渔父》《卜居》这两篇，《渔父》采用寓言对话体的形式，屈原假托与渔父问答；《卜居》通篇记录的都是屈原问卜的内容，也是假托一个掌管占卜的太卜与屈原问答。可见从屈原楚骚的时代，就常常运用这种假设问答的赋体形式。后来到了汉朝的汉赋，比如班固《两都赋》、张衡《二京赋》、司马相如《子虚赋》等等这些赋呢，都是设为这种主客问答的形式，有意识地虚构人名，展开辩论，像"楚使子虚""乌有先生""凭虚公子""安处先生"等，都是赋中假设的人物，一问一答展开铺述。

欧阳修《秋声赋》，当然是赋演变到宋朝的时候，形成了这一种散文赋，那么文赋的作法呢，已经与楚骚和汉赋都不同了。但是这种设为问答的赋体形式、结构特点，仍然保存有古代骚赋的遗风。因为文赋毕竟是从这种骚赋体裁演化出来的，所以虽然它的作法已经不完全一样了，但是设为问答的形式体裁仍然有古骚赋之遗风的。所以《秋声赋》这里设有童子问答，也不一定是实有的；当然他不像汉赋中子虚、乌有这些人，我们一看便知都是些假设的人物。在《秋声赋》中，"童子"这一角色虽着墨不多，但不仅形象鲜明，而且其作用也是不可替代的。

童子这样说："星月皎洁，明河在天，四无人声，声在树间。"以下，欧阳修就接着童子的话说："余曰：'噫嘻悲哉！此秋声也，胡为而来哉？'"

（张红整理）

第五讲

上一讲我们讲到，"童子"告诉欧阳修，说这种奇怪的声音，是从那树木之间发出来的。于是欧阳修说"噫嘻悲哉"，"噫嘻"这两个字，都是表示叹息的感叹词，同于现代白话文"唉"这样叹息的词。欧阳修叹息地说：唉！"悲哉"，真是可悲哀啊。"哉"是语尾助词，相当于白话文"啊""呀"，都是表示感叹的意思。"此秋声也"，这就是秋天的声音。"胡为而来哉?""胡"，是何的意思，"胡为"就是何为，是说为什么会发出这种声音呢?

"盖夫秋之为状也：其色惨淡，烟霏云敛；其容清明，天高日晶；其气栗冽，砭人肌骨；其意萧条，山川寂寥。故其为声也，凄凄切切，呼号愤发。"刚才他发问秋声何来，这里他回答"盖夫"，这"盖"，是一个或然之词，就是表示疑问，说可能是如此的，而不是十分确定的，这样的一种口气就用"盖"，用白话文来说，就是好像、大概、大约这样的意思。这个"夫"字，是表示指示的一个词，那个、这个这种意思。"盖夫秋之为状也"，他说，大概说起来秋天的样子，是什么样子呢？

"秋"这个季节，本来是很抽象的，那我们说到秋天的样子，就是从秋天这个季节的一切的山光水色、气候时令，以及种种的声音、颜色，表现出来是秋天了，就像这一篇欧阳修《秋声赋》所描写的："其色"如何，"其容"如何，"其气"如何，"其意"如何，"其声"如何，从颜色、容貌、气息种种方面，来看秋天是什么样子。秋天是什么样子呢？他分各方面来说："其色惨淡"，说秋天的样子，秋天的景色，是非常悲惨而且黯淡的。"烟霏云敛"，"烟"，就是空气之中那种迷蒙的烟云；"霏"，通飞起来的"飞"，飞扬的意思。《昭明文选》选有谢灵运《石壁精舍还湖中作》诗，其中有这样的诗句"云霞收夕霏"，说是天上的"云霞"，收敛了"夕霏"。"夕"，傍晚、黄昏，是个入声字。《昭明文选》注解"霏"，就是云飞的样子，说是云霞在傍晚、黄昏时，就收敛了它们的飞扬，慢慢地云霞就凝滞了，所以欧阳修说秋天的颜色，是悲惨而黯淡的，是"烟霏云敛"。他说，我们常常可以看到，空气之中有很多的烟云，而"烟霏"，是秋天空气比较干燥、比较高爽了，此时"烟"很容易随风飘飞；云彩呢，也好像比较收敛起来了，显得比较静止的样子，不像夏天的云彩，常常是变化很多，我们常常说"夏云多奇峰"，夏天的云彩是变化很多的，那么秋天的时候呢，云彩就比较淡薄了，烟飞云敛。

接下去："其容清明，天高日晶；其气栗冽，砭人肌骨；其意萧条，山川寂寥。"这是从容貌、气息、意态种种方面来说，秋天是什么样子呢？"秋容"是清明的，即"天高日晶"。"日晶"，形容太阳光明灿烂。"晶"是光明。"秋气"是栗冽的。"栗冽",同栗烈,寒冷的意思。《诗经·豳风·七月》:"二之日栗烈,无衣无褐,何以卒岁?"那么,栗冽的"秋气"是什么样子呢?即"砭人肌骨"。"砭"是石针,古人用石针刺肌肤治病,所以也借作"刺"的意思。"秋气"是栗冽的,能"刺"人的肌肉骨头,比喻深秋极冷的天气,表现了秋的威力,给人以凄凉之感。所以接下去,作者描写"秋意"的"萧条",用"山川寂寥"四个字展现画面。"萧条",跟"寂寥"同意。山,因草木凋落,显得荒凉;河,因雨潦减少,水流缓,波浪少,沉寂无声。如宋玉《九辩》的悲秋:"泬寥兮天高而气清,寂寥兮收潦而水清……燕翩翩其辞归兮,蝉寂寞而无声。"

以上,作者通过这样一些具体形象画面的展现,描摹了"秋色"是惨淡的,"秋容"是清明的,"秋气"是栗冽的,"秋意"是萧条的,这是用种种的铺陈,来间接渲染"秋声"的手法。不是正面直接写秋声,而是通过四围事物来渲染它、突出它。这样的渲染,都是为突出"秋声"的种种特征,所以经渲染之后,就使得无形之秋,秋意、秋气、秋容、秋色,变成了有形之秋,这就突出了秋声的种种特征。然后,作者再正面直接写秋声:"故其为声也,凄凄切切,呼号愤发。"因为前面围绕"秋声"的描摹已经很具体了,所以这里写得很概括:"凄凄切切",就是凄凉悲切;"呼号愤发",是呼啸激昂。就是说,"秋"所发出的声音,时而凄凄切切,时而呼啸激昂。这里用的是骈偶句式,来点明"秋声"的悲凄、惨烈。

以下，再进一步写秋景之衰败凄凉，作者写道："丰草绿缛而争茂，佳木葱茏而可悦；草拂之而色变，木遭之而叶脱；其所以摧败零落者，乃其一气之余烈。""丰草绿缛而争茂"，这是说，丰满的草表现出种种绿的采色，以竞争茂盛。"缛"是繁采。《文选·江赋》："缛组争映。"这"佳木葱茏"，是美好的树木生得茂密青翠。"葱茏"是苍翠茂盛的样子。"丰草""佳木"两句是写春夏的景色，写秋景之前，先写春夏之景，这种写法古人称之为"宕开一笔"，越是将春夏之景写得可爱悦目，就越显秋景之衰败凄凉。接着才写秋的景色："草拂之而色变，木遭之而叶脱。"在这里的"之"字，是代名词，与"它"字同意，指秋气。"而"字，是承接连词，作则、即、就讲。"拂"是吹过、擦过的意思。这两句描写，就回到了本题，突出了秋天使草木"摧败零落"的大自然的现象：一到秋天，青草被秋气拂过，就由绿转黄，颜色变了；树木遇到了秋气，叶子都枯落了。秋天，具有使草木"摧败零落"摧残万物的威力！由此，悲秋、恨秋，种种感慨苍凉，油然而生了。

"其所以摧败零落者，乃其一气之余烈。"这个"一气"，本来有两种说法。一种说法是引《晋书》，说这个"一气"，指的是天地的太一浑然之气，另有一个比较简单的说法。

（张红整理）

第六讲

上一讲我们讲了，《秋声赋》从"余谓童子"开始，一直到"乃其一气之余烈"，是假借童子的问答，来说秋天的形状。说秋之色如何，秋之容如何，秋之气如何，秋之意如何，秋之声如何。

上文讲到"其所以摧败零落者，乃其一气之余烈"。这个"一气"，本来有两种说法，一种说法是引自《晋书》，所谓"一气"，指的是天地间太一浑然之气，就是天地之中的大气。其实，还有一个比较简单的说法，这个"一气"，就是指秋天的这种气候，也就是秋气。这句是说，能够摧毁、凋零草木，使得草木衰败、凋零、枯落的原因，就是由于这个秋气所产生的威力。秋气刚烈，摧毁草木，使它们如此衰败凋零。这是有关"一气"的两种说法。

接下去，再看下文："夫秋，刑官也，于时为阴。"这个"夫"字，当然还是句首语助词，没有什么意思，我们不需要讲它。秋天这个季节呢，是相当于刑官，是属于执掌刑法的一种官职。那为什么说秋天是执掌刑法的官职呢？这是见于《周礼》的说法。《周礼》

六官即六卿，即所谓天官、地官、春官、夏官、秋官、冬官。"六官"都是执掌什么事情呢？这个天官官职，叫作冢宰，是掌管邦国之治，即掌管国家的政治、统帅百官的职务。地官叫作司徒，执掌"邦教"，"邦"是国家，"教"是教化。春官是宗伯，掌"邦礼"，掌管国家的礼节、祭祀一类的事情。夏官叫作司马，是掌管国家的兵政、统帅六师的。

下面，我们就要说到秋官了，这个秋官的官职，叫作司寇，司寇的官职是掌管"邦禁"，掌管国家的一切禁令。《周礼·秋官》上记载，秋官司寇"以佐王刑邦国，诘四方"，即辅助天子掌管国家的刑法，是纠万民、除盗贼、听狱讼之官。《周礼注疏》解释："刑，正人之法"，"刑者所以驱耻恶，纳人于善道也"。这个"诘四方"的"诘"就是谴责、问罪的意思，当犯了罪过的时候就来责问他，责问什么样的人呢？就是责问国家之中那些犯罪者，使四方谨行之。根据《周礼》六官的记载，秋官司寇的职务，就是辅佐天子，掌管国家的刑法禁令。"纠万民"，"纠"就是纠察了，纠正、察考万民的刑事；"除盗贼"，消灭盗贼；"听狱讼"，管理案件的审判。为什么说秋官司寇是掌管这些的官职呢？因为古代的人以为这秋天的气候是寒气栗冽，是非常寒冷的，而草木在秋天就开始凋零、枯落了，所以秋天是有摧败收敛、去旧更新的这种意思。古代就在秋天这个季节"办理刑政"，办理这种刑法的事情。比如《尚书大传》中这样记载着："天子以秋，命三公将率，选士厉兵，以征不义，决狱讼，断刑罚，趣收敛，以顺天道，以佐秋杀。"天子在秋天的时候，就命令三公将帅，选士厉兵，以征伐行不义之事的人。还要"决狱讼，断刑罚"，万民之有狱讼者，秋官司寇要听而断之，依刑法断案。"以顺天道"，如此这般，为的是顺服上天运行的道理，"以佐秋杀"，秋天应该是一个肃杀的季节，所以说"以佐秋杀"，即帮助秋天这种肃杀之气。上天在秋天是肃杀的，所以在人事上就与之配合起来：在秋天，就施以刑法来惩罚那些罪恶的人。

"夫秋，刑官也。"秋天是刑官，是掌管刑法的官职，因为《周礼》上说，秋官是司寇，而古代这个刑法狱讼的事情，都是在秋天执行的，所以说秋天是刑官。"于时为阴"，说在四时的季节里边，秋天属于阴气。我们中国古代的人，相信宇宙间有阴阳二气。阳气所主持的是生育，是万物的生发长养；阴气则是主肃杀的，属刑戮、惩罚。在四季时序上说起来，春天、夏天两个季节，是属于阳气的；而秋、冬这两个季节是属于阴气的。《史记·律书》中这样说："七月……阴气之贼万物也。"说七月是阴气执掌事情的时候，是阴气正当令、正施行的时候，"万物皆触死也"，宇宙之间这些生物，如果碰到这个阴气，就都会死亡的。《史记·律书》还记载说："九月……阴气盛用事。"说在秋天九月的时候，阴气是最强盛的，当这个季节，"万物尽灭"，一切的生物就都凋零、残灭了。所以说，秋天这个季节呢，在春、夏、秋、冬的四时说起来，是正当阴气盛行的一个季节，即所谓"于时为阴"。

《秋声赋》接下去是："又兵象也，于行为金。"秋天还是一个用兵的节气，秋季是用兵之象。秋天为什么是用兵之象呢？也有两种说法。第一种说法是，因为秋天在四时里边，是阴气盛行的一个季节，而阴气是主肃杀的，是肃杀之气，是能够摧毁万物的，所以《礼记》上说："仲秋……杀气浸盛。""仲秋"是八月，秋天的第二个月，当仲秋的时候，这个"杀气"就慢慢地盛行起来了。这个"浸"，是说逐渐地、慢慢地盛行起来了。秋天既然是"杀气浸盛"的一个季节，所以它所表现的是用兵之象。第二种说法，是星象占卜之人"星卜家"所说的：因为秋天的时候，在我们天空的西方，有一颗星叫作太白星，就是我们所说的"太白金星"，它"司兵主杀"，掌管用兵，是主杀的。有时候星卜家还说，如果是太白星犯了岁星，天下要发生刀兵，要有战争了，是"兵象"。什么叫作"太白犯岁星"呢？这个"岁星"，其实我们在《哀江南赋序》里边曾经讲到过的，《哀江南赋序》云："天道周星，物极不反。"这里的"周星"就指的是"岁星"。"岁星"，相传就是木星，它十二年运行一周天。按照天象来说，天道分为十二辰，而岁星每一年走一辰，十二年恰好走完一周，就是一周天。如果"太白"这个星，冲犯了"岁星"，"乃有兵象"，就是说天下要有刀兵了。《周礼·秋官·大司寇》说，大司寇"掌建邦之三典，以佐王刑邦国，诘四方"，"三典"就是三种典刑："一曰刑新国用轻典，二曰刑平国用中典，三曰刑乱国用重典。"古代行封建制度，天子下面所分封的有很多的诸侯国。刑罚一个新建的国家的时候，用比较轻微的典刑，即"刑新国用轻典"。"刑平国用中典"，如果刑罚一个平常的、普通的国家，就用中等的典刑。"三曰刑乱国用重典"，说刑罚一个政治紊乱的国家，就要用比较严重的典刑。所以当天子刑罚这些诸侯列国的时候，如果碰到诸侯国不顺服，就要用兵，用军队去征伐，这就引起战争了。说秋天是"用兵之象"，就是因为秋天是一个施法刑罚的季节，所以欧阳修就说，秋是"刑官"，"于时为阴"。

接下去，欧阳修又说："于行为金。"什么叫"于行为金"呢？我们中国古代，向来讲到天下的万事，都喜欢用这种阴阳五行来分析。所谓"五行"是什么呢？就是我们常说的金、木、水、火、土，谓之"五行"。因为古人以为"五行"是宇宙之中的五种元素，"五行"的分配，彼此的配合变化，可以说明宇宙之间、人生的一切现象。现在欧阳修说秋天"于行为金"，是说秋天于五行属金。按照古人的说法，五行和四时、五方、五声相配。中国把这"五行"，配合很多种宇宙之中的现象，它不但配合了春、夏、秋、冬四时，还配合东、南、西、北、中五方，还配合宫、商、角、徵、羽五音。怎么样配合的呢？说五行中的木，如果按照东、南、西、北的四方说起来，它在方位上属于东方。那我们再加一点补充来说明：我们中国古代的五行说，还常常用一些天干地支配合来说。"天干"是甲、乙、丙、丁、戊、己、庚、辛、壬、癸十个，即"十天干"。这十个字，两个字、两个字地分开，即：甲乙、丙丁、戊己、庚辛、壬癸，同五行相配合，即：甲乙属木，丙丁属火，戊己属土，庚辛属金，壬癸属水。五行和四时、五方、五声配合，就略显复杂了。比如五行中的"木"，方位是"东"；在天干里边是"甲乙"两个字；在四时里边"木主春"，与春天这个季节相配；在五音的宫、商、角、徵、羽里边，配合的是"角"这个声音。所以五行之"木"：位在东方，甲乙属木，春季为木，角声配木。五行、五声和四季、五方等相配合，构成了宇宙间的阴阳变化之道。

由此类推，五行中的"火"，在方位上，南方属火；在干支上属"丙丁"，"南方丙丁火"；在五行与四季的配合上，夏季为火；在五音里边，火是属于"徵"的音调。再下面就说到"土"，土在方位上的配合，是属于中央的方位，在天干则是"戊己"两个字，"中央戊己土"。以四时与五行来配合，而四时只是四个季节，如何与五行来配合呢？这样在夏天里边就分出一个"季夏"来。其实，古代四时的季节，每一个季节有三个月，称"孟、仲、季"，一个季节里面的第一个月是"孟"，第二个月是"仲"，第三个月是"季"。那么夏天的第三个月，就是六月，即所谓"季夏"。五行里边的"中方戊己土"，与四时的配合，就属于季夏；与五音的配合，属于"宫"这个声音。

五行里边的"金"，在方位上是属于西方的；在天干则是"庚辛"两个字，"西方庚辛金"；在四时中，相当于秋天；在五音里边，是属于"商"这个声音的，这是最重要的，是我们《秋声赋》这一篇里面所要讲的五行的"金"。其次，还有"水"，"北方壬癸水"，五行里边的水，是北方的方位，在四时中是冬天的季节，在五音中是羽音的音调。欧阳修说秋"于行为金"，秋天于五行属金，所以说"于行为金"。

前边欧阳修说过："夫秋，刑官也"，"又兵象也"。既然秋天相当于刑官，是掌管刑罚的官职，在时序上说是属于阴气盛行的；又表现的是一个用兵之象，在五行中是属于金的。这样层层转接，多方的比附，都说明了"是谓天地之义气，常以肃杀而为心"。"义气",正义之气,秋季就代表了天地间一种正义力量。为什么秋天是谓"天地之义气"呢?《周礼正义》曾经说"秋主义",说秋天这个季节是主"义",主持正义的。在《礼记·乡饮酒义》也说"天地严凝之气,始于西南而盛于西北",说天地之间有非常尊严而寒凝的一种气,是从西南方开始,而到西北,就大盛起来的,"此天地之尊严气也,此天地之义气也",说这种气,是表现天地的尊严之气,是天地的正义之气。从西南到西北这个方位,正是秋天的方位,所以说秋天这个季节,是表现天地之间尊严、正义之气的。也就是说,秋天这种寒冷的气候,它表现的是一种严肃与正义。

(张红整理)

第七讲

我们讲到《秋声赋》"是谓天地之义气，常以肃杀而为心"，这个"天地之义气"，见于《礼记·乡饮酒义》，说秋天这个季节，是表现天地之间尊严、正义之气的。"常以肃杀而为心"，这是说秋天作为一种正义的力量，它常常用严厉的心去摧毁、败坏，来主持天地间之正义。"肃杀"，是整肃杀害，《周礼正义》说："秋主义，又兼杀害。""心"，谓用心。秋天作为一种正义的力量，它就是以严厉惩罚、摧残万物为用心、为宗旨的。这些关于"秋主义"的陈说，可以使人深切感受到秋天摧败肃杀的气氛。

以下，作者仍借助赋体固有的铺陈手法，渲染自然界的秋天的威力。

"天之于物，春生秋实"，上天对于自然界的万物，做了这样的安排：春季是生长的季节，秋季是结果实的季节。"故其在乐也，商声主西方之音，夷则为七月之律。商，伤也，物既老而悲伤；夷，戮也，物过盛而当杀。"此处这个"乐"字，指音乐。"商声”，是五声之一。五声，指宫、商、角、徵、羽，以声的清浊高下而分。阴阳学者以为五声的始终像四时的循环，与五行有关，所以就用五声配置四时、五方、五行。欧阳修之所以说"商声主西方之音"，就是因为古人以秋季、商音和西方相配的缘故。商声与秋天相适应，秋天于五行属金，又秋位西方，所以说"商声主西方之音"，也是指的秋季了。

"夷则为七月之律。""夷则"是七月的音律。"律"，《吕氏春秋·古乐》有"昔黄帝令伶伦作为律"的一段记载。伶伦，中国古代传说中的音乐人物，相传为黄帝时代的乐官，是发明律吕据以制乐的始祖。传说黄帝命伶伦作律，伶伦取大夏之西、昆仑山之阴嶰溪之谷的竹子，先拣选它空窍与厚度一样的部分，截作两节，制成了长短不同的十二个律管，吹管出音，而得十二个音，即名十二律：黄钟、大吕、太簇、夹钟、姑洗、中吕、蕤宾、林钟、夷则、南吕、无射、应钟。这十二律，为一切音律的准则，用以正音。而阴阳家以为音的高低清浊像风雨阴阳变化，用十二律配置十二个月，以占气候。这是古代人们把乐律和历法联系起来，律中"夷则"配七月，《史记·律书》记载："七月也，律中夷则。"蔡邕《月令章句》："孟秋气至，则夷则之律应。"古时七月为孟秋，孟秋之月，律中夷则；说的是秋季既与五音中的商声相配，也与十二律中的"夷则"之律相适应。

这一段，作者阐述秋季与音律的配属关系，它说明什么意思呢？最关键的是展示下面的"商，伤也，物既老而悲伤；夷，戮也，物过盛而当杀"。古代解释字义时，常用声训和义训的方法，用同声来解释字义，"商"，就是悲伤的"伤"；用同义来解释字义，那么这个"夷"字，就解成它的同义字"戮"，从而转成"当杀"的意思。所以，张守节《史记正义》引《白虎通》云："（夷则）言万物始伤，被刑法也。""物既老而悲伤"，"物过盛而当杀"，万物已经老了，所以悲伤；万物太盛了，所以应当被减削，"而当杀"。因秋季是万物成熟衰老的季节，所以容易引起人们的悲伤；秋季又是万物丰收过盛的季节，所以就开始衰败了。此处这个"当杀"的"杀"字，应是衰败的意思，凡万物过了繁盛期，都会走向衰败。

"嗟乎！草木无情，有时飘零。"作者用"嗟乎"一声长叹引起，转入文章的最后部分，抒写秋情的部分。"飘零"，是飘落的样子。刘昼《新论·言苑》："秋叶诚危，因微风而飘零。""无情"，说草木是没有情感的植物。"有时"，飘零、凋残是有季节性的，一岁一枯荣，来年春风一吹，草木又复苏了。这里的"无情"和"有时"已暗含文章的意思转折了，要从"草木"转到人类了。

接下去"人为动物，惟物之灵"，说人是动物，而且是万物之灵。"惟"作"为、是"讲。"灵"，灵性。《尚书·泰誓》："惟人，万物之灵。"这里显然是拿草木与人对比。草木无情，可人却是有情感、有思想，最具灵性的动物。这样从物转到人，是很自然的了。"百忧感其心，万事劳其形，有动于中，必摇其精。""劳"，使劳苦；"形"，形体。"百忧感其心，万事劳其形"，这是慨叹人生的无声之秋：唉！人生中，有多少忧患来动摇他的内心，有多少外物来劳苦他的形体呀！"有动于中"，有感动于心。《史记·乐书》：

"人生而静，天之性也；感于物而动，性之颂也。"人的心中被外物感动了，那么"必摇其精"，必使他的精神不安。"摇"，摇动，这里用作心中忧苦、精神不定的意思，《诗经·王风·黍离》："中心摇摇。"此"精"，指精神。既然人生中总是受到外物的干扰、磨难，必然会使心中忧苦不安、精神耗损。《庄子·在宥》曰："无视无听，抱神以静，形将自正。必静必清，无劳汝形，无摇汝精，乃可以长生。"按照庄子的说法，人只有清静无为，不使形体疲劳、精神消耗，方能长生不老。"劳其形""摇其精"，语出《庄子》，此处反用其意。

"而况思其力之所不及，忧其智之所不能"，更何况还要思虑他自己力量所达不到的事情，忧愁他自己智慧所不能解的事情！这就是说，人类许多不切实际的想法，比如那些功名富贵的东西，人们拼命地追求，自己能力、才智都达不到的事，都要去思、去忧，衰老就来得更快了，这就是"宜其渥然丹者为槁木，黟然黑者为星星"。此处的"渥然丹者"，语出《诗经·秦风·终南》："颜如渥丹。""渥丹"，是用赤色浸渍，比喻容颜红润的样子，表现人的青春焕发。"槁木"，是枯树，比喻衰老。《庄子·齐物论》："形固可使如槁木，而心固可使如死灰乎？""黟然黑者为星星"，是指面容枯槁，头发斑白，这就是一幅老态的模样。"黟然"，是黑。"星星"，是形容白得点点花花，鬓发花白。左思《白发赋》："星星白发，生于鬓垂。"谢灵运诗："星星白发垂。""宜其渥然丹者为槁木，黟然黑者为星星。"这个"宜"字，解作当然，理所当然。"宜其渥然丹者"这两句，从物的摧败零落转到人身上来，说人自壮而老，理所当然地原来红润的面容变得枯槁憔悴，原来满头黑发变得斑白星星。

"奈何以非金石之质，欲与草木而争荣?"人没有金石之质，怎么能和"一岁一枯荣"的草木来相比呢?《古诗十九首·回车驾言迈》:"人生非金石，岂能长寿考?"此处借用其意。金石之质，比喻质地坚固，如金如石。为什么人生要以自己非金非石的脆弱本质，想和那草木一争长短、竞争生命力呢?这将物与人两相对比，就回应了上文的"草木无情，有时飘零。人为动物，惟物之灵"。

"念谁为之戕贼，亦何恨乎秋声!"文章近于结尾，写出作者对人生的大彻大悟。想想到底是谁伤害了自己呢?意思是人们在自我戕杀、自我摧残，又何必去怨恨那秋天的秋声呢!"戕贼"，伤害、毁坏。"谁为之戕贼"，是句含蓄的说法，他着力指出，对于人来说，人事忧劳的伤害，比秋气对植物的摧残更为严重。到这里，我们就理解了作者意图之所在了:前半篇写有声之秋对草木的摧残，正是为了后半篇写无声之秋对人的摧残，作者由感慨自然而感叹人生。所以清人林云铭《古文析义》评说:

> 总是悲秋一意。初言声，再言秋，复自秋推出声来，又自声推出所以来之故，见得天地本有自然之运，为生为杀，其势不得不出于此，非有心于戕物也。但念物本无情，其摧败零落，一听诸时之自至，而人日以无穷之忧思，营营名利，竞图一时之荣，而不知中动精摇，自速其老。是物之飘零者，在目前有声之秋也;人之戕贼者，在意中无声之秋也，尤堪悲矣!

篇中感慨处带出警悟，自是神品。

　　文章最后的尾声写："童子莫对，垂头而睡。但闻四壁虫声唧唧，如助余之叹息。"书童没有应答，低头沉沉睡去，只听得四壁虫鸣唧唧，像在附和我的叹息。"助余之叹息"之"助"字，是助长、增加之意。只听见"虫声"和作者的"叹息声"，是何等宁静的氛围！与文章开头"欧阳子方夜读书"的环境、气氛是完全一致的。再细细品味：那"虫声"也是一种秋声，与文章开头"闻有声自西南来者"遥相呼应；而"童子莫对"，也是照应文章前半部分"欧阳子"与"童子"的一问一答，更衬出作者的感慨与孤独。文章这样结束，就使全篇有了一个统一、完整的意境，相当和谐浑成，无怪其为千古称颂之作。

（张红整理）

苏轼《前赤壁赋》讲录

壬戌之秋，七月既望，苏子与客泛舟游于赤壁之下。清风徐来，水波不兴。举酒属客，诵明月之诗，歌窈窕之章。少焉，月出于东山之上，徘徊于斗牛之间。白露横江，水光接天。纵一苇之所如，凌万顷之茫然。浩浩乎如冯虚御风，而不知其所止；飘飘乎如遗世独立，羽化而登仙。

　　于是饮酒乐甚，扣舷而歌之。歌曰："桂棹兮兰桨，击空明兮溯流光。渺渺兮予怀，望美人兮天一方。"客有吹洞箫者，倚歌而和之。其声呜呜然，如怨如慕，如泣如诉；余音袅袅，不绝如缕。舞幽壑之潜蛟，泣孤舟之嫠妇。

　　苏子愀然，正襟危坐而问客曰："何为其然也？"客曰："'月明星稀，乌鹊南飞。'此非曹孟德之诗乎？西望夏口，东望武昌，山川相缪，郁乎苍苍，此非孟德之困于周郎者乎？方其破荆州，下江陵，顺流而东也，舳舻千里，旌旗蔽空，酾酒临江，横槊赋诗，固一世之雄也，而今安在哉？况吾与子渔樵于江渚之上，侣鱼虾而友麋鹿，驾一叶之扁舟，举匏樽以相属。寄蜉蝣于天地，渺沧海之一粟。哀吾生之须臾，羡长江之无穷。挟飞仙以遨游，抱明月而长终。知不可乎骤得，托遗响于悲风。"

　　苏子曰："客亦知夫水与月乎？逝者如斯，而未尝往也；盈虚者如彼，而卒莫消长也。盖将自其变者而观之，则天地曾不能以一瞬；自其不变者而观之，则物与我皆无尽也，而又何羡乎！且夫天地之间，物各有主，苟非吾之所有，虽一毫而莫取。惟江上之清风，与山间之明月，耳得之而为声，目遇之而成色，取之无禁，用之不竭。是造物者之无尽藏也，而吾与子之所共适。"

　　客喜而笑，洗盏更酌。肴核既尽，杯盘狼籍。相与枕藉乎舟中，不知东方之既白。

第一讲

这次我们看《赤壁赋》，以前我曾经谈到过，要了解、欣赏一篇文章，我们首先要对作者写这篇文章的时间、地点及当时的生活背景有所了解，才能对文章有更深的体会。在讲《赤壁赋》之前，我们还是先看看苏东坡的生平。

苏轼字子瞻，号东坡居士。他生于宋仁宗景祐三年十二月（1037年1月），死于徽宗建中靖国元年（1101），是四川眉山人。号"东坡居士"是因为当苏轼四十多岁被贬官到黄州做团练副使的时候，他曾经"筑室于东坡"，就是他曾经盖了一个房子在"东坡"这个地方，遂起了一别号。这个别号很流行，于是大家都称他为"东坡先生"。苏东坡这个人，当然大家都对他有着相当的认识。他是宋朝一个很有名的大诗人，也是很有名的古文家、散文作家，和他的父亲苏洵，还有他的弟弟苏辙——苏辙的"辙"字，有时俗读zhé，车辙的辙，这个字实在应正读为chè——三人齐名，并称"三苏"。他的父亲苏洵是"老苏"，东坡他自己是"大苏"，他的弟弟苏辙是"小苏",并称"三苏"。在我们历代相传的"唐宋古文八大家"里面，苏轼父子一家就占了三个人。他们三个人的古文都写得很好，而这"三苏"里面以"大苏"苏东坡的天分最高。在之前讲欧阳修的时候也曾提到，东坡的学问也极为渊博，思想也极为旷达，感情也极为真挚，所以苏东坡的作品也最为盛传——无论是他的文章，还是他的诗，或者他的词，都有过人之处。

东坡生于宋仁宗景祐三年十二月十九日。东坡这个人从小的时候就是很聪明敏慧的，这在史传上以及苏东坡自己所写的文章里边都可以看到。苏东坡曾经有一篇祭欧阳修的文章，里面有这样的话，说："轼自髫龀，以学为嬉。"他说，从小的时候，"髫龀"，七八岁的时候，就是以读书为嬉戏，可见他是非常喜欢读书的，而且七八岁时就开始正式读书了。他小的时候，是由他的母亲程夫人亲授经史。我们可以看到，古代有很多有名的人物、有名的文学家都是得之于母教的。像我们刚刚讲过的欧阳修，他母亲是以获茎来"画获教子"。欧阳修由他母亲教导是由于他父亲很早就去世了；东坡得之于母亲的教导，是由于他父亲游学四方，常常不在家里。史书上是这样记载的，说他母亲教他的时候，讲到古今成败的一些大事，东坡都能了然得到它们的概要。有一次，他母亲教导他读《后汉书》中范滂的传记，当时，他母亲就慨然叹息，因为范滂临死的时候跟他母亲告别，他母亲说：你能做这样一个忠义之人，去慷慨就死，我也就没有遗憾了。所以当东坡的母亲讲到范滂的传记，就很是感慨。当时东坡就对他母亲说：如果将来我能做到跟范滂一样，为国家的忠义之事而慷慨就义，那么母亲你是不是也能像范滂的母亲一样，答应我这样去做呢？可见他从小的时候读书就非常能够了解核心的思想，能够有所体会、领悟，而且非常有见解。

当他长成，到二十一岁的时候——那是宋仁宗嘉祐元年（1056）——东坡就跟随他的父亲苏洵到当时北宋的首都汴京去了。第二年，就是嘉祐二年（1057），东坡二十二岁的时候，春天应礼部考试，当时的进士考试是归礼部所主持，苏轼受考官欧阳修赏识，录取为第二。这个在讲欧阳修的《秋声赋》时，我们曾提到过，就是欧阳修在嘉祐年间主持的这一次科举考试，在宋代的文坛上，对于散文的风气影响是很大的，因为在这一次，欧阳修录取了很多人，都是古文大家。东坡这次受知于考官欧阳修，录取为第二名。为什么得了第二名？在历史上有这样的记载，说当时考试的题目是《刑赏忠厚之至论》，"刑"是刑罚，"赏"是奖赏，刑罚和奖赏都要出于忠厚之心，说刑赏是忠厚之至。当时欧阳修看到苏东坡这篇文章的时候就非常赏识。可是为什么没有把他放在第一名，而把他录取为第二名呢？因为当时欧阳修有一个门人，那也是后来有名的古文大家，就是曾巩，欧阳修以为这篇文章可能是曾巩的作品，既然是自己的门人，他自己做主考官，欧阳修觉得应避讳一下，遂把他录取为第二名。录取考中以后才晓得不是曾巩的作品，是苏轼的作品。关于这篇文章还有一个传说，虽然是传说，但也可从中看出东坡之为人。据说东坡在这篇文章里边，有这样两句话，说"尧之时"，就是尧舜的"尧"，说尧的时候，"皋陶为士"，"皋陶"是尧时的一个法官，职掌刑罚的一个法官。"将杀人"，就是有人要受到刑罚，将受到诛戮。"皋陶曰杀之三，尧曰宥之三。"皋陶说，这个人应受到刑罚，说了多次，"三"，当然是极言其多的意思。尧之意是说，假如他的罪有可以原宥赦免的地方，我们应该尽量原宥赦免他；一定要是罪大恶极的，然后才判处极刑，所以称"刑赏忠厚之至论"。他举这个例证很恰当，据说当时欧阳修看了他这篇文章很赏识，但不知道他这几句话的出处，录取以后就问他，说你这几句话是见于哪一本古书呢？东坡就回答欧阳修说："想当然耳！"这是说当时尧的时候，皋陶做士官，应当是这种情形的。因为帝尧是兴王道、非常慈爱的一位君主，而皋陶是一位非常严正的法官，所以他说"想当然耳"，应该如此的。从这几句话中也可以看出东坡的这份旷达的见识、不凡的才气。有的人认为这是他的长处，可也许有的人认为这是他的短处。东坡有的时候，写文章诗词，用典故常常很随便的，就是因为他才气大的缘故。当时有这样的传说，他受知于考官欧阳修，录取为第二名，后来又参加春秋对策的考试，就得到第一名。一旦之间，名满天下，不但东坡自己名满天下，跟他同榜考中的还有他的弟弟苏辙，同时，他的父亲苏洵的文章也得到欧阳修的揄扬，也被当时人所赏识。所以一时之间，他们"三苏"父子都名满天下了。

可是就在那一年，即嘉祐二年（1057）的四月，他参加完考试以后不久，他的母亲去世了，于是苏东坡就奔丧回到他的故乡去了。父母之丧是三年，他丁忧有三年之久。直到嘉祐四年（1059）的时候，丧服除去了，东坡才又跟他的父亲、弟弟沿着长江从四川顺流东下，然后北上辗转来到当时北宋的都城汴京。来到汴京以后，授官为河南府福昌县的主簿。嘉祐六年（1061），那是他二十六岁的时候，就调任为凤翔府的判官。三十岁的时候，奉诏入京，"执史馆"，在当时的国史馆里做事情。第二年的时候，苏洵又得病死去了，于是，东坡"扶柩归葬"，就带着他父亲的棺木归葬到他的故乡去守丧三年。后来神宗即位，神宗熙宁二年（1069）的时候，东坡三十四岁，他再次回到汴京，那时正是王安石当国执政的时候。神宗熙宁四年（1071），王安石当时以翰林学士参知政事，同中书门下平章事，相当于宰相的地位。王安石当时正在极力地进行变法，而东坡这个人他是反对新法的。他认为王安石所主持的变法，改革过于激烈和急剧，不适合当时国家的情形，遂反对当时的新法，因而与王安石的政见不合。而王安石当时非常得神宗信任，所以苏东坡不会得到重用，被派出到外地做官。他三十六岁的时候，曾经摄开封府的推官，"摄"是暂时代理的意思。后来又调到杭州去做通判，在杭州有三年之久。离开杭州后四五年间，转知密州、徐州、湖州。任职湖州时，由于他的诗里边有的时候批评当时的政治，所以有人摘录他的诗句，说他批评时政——于是就被拘捕，关在监狱里边，几乎把他治罪。后来终究还是因为神宗欣赏他的文学才气，遂没有把他处死，就把他贬官到黄州做团练副使了。

刚才我们开头讲作者时讲过，东坡在黄州的时候起了一个别号叫"东坡居士"；而欧阳修我们也讲过，他有一别号叫"六一居士"，又叫"醉翁"，那也是欧阳修被贬官到滁州的时候起的别号。当他们这些人物在政治上遇到挫折的时候，当他们被贬官的时候，自己还能排遣和解脱，所以他自己就起一个别号叫东坡居士，看起来也是很放旷的意思。上文我们在讲到欧阳修的时候曾经说过，欧阳修这个人有一份很好的修养，就是他在遇到患难的时候，遭遇到挫折的时候，他能有一种欣赏、排遣的修养。东坡跟欧阳修两人不完全一样，欧阳修所有的是一份遣玩的意兴，而东坡所有的是一份超旷的襟怀。当然，我们现在这样说好像还是很浮泛、很笼统的一个批评，等一下我们正式讲到《赤壁赋》这篇文章的时候，我们就可以体会到东坡这份超旷的襟怀。

（李东宾整理）

第二讲

　　黄州在现在的湖北，这篇《赤壁赋》就是苏东坡在黄州所作的。所以，要读这篇文章，应该了解当时东坡的生活和心情。在交通不方便的时候，黄州是离汴京很僻远的一个地方。东坡在黄州有五年之久，在黄州贬官期间，他常常以读书、作诗、游览名胜、结交方外之士来排遣自己。东坡在黄州还写过一首词，我们从词里面也可以看到东坡这份超旷的襟怀。在东坡的词集里面有一首《满庭芳》，其中有这样几句："归去来兮，吾归何处？万里家在岷峨。"从这几句看起来，东坡写得很悲哀、很沉痛。他说，"归去来兮，吾归何处"，到现在我被贬官到了黄州，我想回到故乡去，我应回到哪里去呢？"万里家在岷峨"，"岷峨"是四川的山——他是四川眉山人——我的家在万里之外四川的岷峨，如此遥远，不知何时才能回到家里去。他接下来说："百年强半，来日苦无多。"人生不过百年，那我现在已经是四十多岁将近五十岁，人生已活了将近一半了，未来的日子也没有多少天了。从这几句看起来，他已经是年近半百的年龄，而离家这样遥远，实在是写得很悲哀、很沉痛。但是我们看到下面，东坡就把情调转变了。他说："坐见黄州再闰，儿童尽、楚语吴歌。山中友，鸡豚社酒，相劝老东坡。""坐见黄州再闰"，他被贬官在黄州有五年之久，前后在黄州经过了两个闰月，可见在黄州已经很久了。在黄州这么久，所以他说"儿童尽、楚语吴歌"——我的小孩子已经说得满口黄州本地话了。说"楚语吴歌"，是因为黄州是湖北地方，是楚地。小孩子说得一口本地话，把故乡的话都忘记了，可见在黄州住了很久，儿童都习惯了。跟黄州当地人也处得很好，所以说："山中友，鸡豚社酒，相劝老东坡。"在黄州的山中，有我很多很多的朋友。东坡这个人是非常善于结交朋友的，所以无论他在什么地方，都会结交很多朋友，而且他的朋友是各色各样的人物都有的，这里是"山中友"。"鸡豚社酒"，说每当他们"社"——"社"是春秋时的一种祭祀，像我们此地说的"拜拜"一样——当他们举行这种"拜拜"吃酒的时候，有"鸡"有"豚"，杀鸡杀猪请东坡来吃酒。说"相劝老东坡"，就是劝他吃酒。东坡以那年近半百衰老的年龄，以去家万里的凄苦情怀，却说："山中友，鸡豚社酒，相劝老东坡。"可见东坡的怀抱真是旷达。

苏东坡在黄州这里有五年之久。四十九岁的时候，诏移汝州团练副使，他就离开了黄州，经过江西，游了庐山，过金陵拜访了王安石，年底到泗州，上表请求在常州居住，第二年就定居常州了。后来，元祐元年（1086）的时候，王安石死去了，当时神宗也去世了，哲宗继位，当时司马光做宰相。司马光也是反对变法的人，所以他做宰相以后废除了王安石所推行的新法，这时东坡也就奉诏回到了汴京。当他回到汴京以后，由中书舍人升任翰林学士，在翰林院有四年之久。到哲宗元祐四年（1089）七月，出知杭州，当时他五十四岁。当他到杭州去做官的时候，传说中他做了一件很有名的事情。当时杭州西湖水中有很多水草聚集着，同时由于西湖南北相距有三十里，沿着湖岸周围走一圈要费很多时间，所以环湖往来有时终日都不能到达。于是，东坡就叫当地的人把西湖里的水草、泥沙挖掘堆积在一起，做成一个很长的湖堤。当地人非常感念他的德政，也非常怀念他，所以就将长堤称为"苏公堤"，就是现在人们所说的"苏堤"。东坡大兴水利，受到当地人的爱戴。

宋哲宗元祐六年（1091）的时候，东坡调任知颍州。颍州这个地方就是我们之前讲到的《秋声赋》的作者欧阳修也曾做过知州的地方。从前欧阳修曾知颍州，东坡也来知颍州。东坡之科举考试能够中试，是得到当时主考官欧阳修的知遇的，所以东坡来到颍州的时候，怀念从前知遇他的长辈欧阳修，也很感慨，就在这里作过几首小词，也都写得很好。有一首《木兰花令》，中间有这样的几句："佳人犹唱醉翁词，四十三年如电抹。"说当地颍州的歌伎、舞女们还唱着当年醉翁所作的歌词，"醉翁"就是欧阳修的别号。可是，当东坡来知颍州的时候，距离欧阳修知颍州的时候已经有四十三年之久了，"四十三年如电抹"。"电抹"是像闪电一般迅速，四十三年就这样过去了。第二年，也就是哲宗元祐七年（1092）的时候，他曾经迁徙到扬州。哲宗元祐八年（1093）的时候，又曾经到过定州做知州。绍圣元年（1094），章惇做了宰相。章惇是跟王安石一党的，是主张变法的新党人物里边的一个，所以新党就又得势了。苏东坡因为过去与新党政见不合，他是主张谨慎持重而不主张很激进的变法，所以当新党得势以后，就对东坡肆意排挤，指责东坡的诗文里对朝廷有诽谤的话，就把苏东坡贬到宁远军去做节度副使，把他安置在惠州。

惠州这个地方在宋朝时是很僻远的，属现在的广东。东坡在惠州待了三年之久，他以诗文教授当地的一些秀士——就是一些学文章之人。

后来，东坡六十二岁的时候，被谪授琼州别驾，编管于儋耳这个地方。儋耳相当于现在海南省的儋州。据历史上记载，儋耳当时非常荒远、偏僻，连医药都没有，简直是非人所能居住生活的地方。东坡刚到儋耳的时候本来住在官舍之中，可当地的有司官吏说，不可以住在这个地方，东坡就没有地方可以居住了，于是自己亲自动手建筑了个简陋的茅屋，跟他的小儿子苏过居住。苏过一直追随在他的身边。那依赖什么为生呢？依赖种植芋头、番薯之类作物来维持生活。所以，当他晚年六十多岁在琼州做别驾的时候，在儋耳的这段生活是非常艰苦的。在上面讲东坡的生平的时候，我就曾经简单地说过，东坡的为人如果跟欧阳修比起来，有着不同的地方。欧阳修在艰苦患难之中有一份排遣的兴致，比如说在欧阳修被贬到滁州的时候，他所写的《醉翁亭记》《丰乐亭记》《丰乐亭游春》诗，看他游山玩水，有着这样一份意兴。而东坡在艰苦患难之中，是有着一份超旷的襟怀，这超旷的襟怀与遣玩的意兴看起来很相似，其实并不完全一样。东坡对于老庄道家的学说和佛家的学说都非常有研究，所以他常常能够对人世之间的得失、荣辱、利害都有一种超然解脱的看法。东坡在他自己所写的《东坡志林》里边曾有这样的记载，当他晚年被贬官到惠州的时候，有一天出去散步，游山玩水，纵步在松风亭下，说他"足力疲乏，思欲就林止息"，当时他走路走累了，就想找到一片林木荫密的地方来休息，说"望亭宇尚在木末"，想爬到山上的亭子里去休息。他抬头看一看，这个亭子还在"木末"，"木末"就是说还在树梢，亭子怎么在树梢上呢？就是说亭子还在很高很高的山上，从下边望上去，好像还在木末树梢上一样。东坡就想如何能到，这么遥远，又这么高，他现在已经很疲倦了，怎么样才能到亭子上去休息呢？良久，他忽然间觉悟了，"忽曰：'此间有甚么歇不得处？'"就在我眼前脚下的地方，这里有什么不可以歇息的呢？他这么一想之后，"由是如挂钩之鱼，忽得解脱"，他现在就像一条吞了钓钩的鱼忽然间把钓钩摆脱掉了。他说，假如有人能够对这种境界有所了悟的时候——"若人悟此，虽兵阵相接，鼓声如雷霆，进则死敌，退则死法，当甚么时也不妨熟歇"，即使是在两军交战的战场上短兵相接，生死的关头，你也不妨尽兴地休息。这样说起来，表面看，难道在紧要的关头还不认真，还这样懈怠吗？其实不是的，一个人要能够有这样把生死都看开的精神，才能有慷慨忘身的勇气。所以在一方面，东坡对朝廷上《上神宗皇帝书》，那真是慷慨进言，而不顾个人安危；而当他被贬官的时候，不管经历什么样的挫折艰苦，他都有一份超旷解脱的胸襟，这是很难得的一份修养的境界。晚年在儋耳这个地方，东坡就曾经有过这样的境界。他在惠州时就说过这样的话，晚年还作过许多诗词，里边都表现了这样的境界。元符三年（1100）的时候，东坡又被迫迁移到廉州。廉州就是现在广东合浦县的地方。后来到徽宗继位，徽宗建中靖国元年（1101）"遇赦北归"，遇到国家大赦了，他就可以回到北方来。建中靖国元年五月，他来到真州，就是现在江苏仪征市的地方，就生病了。七月二十八日，死于常州，相当于现在的江苏武进这个地方，时年六十六岁。第二年闰六月，葬于汝州郏城县钓台乡的上瑞里。郏城县就相当于现在的河南郏县附近的地方。

　　苏东坡有三个儿子，大儿子叫苏迈，二儿子叫苏迨，三儿子叫苏过。大儿子苏迈曾经做过雄州防御的推官，二儿子苏迨和小儿子苏过都曾经做过承务郎。当东坡被贬到惠州，后来被迁到儋耳的时候，只有他的小儿子苏过一直侍奉在他的左右。凡是他生活上一切所需，很多事情都是他的小儿子苏过亲自帮助他来经营、维持的。后来也是他的小儿子把他埋在汝州郏城县，就是刚才我们所说的地方。他的小儿子苏过还曾经经营了一些田地，有水渚树木的地方，名叫小斜川，苏过就自己起个别号叫斜川居士，这是东坡身后的事情了。

（李东宾整理）

第三讲

　　我们把苏东坡的生平已经简单地看过了，我们在讲到他的生平的时候，屡次谈到一件事情，据说他屡次被贬官都是因为当时一些嫉恨他的人摘录他的诗文里的一些话，说他的诗文里有诽谤朝廷、讥评时政的言辞。究竟详细的情形是如何呢？东坡的诗文里有哪些地方是诽谤朝廷和讥评时政的呢？在宋朝魏泰所编的《东轩笔录》、葛立方的《韵语阳秋》、叶梦得的《石林诗话》，还有后来明朝人所编辑的《东坡诗话》，里边关于这些事情都有着简单的记载。在南宋孝宗乾道年间，曾经编辑出一本《东坡文集事略》，在这本书中也有简单的记载。相传当时是如此的情形：东坡之屡次被贬官实在是一方面由于他才名高出当世，容易遭到别人的嫉恨；另一方面在政治上，由于政见不合，因此很多人就嫉恨他。

　　至于他说了什么话呢？比如说，当他被贬到黄州以前，有人说他的诗里边有讥评时政、诽谤朝廷的地方。究竟是哪些诗、哪些话呢？当时有人就举出来说，东坡曾经有几首咏桧（一种树木）的诗，诗里边就有这样的两句话："根到九泉无曲处，世间惟有蛰龙知。"他说，桧木长得这样高大而且直立，我想桧木的树根纵使它生到九泉之下也不会有弯曲的地方，因为看得到它这种挺拔直立的样子，就说"根到九泉无曲处"。谁看到它的根没有弯曲了呢？它的根在九泉之下，所以他说"世间惟有蛰龙知"，在世界上了解桧木的根是不弯曲的，只有蛰伏在地下的龙。当时就有人对神宗皇帝说，皇帝您是飞龙在天，而苏轼他认为您不能够认识他、了解他，他只有求知于地下的蛰龙，可见东坡这首诗里边就有不臣之意了。幸而神宗皇帝说起来还是一个明白的皇帝，他说："诗人之辞安可如此论？"诗人的文章本来是不可以这样深文周纳去追究的。如果我们要想深文罗织一个人的罪名，那么任何人的作品我们都可以深文罗织。尤其是诗的作品，它常常有比兴的意思，如果你想怎么样解释，都可以勉强把它解释出来。深文罗织之下，"欲加之罪，何患无辞"，什么人不可以给他加上罪名呢？诗人的言辞是不可以这样看的。他说："彼自咏桧，何与朕事？"他说，东坡自己咏桧这种树木而已，与皇帝我有什么相干呢？幸而神宗还是个很明白的皇帝，东坡才没有受到更大的处罚，免去了杀身之祸。神宗也很怜惜他的才气，后来只是把他贬到黄州去做团练副使而已。那么此外呢？还有东坡在这之前到湖州的时候，写过一篇谢表，谢表里边有这样的两句话，他说："知其愚不适时，难以追陪新进；察其老不生事，或能牧养小民。"他说，皇帝您知道我是愚鲁不适合时务的人，所以不能追随新进的士大夫们；皇帝知道我是一个年老不会再生是非的人，或者能够在外州外县管理这些卑下的人民。有人以为，他说这些话口气真是妄自尊大。东坡就是常常为这些诗文里边的话遭到别人的诽谤、指摘，因此屡次遭到贬谪。

现在我们把东坡的生平简单地说过了，下面我们看一看他文章的成就。东坡很早就成名了，很年轻就考中了进士，当时三苏之文名满于天下。他遍交了当世的学者，出入于翰林院中，所以能够读国家珍贵的藏书。他的政治生活也是抑扬复杂、波澜起伏的，有时得意，有时失意，遭遇过很多周折转变。东坡这个人是入仕则慷慨忘身，废放则啸傲自适，这两种态度实在是一个人的两个方面。当他晚年被贬到儋耳的第二年，遇赦，量移廉州，有一次在六月二十晚上渡海，写了一首诗，说："参横斗转欲三更，苦雨终风也解晴。云散月明谁点缀，天容海色本澄清。"看他这首诗中所写的，像第二联"云散月明谁点缀，天容海色本澄清"，那一份超旷的境界，真是写得非常好。当云散月明的夜晚，天容海色一片澄明；如果人的内心也能像这天容海色一样旷达、一样澄明的时候，那还有什么样的挂碍呢？所以当东坡晚年经历了被贬到海南最不幸的生活，才能够在诗里说出这样的境界。在这首诗的最后两句他说，"九死南荒吾不恨"，在南荒这个地方，真是九死一生，这样艰苦的地方、艰苦的生活，我也没有遗恨，因为"兹游奇绝冠平生"，因为这一次的游历能够来到极荒远的南方，看到了奇绝的景物，真是冠于平生。他平生的足迹遍于全国，什么地方他都去过，什么景物他都见过，而他写的这首诗，写的这份襟怀，真是写得很好的。所以我们教材的《附录》上也这样说他："无不见之景物，无不解之人生，得颖悟于禅门，习达观于道说。""得颖悟于禅门"，他能够在佛家

"禅门"有所彻悟，他跟许多高僧交游来往，是很好的朋友；"习达观于道说"，他从小的时候读《庄子》，就非常有心得，所以他对于老庄道家的学说也非常有了悟的境界。一般说来，一个人要养成这种超旷的襟怀，应该对宗教的哲理有一点了悟才对的，东坡就是如此。

东坡对佛家的禅宗理论能够有所颖悟，对老庄道家的学说，他也曾经从中学到了旷达的人生观，这对于东坡这种超旷的襟怀的修养是有很大的影响的。他所作的古文"远师韩愈，近法欧阳修，豪放莹澈似《庄子》，纵横排宕似《战国策》"。这几句批评得很切当，时代距离他远一点的，他是师法韩愈；如果距离他时代近一点的，他是师法欧阳修的。东坡曾经在他写的祭欧阳修的文章里边就谈到过，说他很年轻的时候，得到欧阳修的文章就很喜欢诵读。此外，相对于古人，他"豪放莹澈"，说他的古文里边能够表现这种非常超旷的境界，好像《庄子》一样。正如他那首诗所说的"云散月明谁点缀，天容海色本澄清"，这份境界是像《庄子》一样，真是豪放而且莹澈。还有他写文章的时候，这份纵横排宕的才气，好像《战国策》的文章。

除了在散文上的成就以外，他诗词的成就也是很了不起的。他用写散文的方法来写诗词，"状难写之景物，生动如在目前；抒郁结之心情，诙诡归于平淡"，这几句批评得也很切当。东坡能用写散文的方法来写诗词，所以诗词经东坡一写把境界都给扩大了。他能够把难写的景物都写得很生动，如同在眼前一样。他写各种景物都写得很好，比如就以他的词来说，有一首很有名的《念奴娇》，即"大江东去"这首，说"乱石穿空，惊涛拍岸"，这景物就写得很好；另外一首词《永遇乐》所写的"明月如霜，好风如水""曲港跳鱼，圆荷泻露"，写优美的景物，写豪放的景物，都写得很好，写得生动，如在眼前。他同时还能抒写郁结的心情，"诙诡归于平淡"。东坡一生遭受很多的挫折、不幸，屡次被贬官。当他晚年被贬到海南的时候，写了不少作品。我们刚才已经念过其中的两句："云散月明谁点缀，天容海色本澄清。"此外，他还有一首诗，诗的题目叫作《独觉》——就是一个人睡醒了——里边有这样的句子："浮空眼缬散云霞，无数心花发桃李。"他说，当他老眼昏花的时候，好像眼中看到众花缭乱，好像云霞的样子飘浮在空中。"缬"字本来是剪彩为花，形容说当他晚年被贬到海南，老眼昏花了。但他接下来说"无数心花发桃李"，可他心中有无数的花开，像春天的桃李万紫千红。就是说，他心中的这份境界，当他老年的时候，身体衰老了，环境也不幸，还能"无数心花发桃李"。他所写的这个诗句非常诙诡。"诙诡"者，就是诙谐而诡奇。本来应该是郁结的心情，他书写起来却"诙诡"，还可以归于平淡。再比如还有这样的两句："回首向来萧瑟处，也无风雨也无晴。"他说，现在当我晚年，真是把人生都看开了，当我回头想一想的时候，在我过去的一生，"也无风雨也无晴"，无论狂风暴雨的天气还是风和日丽的天气，在我看来都是一样的。这两句诗，他在另外一首词里边也曾经写过。有一首《定风波》的词，也有这样两句："回首向来萧瑟处，归去，也无风雨也无晴。"可见他非常欣赏这两句，他曾经用在诗里边，也曾经用在词里边。他的诗词都能够一洗晚唐五代藻丽堆砌的文风，晚唐五代时候的文风都是在辞藻上藻丽堆砌，风格上都写得脂粉柔靡，像五代的一些小词就是如此。而到了东坡，则是用词这种体裁来抒写他的胸襟怀抱、来抒发他的议论，都是超逸的、机趣横生的，给宋代的诗词开创了新的境界和局面。

东坡说他自己写文章的态度："作文如行云流水，初无定质，但常行于所当行，止于所不可不止，虽嬉笑怒骂之辞，皆可书而诵之。"他说，作文章，应该像天上的行云和地上的流水，这行云流水是宇宙之间最自然的一种行动的表现。"初无定质"，本来没有一定的作文章的格局和方法，而有些人喜欢在作文章的时候，一定要说第一段要怎么样，第二段要如何如何。这样教授学生，对于那些资质低下的学生，也许给他个模本，可以学习模仿；对于天才比较高的学生则实在是一种限制。像东坡所说的作文章实在是应该像"行云流水"一样的。他说"但常行于所当行，止于所不可不止"，只是当你自己的才气、意兴、思想、感情之所至，那么你觉得该怎么样作就怎么作，你所走的路就是你应当走的路，你停止的地方就是你应该停止的地方。如果一个人有这样的才气和修养，他必然知道什么叫"行于所当行，止于所不可不止"，所以他说，虽然嬉笑怒骂的各种词句，甚至一些别人认为不大典雅的，只要你运用得好，"皆可书而诵之"。这话说得非常对，所以天下没有不可写的境界，没有不可用的词句，只在那写的人、用的人是不是善于写、善于用就是了，东坡这方面确实做得好。

清朝赵翼批评他的诗，说他的诗"才思横溢，触处生春，胸中书卷繁富，又足以供其左旋右抽，无不如志"，说东坡这种天才、这种思致，那真是才思横溢，不是我们常人所能比拟的。"触处生春"，凡是他所接触的地方，无不有美好成就，无不代表那最完美的、最美好的境界。说他"胸中书卷繁富"，读书读得很多，"足以供其左旋右抽"。据历史记载说，当他被人诽谤下在监狱里，几乎被处死了，就是被贬到黄州前，审判他的人虽然是他敌对的一方，也对他是非常倾倒的，说东坡果然是天下的奇才，当他们审问他时，说起他过去这三十几年来所写的诗文、所用的典故，他没有不对答如流的，真是胸中书卷繁富。一个人读书读得多，当他写作的时候运用起来，才能够左右逢源；不但读得多，而且读得熟，所以才能"左旋右抽"，怎么样用，就怎么样合适，无不如意。赵翼又说："其尤不可及者，是天生健笔一枝，爽如哀梨，快如并剪。"他说，东坡尤其为我们一般人所不能及的是，他天生有着健举的笔力。他所写的文章，写到爽朗的地方，真是痛快淋漓，好像哀梨。"哀梨"是一种水果，这种梨咬在口中是非常爽脆的。东坡的文章我们读起来真是"爽如哀梨"，好像是吃到哀梨这种爽脆的水果；"快如并剪"，说他所写到那痛快淋漓的地方，好像是并州的剪刀一样的痛快。并州这个地方出产的剪刀是最有名、最锋利的，说是"并刀如水"。赵翼又赞美他说："有必达之隐，无难显之情，此所以继李杜后为一大家也。"说在他的诗里边，"有必达之隐"，无论什么样隐曲的情意，没有他不能够表达的；"无难显之情"，没有任何一种感情是他不能够显现出来的。这就是为什么他能够继李白、杜甫之后而成为宋朝的一个伟大的诗家的缘故。

刚才这一段是东坡诗、文、词方面的成就。关于苏轼的传记的资料，除了《宋史》里边有东坡的本传之外，有他的弟弟苏辙写的《东坡先生墓志铭》、宋朝的王宗稷编的《东坡先生年谱》一卷（附录于《东坡七集》后），还有傅藻编有《东坡纪年录》一卷（在《分类东坡先生诗》里边附录着）。此外，清朝的查慎行编有《东坡先生年表》一卷，见于香雨斋《苏诗补注》的本子。王文诰有《苏诗编年总案》四十五卷，见于《苏诗编注集成》的本子。东坡自己的著作是很多的，现在流传的本子《东坡七集》一百一十卷，里边包括有前集、后集、奏议、内制、外制、应诏、续集，是光绪年间端方所刻的，有影印的本子。注解他的诗的人就更多了，有宋朝施元之的《苏诗注》四十二卷，是上海文瑞楼的影印本；有王十朋所注《分类东坡先生诗》二十五卷，四部丛刊的本子；冯应榴《苏诗合注》五十卷，是自刻的本子；查慎行《补注东坡编年诗》五十卷，是乾隆年间家刻的本子；有沈钦韩的《苏诗查注补正》四卷，是广雅书局的本子；此外还有王文诰的《苏诗编注集成总案》四十五卷，是杭州书局的本子；翁方纲所作的《苏诗补注》八卷，是粤雅堂丛书的本子。东坡其他的著作还有《仇池笔记》两卷、《东坡志林》五卷，都流行于世。关于东坡的词，另外有人把它编辑为《东坡乐府》，有王鹏运四印斋的本子、朱祖谋的彊村丛书的本子，此外还有毛晋所刻的六十家词的本子。毛刻的本子没有王鹏运四印斋的本子跟朱氏的彊村丛书的本子好。台北新兴书局最近印的《苏东坡全集》，是根据陈继儒评定的本子，是1955年10月出版的。

（李东宾整理）

第四讲

关于苏东坡的生平和著作已经讲完了，现在我要讲讲这篇《赤壁赋》的题解。

在讲《赤壁赋》之前，想请大家弄清楚苏轼所写的赤壁究竟在哪里。在湖北，叫"赤壁"的地方有四个：一个是在湖北嘉鱼东北的江边上，江夏西南一百里的地方，这个地方正是当年三国时代周瑜用火攻计谋大破曹操的地方，赤壁鏖兵正是在这个地方；还有一个是在湖北武昌东南七十里的地方，那个地方又叫赤矶，也叫赤圻，这是第二个赤壁；另外还有一个在湖北汉阳沌口的临嶂山，在这个地方有一个很高的山峰叫乌林，通常也把这个山峰叫作赤壁；此外，苏东坡所写的《赤壁赋》，他所游的地方是在湖北黄冈市城外一个地方，叫作赤鼻矶。这个赤鼻矶，很明确，它并不是当年三国时代周瑜用火攻击破曹兵的地方，而东坡在《赤壁赋》文章里边却引了当年三国时代火烧赤壁的这段故事，来发表他的感慨、议论。很多人就借此说东坡这个人用典故是不大谨慎小心的——他所游的赤壁并不是当年三国时代赤壁鏖兵的赤壁，而他居然以为是当年那个赤壁，而借此抒发感慨议论。

其实，东坡知道这个地方并不是可确信的当年火烧赤壁的赤壁。东坡在给他的朋友范子丰的一封信里边说："黄州少西山麓，斗入江中，石色如丹。《传》云'曹公败所'所谓赤壁者。"他说，在黄州稍微往西边点的山麓，陡然伸入江水之中，山麓下边有一个山石的洞室，石壁颜色丹红，《传》云，这就是当年三国时代曹操被火烧失败的地方。东坡又说："或曰非也。"有人借此说，这个地方不是当年火烧赤壁的地方。请大家注意标点符号，在"非也"后面应该标点为分号或句号，应到这里停顿下来，把它结束，底下是另外一段话了。东坡接着说，当时"曹公败归华容路，路多泥泞，使老弱先行，践之而过"。历史记载说，当时曹操在火烧赤壁失败以后，就从华容道回去，一路上泥泞不堪，马常常陷落到泥里边而不能奔跑，曹操就叫老弱残兵在前边开路，而他们后来的兵马就践踏在老弱残兵的身上过去。曹操说："刘备智过人而见事迟，华容夹道皆葭苇，使纵火，则吾无遗类矣。"说刘备这个人虽然智谋计策超过平常的人，可是他看事情常常看得不够迅速彻底，比如说像华容道这个地方，夹道两边都是蒹葭芦苇，假使在这个地方放起火来，我们这些人不能有一个活着逃走的。那东坡就说："今赤壁少西对岸，即华容镇，庶几是也。"现在我所游的赤壁的稍微西边一点的对岸，那地方就叫华容镇。他说"庶几是也"，说大概就是这里吧。可见东坡并没有肯定他所游的就是当年火烧赤壁的地方，他也知道这不是十分确定的一个地方。

但东坡为什么要这样说呢？我以前在讲东坡生平的时候也曾说过，东坡有时用典不大拘执，因为东坡才气比较大，胸怀比较旷达，不大拘于小节，而且这一篇文章是想借史实来发议论，并不是来考证历史，所以他就这样用了。我们对于文学家这样用典故都是可以理解的。

这些诗人、文人写诗、写文章用到的典故，有时是断章取义，有时是借题发挥。像以前我们所讲的王维的《渭川田家》那首诗，说："即此羡闲逸，怅然吟式微。"王维用"式微"这个典故，实在是断章取义，他只是取"式微式微，胡不归"的意思。东坡这里用"赤壁"呢，也只是借题发挥。东坡未尝不知道，这个赤壁并不是当年曹操与周瑜作战的赤壁，他不过是想借历史上的故事，来抒发他自己的感情和发表议论而已。他不但是用典故时如此，像前面我们曾讲到，东坡有一次在参加考试时作《刑赏忠厚之至论》这篇文章，他曾经说，尧的时候皋陶做法官，有一次要处罚一个犯人，皋陶说"杀之三"，尧说"赦之三"。这个典故东坡就是"想当然耳"这样用的。现在赤壁这个地方也是这样用的——明知未必是，只是借着历史故事来抒发他自己的感情和议论。

此外，东坡用其他的典故有时也是如此。比如说，东坡有一首很有名的词，词调叫《水龙吟》，这首词是咏杨花的，杨花就是柳絮。东坡有一个朋友，叫章质夫，章质夫写了一首《水龙吟》咏杨花，东坡就和他的词。在这首咏杨花的词里边有这样几句："晓来雨过，遗踪何在？一池萍碎。"他说，当暮春的季节，杨花柳絮都飘落的时候，"晓来雨过"，早晨的时候下过一场春雨之后，"遗踪何在"？飘落的杨花遗留的踪迹到哪里去了？一场雨之后，飘落的杨花的踪迹都不见了。只看到什么了呢？只看到"一池萍碎"，只看到满池水面上细碎的浮萍的叶子。这句词呢，东坡自己就加了个注解说："杨花落水为浮萍。"相传柳絮杨花如果飘落到水里去以后，就会化成水上浮萍的萍叶。这是不可信的，所以有些人就竭力地辩解这件事情，说东坡是错的，杨花落水并不会变成浮萍。按照植物学讲起来，杨花是柳树的种子，浮萍是另外一种植物，杨花是不会变成浮萍的。所以像东坡这首杨花词"晓来雨过，遗踪何在？一池萍碎"，他说杨花就化成浮萍了，这个实在也是错误的。但是这些错误都不妨碍东坡的文章或者东坡的词成为很好的作品，因为他这样用虽然在科学上或者在历史上是错误的，但是都无害其文学上的价值。我们姑且不论杨花是否能化成浮萍，但是我们想象，当暮春的季节，杨花飘落的日子，正是水上浮萍开始长成的日子，所以当我们看到杨花落的时候，我们同时也看到水面上的浮萍逐渐浮出细小的萍叶。在诗人的感觉、知觉和联想上，他说"晓来雨过，遗踪何在？一池萍碎"，杨花都飘落不见，只看见满池细碎的萍叶，这在情境上未尝不是很好的作品。所以诗人或者文人，尤其是像东坡这样才气很高的，他们常常有这样脱略的地方。

不但用典故时有这样的不见得完全符合科学的真实，有时候在词调的格律上也有脱略。比如像刚才所引的东坡这首《水龙吟》词，最后的几句是这样："细看来，不是杨花，点点是离人泪。"他说，当杨花飘落的时候，我们仔细看这杨花一点一点白颜色漫天飞舞的样子，简直不像是杨花，好像是离人流下来的眼泪。就像《西厢记》里说的"晓来谁染霜林醉，总是离人泪"，点点的杨花在忧伤的人、离别的人看来，点点都是泪痕，这也写得很好。可是"细看来，不是杨花，点点是离人泪"，这一贯下来是十三个字，按照东坡的这几句话，这十三个字的句读应该是三、四、六的句法停顿，但《水龙吟》这个调子最后一句的停顿实在应该是五、四、四的句法停顿。东坡是和章质夫的这首词，章质夫原词的最后一句说"望章台路杳，金鞍游荡，有盈盈泪"，是五、四、四的句法。东坡有时填词，关于词的句法、停顿、句读，他并不是完全按照词的格律的句读来停顿的，这些地方都是东坡很脱略的地方。

像李太白所写的律诗，有的时候也很脱略的。李白有一首《鹦鹉洲》诗，里边有这样两句，他说："鹦鹉西飞陇山去，芳洲之树何青青。"本来在律诗里边的第三句和第四句应该是对句，可是李白这两句则是完全不对仗，平仄也不完全合律诗的格律。

像苏东坡、李太白这些才气比较高的天才的文人，常常有脱略的地方。在他们作起来，因为他们才气很高，并没有什么大的妨害；但在一般人说起来，当然我们的用典应比较切当，且格律也应该符合，这样才比较好。但对于才高的人来说，是无妨脱略的。

东坡作这篇《赤壁赋》的文章，是在宋神宗元丰五年七月，也就是相当于公历纪元的1082年，正是东坡被贬在黄州做团练副使的时候。作者苏东坡就在黄州这里游了赤壁，之后就写了这篇《赤壁赋》。是年十月，再游赤壁，又作了一篇文章，就是我们所称为《后赤壁赋》的。有些人因为它既然有《后赤壁赋》了，所以就把这篇《赤壁赋》的上边冠上一个"前"字，说这是《前赤壁赋》。

其实本来东坡作的时候，这第一篇没有"前"字，就是《赤壁赋》。
这两篇文章都见于东坡集子的第十九卷。

（李东宾整理）

第五讲

我们先看第一段：

> 壬戌之秋，七月既望，苏子与客泛舟游于赤壁之下。清风徐来，水波不兴。举酒属客，诵明月之诗，歌窈窕之章。少焉，月出于东山之上，徘徊于斗牛之间。白露横江，水光接天。纵一苇之所如，凌万顷之茫然。浩浩乎如冯虚御风，而不知其所止；飘飘乎如遗世独立，羽化而登仙。

"壬戌之秋，七月既望。""壬戌"我们刚才说过，就是宋神宗元丰五年（1082），那一年按照我国干支纪年的方法推算起来是"壬戌"年。"壬戌之秋"，是说壬戌年的秋天，那一年东坡是四十七岁。东坡是四十四岁被贬到黄州去的，四十九岁离开的。也就是说，这一篇文章是东坡在四十七岁时在黄州所作的。"七月既望"，"七月"是我们中国农历的秋天七月；"望"是说月圆的日子。在阴历小月的时候，即一月是二十九天，那么十五这一天是月圆的日子；如果阴历是大月的时候，那十六这一天是月圆的日子。月圆的那一天为什么叫"望日"呢？因为那一天太阳在东方，月亮在西方，正是遥遥相望的时候，所以叫"望日"。从现在的科学上说起来也是对的，因为那一天，太阳的光完全可以照在月亮上而反射过来，中间并没有地球影子的一点点遮蔽，那是日月遥遥相望的时候，所以就叫作"望日"。在《尚书》的《召诰》里边，有这样一句，说"惟二月既望"，也就是二月既望的这一日。"既望"是哪一天呢？"望日"是月满、月圆的日子，"既望"是"望"以后的那一天。当然，说起来，我们都说阴历的十五是月亮圆的日子，"既望"一般说起来是阴历的十六日。"壬戌之秋，七月既望"，也就是壬戌那一年的秋天，七月十六日的时候。

"苏子与客泛舟游于赤壁之下。""苏子"是作者苏东坡的自称，我们之前讲《秋声赋》中"欧阳子方夜读书"的时候曾经讲过，古时候文人常常称自己为"子"。他说，我与我的朋友，"客"是东坡的朋友，"泛舟"是划船，从水上来游赤壁这个地方，即到赤壁山下这里来划船游历。

关于赤壁山，陆放翁的《入蜀记》里边这样说："离黄州……船正自赤壁矶下过。多奇石，五色错杂，粲然可爱。"陆游入蜀的时候，正好经过这个地方，当他们乘船离开黄州以后，船正好从这个赤壁矶下面经过。黄州的赤壁矶是什么样子呢？他说，赤壁矶这个山有很多形状非常奇特的山石，"五色错杂"，有各种颜色的山石，所以"粲然可爱"，看起来很可爱的。清朝的邵长蘅也作过一篇《游赤壁记》，里边这样说："山之高可百步，土近赤，巅童然若髡。"他说，赤壁这座山有百步这么高，山石上面的土是"近赤"的，几乎都是红颜色的。前面在讲题解的时候，我引《东坡杂记》上说"石色如丹"，也说是红颜色的。山巅"童然若髡"，是光秃秃的样子，好像一个人的头上没有了头发似的。"石浮土出者，皆累累而顽"，他说，山上从土石之间凸出来的山石，"累累而顽"。"累累"是重重叠叠的样子，密集的样子，都是非常奇顽的形状。"蹑其尻"，"尻"这个字念kāo，本来是指一个山石的山根，这里指的是托根之所。在《楚辞》的《天问》上说："昆仑悬圃，其尻安在？""蹑其尻"，是说我就登上山石的山根。"则睥睨据之"，"睥睨"，是左右观望的样子；"据之"，就坐在山石上。邵长蘅接着记载说："子瞻片石，剥落颓垣藓壁间，可摩挲读。"他说，有刻着苏子瞻的《赤壁赋》的一片山石，因为时代久远，已经剥落了，在长满了苔藓的山壁之间，但还可以摩挲着读出它的字迹。此外，郦道元《水经注》上记载"江水右得樊口……左径赤鼻山南……"就是这个地方。"盖名之从其色矣。"为什么叫"赤鼻"，或者说叫"赤壁"呢？本来应该写作"耳鼻""口鼻"之"鼻"，却讹传写作"墙壁"的"壁"字了。是因为"名之从其色"，因为山石的颜色是红颜色的。"自子瞻冒'鼻'为'壁'，而黄州之名特著"，自从苏东坡他把赤鼻山的口鼻之"鼻"写错了，他以为是赤壁的"壁"，以为是三国时代曹操与周瑜作战的那个赤壁，又有东坡的《赤壁赋》，所以黄州的赤壁山就特别出名了。此外，在沈复的《浮生六记》里边也记载说，在黄州汉川门城门外，屹立在江边上，有截然如同一堵墙壁一样的一座山，"石头绛色"，"绛色""赤色""石色如丹"都是红颜色，故名赤壁。我们刚才所谈到的这些记载，像陆游的《入蜀记》、邵长蘅的《游赤壁记》以及《游赤壁记》里边所引的《水经注》，还有沈复的《浮生六记》所记载的都是关于赤壁这个地方的情景、形势。

"清风徐来，水波不兴"，这已经是秋天的季节，阴历的七月了，清凉的微风慢慢地吹过来，既是微风，水面就没有大的波浪。

"举酒属客"，他就举起酒杯——"属"这个字，有的时候念shǔ，是部属、归属；有的时候念zhǔ，我们说"嘱咐"，属就是付托，交给一个人——给一个人敬酒，就是"举酒属客"。"举酒属客"的时候，两个人就一边饮酒，一边赋诗。赋什么诗呢？他说，就"诵明月之诗"。"诵"就是古人说的吟诵，他们就吟诵"明月"的诗。"明月之诗"也有两种说法：一个是曹操的《短歌行》——后来"客"（这个朋友）不是说到曹孟德的诗吗？说："月明星稀，乌鹊南飞。"在曹孟德的诗里是有"月明"，不但有"月明星稀"，还有"明明如月"这样的句子，所以他们以为这个"明月之诗"，就是曹孟德的《短歌行》里边"明月"这样的诗句。但是也有人以为不然，因为他下面还说"歌窈窕之章"。"歌"，也是吟唱。古人所谓歌，有的时候说"歌诗"不一定是配合音乐来唱歌，是古人用吟唱的调子来吟诗。东坡他们就吟唱了"窈窕"这一首诗，"窈窕"是《诗经》里边的一首诗。《诗经·陈风》有《月出》这样一首诗，里边有几句是这样说的："月出皎兮，佼人僚兮。舒窈纠兮，劳心悄兮。""月出皎兮"，说月亮出来了。"皎"是这样皎洁。"佼人"就是美好的人。"僚"就是形容这个人美丽的样子，说有一个美人如此美好。"舒窈纠兮"，说我们就把内心的这种深幽的、隐约的情思都隐示出来了。"劳心悄兮"，"劳心"，我们说体力的劳当然就是劳，心思的劳也是劳，所以古人给人写信，说"思子为劳"，说我想念你想得很厉害，我"心"就是劳心。"悄"就是一种思念的忧愁、怀念的情感。所以说，这是在明月之下怀人的一首诗。东坡他们两个人说，我们"诵明月之诗，歌窈窕之章"，那么这首诗也不用管他所怀念的是什么人，是一个美人吗？是男子，还是女子呢？你都不用管他。中国古人常常是借诗句表现一种怀抱、一种理想，或是理想之中的人物，或是理想之中的志意，甚至于是政治的理想，这样的一种向往，都是一种相思怀念的感情，所以不用给它狭义的定义，一定说指哪一个人。所以我们说"诵明月之诗，歌窈窕之章"，总而言之就是月明之夜引起我们很多悠然的遐思。

"少焉，月出于东山之上，徘徊于斗牛之间。""少焉"，就是过了一会儿。当他们念这"明月之诗"的时候，月亮还没有完全出来，因为赤壁这里山也很高。等到过了一会儿，"月出于东山之上"，月亮就从东边的山头升上来了。"徘徊于斗牛之间"，月亮在天上其实跟太阳一样，虽然移动，但是移动得很慢，我们并不能够明显地看到月亮在移动，不过有时候天上还有一些浮云，浮云的飘动就如同月亮在天空、在云影之中的徘徊。曹子建有一首诗说"明月照高楼，流光正徘徊"，天上月亮的光洒下来，好像光影都在动摇的样子。所以苏东坡所说的"月出于东山之上，徘徊于斗牛之间"，就是说天上的明月好像在云影之间徘徊流动，月光也好像在徘徊流动的样子。在什么地方徘徊？在"斗牛之间"。"斗牛"是天上的两个星宿。宿（sù）舍的"宿"字在指天上的星宿的时候，我们是念xiù，有斗宿，有牛宿，就是牵牛、北斗这两个星宿，所以月亮是在牵牛、北斗之间徘徊。

"白露横江，水光接天。"七月的秋天是白露降的时候，我们中国的农村讲究节气，而且是有"白露"这样一个节气的，七月的时候正是白露节气，所以他说白露就洒满在江面上。中国古人总是说露水降下来了，其实，露水并不像雨水，不是从天上降下来的，是凝聚在地面的一些草木之上的。但是古人的思维是直接的、直感的，好像这个露水就挂在江面上。"水光接天"，赤壁之下粼粼波光的颤动，远望跟天上的月光是相接的。

"纵一苇之所如"，我们就划着小船，"一苇"指的是船。《诗经》里《河广》这一篇开头就说"谁谓河广，一苇杭之"，谁说这个河水是很宽广的，我们只要坐着一条苇叶般的小船不是就可以横渡过去吗？"纵"就是放开它。我们就放开这条船，任凭它——"如"就是往——任凭这个船到哪里去？"凌万顷之茫然。"我们常常说凌驾在上，这"凌"就是在上面，这小船就在万顷的水波之上。"茫然"，是一片没有边际的水波。

这个时候，他说我们觉得清风徐来，明月在天，一阵风过去，"浩浩乎如冯虚御风，而不知其所止"。水波浩浩，小船在江面上随波漂流摇动。他说，我们就如同"冯虚"，"冯"（píng）是驾着，好像我们已经凌到高空；"御风"，驾着长风，似乎船在空中是驾着风向前行进，我们不知道这艘船要飘往什么地方去。而"冯虚御风"，他所用的正是《庄子》上的一句话。《庄子》里边曾经说列子——列子也是道家的一个人物——"御风而行，泠然善也"，列子好像是驾着风在走；"泠然"，那种轻灵、逍遥的样子；"善"，那当然是美好的。这是说列子的为人修养，那种逍遥自得，就好像是御风而行。所以东坡用的是《庄子》的道家逍遥自得的这样一种境界。"浩浩乎如冯虚御风，而不知其所止；飘飘乎如遗世独立，羽化而登仙。"他说，我们就觉得这样的"飘飘乎"，像要飞起来一样。这还不是道家的，是道教的境界。道教说，如果你要是有了修持、修炼，有一天，你就可以蝉蜕于尘埃之外，就可以白日飞升。"遗世独立"，就遗弃了这个世界。你就会"羽化"，就像是会飞的动物，好像长出来翅膀一样，就可以白日飞升，成为神仙了。这当然是苏东坡的一种道家逍遥自在的想象——不是身体的飞升，而是精神的那种脱然自得的境界。

（李东宾整理）

第六讲

接着我们看第二段：

> 于是饮酒乐甚，扣舷而歌之。歌曰："桂棹兮兰桨，击空明兮溯流光。渺渺兮予怀，望美人兮天一方。"客有吹洞箫者，倚歌而和之。其声呜呜然，如怨如慕，如泣如诉；余音袅袅，不绝如缕。舞幽壑之潜蛟，泣孤舟之嫠妇。

第二段开始两句："于是饮酒乐甚，扣舷而歌之。"当东坡跟他的朋友在赤壁之下的江水中乘舟游赏的时候，他们饮酒，非常快乐，于是就敲击着船舷。"舷"是船边。"扣舷而歌"即以手拍击船舷，打着拍板而唱歌。

接下去说这首歌："桂棹兮兰桨，击空明兮溯流光。渺渺兮予怀，望美人兮天一方。""桂棹兮兰桨"，"棹"跟"桨"都是划船的用具，如果仔细分别呢，比较长的叫"棹"，比较短的叫"桨"。

在《九歌·湘君》里边有这样两句："桂櫂兮兰枻，斲冰兮积雪。"《九歌》上的"櫂"字与东坡《赤壁赋》里的"棹"字声音是相同的，意思也是相同的。"兰枻"的"枻"字也就是"兰桨"的"桨"字，一样的意思，都是划船所用的器具。可见，桂棹、兰桨都是有出处的。那么"兰"是什么呢？"兰"就是木兰，是一种长青的乔木。这种木材很高大，也很坚实，可以用来做船桨。所以"桂棹兮兰桨"，就是说用桂木做的船棹，用木兰做的船桨。中间这个"兮"字是辞赋之中经常用的一个语助词。东坡和他的朋友所唱的这首歌就是说，我们乘的船有桂木的船棹，有木兰这种木材的船桨，是很美丽、很美好的划船用具。

"击空明兮溯流光。"他说，我们就用船桨划着船，怎么样划着船呢？因为当时东坡和他的朋友在"壬戌之秋，七月既望"那天的夜晚游览，正是月明的时候。那月光映照在水中，上下都是一片澄澈晶莹的光芒，所以说是"空明"，是月光映照在水光之中的样子。他说，我们就用桂棹、兰桨来划着月光与水光相映照的这一片澄澈莹明的水。"溯流光"，"溯"的意思是逆流而上，就是我们逆着水流而向上划船。"溯"什么呢？溯"流光"。本来应是流水而却说流光。为什么是流光呢？刚才我说过了，因为是月光映照在水面上，月光就随着波光而荡漾，"流"就是月光随着波光荡漾的样子，所以说是"流光"。我们前面讲过，从前三国时代一个很有名的诗人曹植曹子建，他有一首《七哀》诗，里边就有这样的两句："明月照高楼，流光正徘徊。"说明月照在高楼之上，月光从天上像流水一样流泻下来，所以也叫"流光"。这里的"流光"是说月光照在水面上随波荡漾的样子。这一句写在月光下划船的景象，实在是写得很美。

下面他就接着说了，当我们乘着这美好的船，划着桂棹和兰桨，击打着澄澈莹明的流水，逆着流光向上游划船的时候，在这种情景之下，"渺渺兮予怀，望美人兮天一方"。在月明的夜晚，上下都是一片莹明，这种情景之下，就引起了我许多的怀想，是"渺渺兮予怀"。"渺渺"两字是悠远的样子。《管子·内业》上有这样的一句话"渺渺乎如穷无极"，"穷"是说穷尽到尽头的意思。穷尽到什么样子的尽头呢？是"无极"，是无穷的遥远，说是要追寻这样无穷遥远的尽头，所以上面就用了"渺渺"来形容。郭麐的《词品》讲到词品里的"神韵"，曾经有这样的两句，说："渺渺若愁，依依相思。"为什么"渺渺"又可以形容愁怀呢？因为人有一种愁，而这种愁好像是对于遥远的事物有所怀思、有所向往的一种愁思，这种愁思就叫作渺渺的愁思。不是说我们一些很世俗的、很尘杂的这种愁怀也可以叫作"渺渺"，那是不可以的。所以东坡他们所唱的歌词说"渺渺兮予怀"，在这样的情景之中，我们的心中有所怀思，有所向往，是有着一种悠远的愁怀。

"望美人兮天一方。"刚才我说"渺渺"是有所怀思、向往的意思，那么所向往的是什么呢？他说，我向往的是一个"美人"。"美人"一般说起来所指的是意中人、知心之人，不过古人在诗文里所说的"美人"，常常不是现实的、狭义的这种美人，而是有某种比喻寄托的意思，有讽喻的意思。比如在《诗经》和《楚辞》里边"美人香草以喻君子"用来比喻贤人君子，或者圣贤明哲的君王。

那么，东坡这个"美人"何所指呢？我们不要给她一个确切的、狭隘的解释，当然不是仅指世俗上所说的这种狭义的、美丽的女子而言，我们也不要很拘执、很道学气味地一定要把这"美人"解释成"圣主贤王"，只是在这种情景之中，他心中对于他自己理想的事物、人物有一种怀想、向往的心情。他的理想中最美好的人物在哪里呢？他说："望美人兮天一方。""天一方"的意思是说在天的那一边，极言其遥远，不知道在哪里。

"桂棹兮兰桨，击空明兮溯流光。渺渺兮予怀，望美人兮天一方。"这首短歌的意境、情调，这种怀思、向往的感情，是写得很美的。王国维在《人间词话》里边曾经批评《诗经·秦风·蒹葭》"蒹葭苍苍，白露为霜。所谓伊人，在水一方"这一篇。他说："《蒹葭》一篇最得风人深致。"就是说，写这种怀思、向往的感情最有诗人的意味，最有诗的感情、意境了。东坡这首短歌也是写得很好的。

当他们在赤壁之下乘船在江水之中邀游的时候，他们不但"扣舷而歌之"，唱着这样美的一首短歌，而且当时在东坡的朋友之中，"客有吹洞箫者，倚歌而和之"。洞箫是一种乐器。为什么叫洞箫呢？因为在古代的时候，所吹的箫管的头是用蜡堵塞起来的。后来，西域的外族传到我们中国来的一种乐器就叫作"洞箫"——这种乐器跟我们中国的箫很相似，只是它的下端的箫管管口没有用蜡堵塞住，它下面是洞开的，所以就叫作"洞箫"。当时，东坡的朋友中有一个人就吹洞箫。那么，吹洞箫的人是谁呢？旧日的一些人就考证，吹洞箫的人是东坡的朋友叫杨士昌（一作"杨世昌"）。杨士昌这个人，号子京，他是四川绵竹五都山的一个道士。他四处云游，云游到庐山，又从庐山来到黄州。当时东坡正贬官在黄州，于是杨士昌就拜访东坡。他们两个人曾经先后两次同游赤壁，东坡写的两篇《赤壁赋》，据说都是跟杨士昌一同去游的。

何以见得吹洞箫的人就是杨士昌呢？东坡有一首诗是《次孔毅父韵》。孔毅父是他的一个朋友，次韵就是和他的韵了。次韵的诗是这样说的："不如西州杨道士，万里随身惟两膝。沿流不恶溯亦佳，一叶扁舟任飘突。……夜来饥肠如转雷，旅愁非酒不可开。杨生自言识音律，洞箫入手清且哀。"东坡写的这首诗里说"不如西州杨道士"，我想我自己的生活是不如西州的杨道士——杨道士就指的是杨士昌了。何以不如他呢？他说，杨道士可以去云游四方，是"万里随身惟两膝"，说他可以云游万里之外，而他随身不需要携带其他行李，只要带着两条腿就行了。"两膝"，"膝"是膝盖，膝盖就代指两条腿，两条腿、两只脚，能够走路，就可以到处云游了，这是多么优游自在的生活！"沿流不恶溯亦佳"，这一句一方面是写实，同时兼有一种象征的意味。说杨道士到四方云游，他有时在水上乘舟，有时是沿流而下，有时是溯江而上，这本来可以说是写实；但它同时也有象征的意思，象征了人生，当你在顺境也好，在逆境也好，沿流顺江而下不费力量当然是不坏的事情，所以说"沿流不恶"；逆流而上人家都以为是不好的，但在一些真正旷达的人看来却是"溯亦佳"。"一叶扁舟任飘突"，杨道士常常坐着如叶的小舟，任凭船在水上漂流。那么，杨道士还有怎么样的情形呢？他说："夜来饥肠如转雷，旅愁非酒不可开。"当他在四方云游的时候，有时到晚上饥肠辘辘，肚腹之中有辘辘的声音如同雷声一样，所以说"夜来饥肠如转雷"。而杨道士如果觉得饥肠辘辘如转雷的时候，他不是想要吃饭，而是想要喝酒——沿途的旅愁如果不喝酒是不能解开的，所以说"旅愁非酒不可开"。杨生过着优游自在的生活。不但如此，杨道士还会吹洞箫，"杨生自言识音律，洞箫入手清且哀"，杨道士还说自己懂得音乐，当他拿着洞箫吹起来的时候，真是凄清而且哀切。从东坡的这首诗看来，我们知道杨道士是能够吹洞箫，且吹得是很好的，想见其为人。

此外，东坡还有两个帖留下来。这两个帖里边写的是什么呢？写杨士昌来拜访他，两个人一同去游赤壁的事情。宋朝施元之注东坡的诗（施注是很好、很有名的），还有清朝赵翼所作的《陔馀丛考》，这些书里边都曾经考证过这件事情，就是当时跟东坡偕游赤壁的吹洞箫的朋友就是道士杨士昌。东坡说"客有吹洞箫者"，当时我的朋友之中有一个人就吹奏洞箫这种乐器，是"倚歌而和之"。"倚"字的意思本来是依靠，这里是说倚着、倚随着。"倚歌而和之"，是吹起洞箫来倚随着歌声的意思。也就是说，当时洞箫的声音是倚随着刚才他们唱的歌声，用洞箫来伴随这歌。

洞箫伴奏的声音，"其声呜呜然，如怨如慕，如泣如诉；余音袅袅，不绝如缕"。当他吹起洞箫来的时候，是"其声呜呜然"。"呜呜"，一种呜咽的样子，是呜咽低沉的声音。"如怨如慕，如泣如诉"，声音表现得好像是一份"如怨"——幽怨的感情，"如慕"——又好像心里边有所爱慕怀想的一份感情；"如泣如诉"——低低的、悲戚的声音，又好像是娓娓的、诉说的声音。

"余音袅袅，不绝如缕。"他说，洞箫所吹的这支曲子残余下来的尾音袅袅，"袅袅"是摇曳的样子，这里是说曲子的余音缭绕而摇曳的样子；"不绝如缕"，"缕"字的意思本来是说很细的丝缕，缕是很细、很长的，好像一缕细长的丝线一样，说余音缭绕、摇曳着。《列子·汤问》曾经有这样的两句："余音绕梁㰹，三日不绝。"说它那余音，好像缭绕在梁㰹之间，"梁㰹"就是梁栋了。所以，"余音袅袅，不绝如缕"是形容洞箫的声音余音缭绕的样子。

这缭绕的洞箫的声音使宇宙之间的万物都感动了——"舞幽壑之潜蛟，泣孤舟之嫠妇"。"幽壑"是说幽深的山谷，"潜蛟"是伏藏着的蛟龙，"幽壑之潜蛟"，是在幽深的涧谷之中伏藏着的蛟龙。"舞"的意思是使它都跳起舞来了，是说箫的声音非常令人感动，使得山谷之中潜伏的蛟龙听到这音乐都起舞了。"泣孤舟之嫠妇"，"嫠妇"是死去丈夫的寡妇，这句是说，在那寂寞的孤舟之中的寡妇，因为听到这凄清的箫声而流下泪来了。"舞幽壑之潜蛟，泣孤舟之嫠妇"，这两句是写音乐之感人。嫠妇是女子，是人，当然能够听到伤感的音乐而流下泪来；而潜蛟是蛟龙，是动物，它怎么会听到音乐而感动得起舞呢？我们常常在古书上看到，凡是说到音乐的美好，不但使人类感动，也使一切万物都感动。比如《列子·汤问》里就这样记载："匏巴鼓琴而鸟舞鱼跃。""匏巴"是古代善于弹奏琴瑟的一个人，说当匏巴弹琴的时候，鸟听到他的琴声就跳起舞来，鱼听到他的琴声就在水中跳跃起来。此外，在《荀子·劝学》中也有这样的两句话："瓠巴鼓瑟而沉鱼出听，伯牙鼓琴而六马仰秣。"《荀子·劝学》上的记载与《列子·汤问》略有不同，

《列子·汤问》中说匏巴弹的是琴，而《荀子·劝学》中说瓠巴弹的是瑟，瑟也是一种弦乐。"瓠巴鼓瑟而沉鱼出听"，"沉鱼"本来是沉潜在水中的鱼，因为听到他弹瑟的声音就"出听"，就浮出水面上来听他的弹奏。《荀子·劝学》另外还写了一位音乐家俞伯牙，说当他弹琴的时候，"六马仰秣"，驾车的六马都"仰秣"——"秣"是马在吃草——因为听到他的琴声而感动了，所以都抬起头来，形容声音使得动物都感动了。东坡这里也是如此，他说涧谷之中潜藏的蛟龙都因为听到箫声而跳起舞来，孤舟中的嫠妇也流下了眼泪。

（李东宾整理）

第七讲

下面我们看第三段：

> 苏子愀然，正襟危坐而问客曰："何为其然也？"客曰：
> "'月明星稀，乌鹊南飞。'此非曹孟德之诗乎？西望夏口，东
> 望武昌，山川相缪，郁乎苍苍，此非孟德之困于周郎者乎？方
> 其破荆州，下江陵，顺流而东也，舳舻千里，旌旗蔽空，酾酒
> 临江，横槊赋诗，固一世之雄也，而今安在哉？况吾与子渔樵
> 于江渚之上，侣鱼虾而友麋鹿，驾一叶之扁舟，举匏樽以相
> 属。寄蜉蝣于天地，渺沧海之一粟。哀吾生之须臾，羡长江之
> 无穷。挟飞仙以遨游，抱明月而长终。知不可乎骤得，托遗响
> 于悲风。"

因为他的朋友所吹的洞箫的声音是这样感人，东坡就接下去说了：
"苏子愀然，正襟危坐而问客曰：'何为其然也？'""苏子"就是东

坡的自称。"愀然"是说面色改变的样子,听到这种哀伤的音乐而感动得面色都改变了。因为感伤而变色,说"愀然"——孤舟中的嫠妇流下泪来,幽壑中的潜蛟也因为听到箫声而跳起舞来,于是我也感动得面色都改变了。"正襟危坐而问客曰","正襟"就是把衣襟整理得端正,还"危坐","危"字有正和高的意思,"危坐"的意思是挺起身来很端庄地、直直地坐着,这些都是极写他受感动的样子。因为"我"感动得面色都改变了,于是"我"就把衣襟拉一拉正,身子坐一坐直。"我"就问我的朋友说:"何为其然也?"那是为了什么缘故使你的箫声吹得如此哀伤而感人呢?下面这一段文字他就借"客"来发挥人生短促的感慨,于是客曰:

> "月明星稀,乌鹊南飞。"此非曹孟德之诗乎?西望夏口,东望武昌,山川相缪,郁乎苍苍,此非孟德之困于周郎者乎?

这一段文字是要写人生的短促无常。他最后说道:曹操是一世之雄,而今安在?他说:"'月明星稀,乌鹊南飞。'此非曹孟德之诗乎?"相传曹操与孙权作战的时候,在赤壁之下作过一首《短歌行》,这是其中的两句。既然传说《短歌行》这首诗是曹孟德在赤壁作的,今天东坡与他的朋友偕游赤壁的时候,他的朋友就想起当年的曹孟德来了,说曹孟德是一世的英雄,现在到哪里去了?就想到他当年的诗句。"月明星稀,乌鹊南飞",这两句诗从字面上来看,就是说月亮是这样明亮,天上有几颗稀疏的星,在这样的月明的静夜,乌鹊这种鸟(指的是喜鹊或者是乌鸦)正在向南飞。从字面上来讲，不过是写一个凄清的、静夜的景色。关于曹操的这首《短歌行》，也有其他的解说。关于这两句诗，清朝有一个人叫陈沆，他写了一本书叫《诗比兴笺》，这本书里就谈到曹操这首《短歌行》。他说"月明星稀，乌鹊南飞"这两句话是什么意思呢？我们古人说了，"良禽择木而栖，良臣择主而事"，好的鸟它要选择好的树木，然后才栖宿在那棵树上，就好像一个好的臣子要选择好的君主然后才去追随他。曹操这首诗里边说"月明星稀，乌鹊南飞"，下边还有两句，"绕树三匝，何枝可依"，说在月明星稀的静夜，有乌鸦或者喜鹊这种鸟向南飞，它环绕这棵树飞了三圈，想挑选一根树枝栖落。哪根树枝是可以栖落的呢？陈沆的《诗比兴笺》说曹操的意思是说，鸟是要选择树木而栖落的，就如同好的臣子要选择他所追随的君主。当时曹操带兵到赤壁要跟孙、刘作战，天下的贤士是将要归于吴、蜀，还是要归向他呢？所以，曹操这首诗的意思正是他想要招揽天下贤士。这首诗气魄雄浑，我们从这两句诗里可以想见他当时带兵到赤壁那种朝夕反侧、及时建立功业的豪壮的志意。

接下去又说："西望夏口，东望武昌，山川相缪，郁乎苍苍。"从赤壁这里的地形说起来，如果从这里向西看过去，遥遥地可以看到夏口这地方，就是现在湖北汉口一带，即武汉三镇一带，本来在地理上是形势非常险要的所谓"形胜"的地方。他说，这里是"山川相缪"——这里有高山，有长江互相环绕着；"郁乎苍苍"——而且在高山之上有蓊郁的草木，"苍苍"形容草木青翠的样子，所以他是说赤壁形势是这样险要，景色是这样美好。"此非孟德之困于周郎者乎?"这个地方不就是当年曹孟德被周郎所围困的地方吗?

曹孟德之困于周郎,我们在以前讲《赤壁赋》题解的时候就曾经谈到过了。曹操这个人我们再简单地说一下。曹操字孟德,是东汉末年沛国谯郡人。他曾起兵讨平黄巾军,后来又讨伐董卓。在赤壁之战的时候,他已经是丞相的地位。后来曹操自封为魏公,又自己晋升为魏王。在当时,就是在建安十三年(208)赤壁之战的时候,他作为丞相,挟天子以令诸侯,挟汉献帝号令天下。曹孟德是非常雄武而且有志意的一个人,他的诗文也都写得很好。现在我们再介绍一下"周郎"。周郎指的是周瑜。周瑜字公瑾,庐江舒县人。因为周瑜年岁很轻就为孙权带兵,是少年统兵,所以当时吴中的人都称他为"周郎","郎"是对少年男子的称呼。建安十三年,曹操带领大军由荆州顺江东下要攻打孙吴,孙权就叫他手下的周瑜跟刘备联合起来一同抵抗曹操的军队。建安十三年十一月的时候,就在赤壁之下作战。在小说和戏曲上,《借东风》《火烧战船》是流传众口的故事。当时用火攻打曹操的军队,曹操因此大败而北走。所以东坡这篇文章就借着朋友的口吻来说,这个地方不就是当年曹孟德被周郎火攻所围困的地方吗?

下面他又接着说:"方其破荆州,下江陵,顺流而东也。""方"是当的意思。当曹操攻破了荆州顺江而下,来到江陵这个地方。"荆州"是相当于现在湖北襄阳附近的地方。建安十三年的时候,荆州的州牧是刘表。刘表死后,曹操趁着为刘表治丧的时机来攻打荆州。当他的军队到达新野的时候,刘表的儿子刘琮就投降了。刘备当时是依附在刘表之下，刘表既然已死，而刘表的儿子刘琮也投降了曹操，于是刘备就逃到江陵这个地方。当时曹操也曾追赶刘备，在当阳长坂坡这个地方把刘备的军队打败，然后刘备逃到夏口，曹操就进兵来到江陵。"江陵"是今天湖北的江陵县。当时曹操乘着胜利的余威来到江陵，是"顺流而东"，就顺着长江的流水一直向东南方而攻打下来。

那个时候，曹操的势力真是非常强大的，是"舳舻千里，旌旗蔽空"。"舳舻"有两种解释，一种解释是说形状方而且长的船；另外还有一个说法是船尾叫作"舳"，船头叫作"舻"。所以，"舳舻千里"这四个字如果按第一种解释就是舳舻这种形状方而长的战船排列得有千里这样远，极言战船众多的样子；如果按第二种解释来说，"舳舻千里"是战船首尾相接连有千里之远，也是形容战船众多的样子。但不论哪一种，"舳舻千里"都是在写当时曹操所带领的军队势力的强大。"旌旗蔽空"，"旌旗"是在旗杆之上装饰着牦牛的尾巴，还有五彩羽毛的旗子，是作战的旗帜；"蔽空"是遮蔽了天空，形容战船上旌旗众多的样子。这句话是说当曹操破了荆州下江陵，顺着长江的流水一直向东南方进兵，战船首尾相接有千里之远，战船所插的旌旗可以遮蔽了天空。

在这种形势之下，东坡就说曹操真是一世的英雄了，他"酾酒临江，横槊赋诗"。"酾酒"的"酾"，可以念shī，也可以念shāi。这个字的意思本来是把酒上面的糟粕滤去，在这里却不是滤酒，"酾酒"是斟酒的意思。"酾酒临江"，是说当他面对着长江的流水，心里面充满了豪情壮志。带着这么强大的军队，这样得意的时候，就"横槊赋诗"。"槊"是一种武器，作战时的兵器。"槊"是一种什么样的武器呢？汉朝刘熙所编的《释名》里的"释兵"这样介绍说："矛长丈八尺曰槊。"矛是古代作战的一种兵器，当它的长度有一丈八尺的时候就叫作槊，"马上所持"，是马上与人作战时持用的兵器，好像是一种很长的扎枪，这只是一个大概的解释。"横槊赋诗"这四个字也是有出处的。唐朝元稹所作杜甫的墓志铭里边有这样两句话："曹氏父子鞍马间为文，往往横槊赋诗。"他说，曹操和曹丕、曹植父子三人戎马一生，常常手里拿着长长的槊就作起诗来。这是写当年曹氏父子气概之雄壮。想当年曹操带兵东下的时候，"舳舻千里，旌旗蔽空，酾酒临江，横槊赋诗"——这几句话都是很整齐的四字句，读下来气势也是很雄壮的——"固一世之雄也"，想当年曹操在这种情形之下，他本来是一代的英雄了。"固"是本来的意思。"一世"是一代，是一代了不起的英雄了。"而今安在哉？""而"，可是；"今"，现在；"安"，何。可是，现在像曹孟德有这样功业、这样气概的英雄又到哪里去了呢？可见人生之短促无常。

接下来，东坡的朋友感慨自己了："况吾与子渔樵于江渚之上，侣鱼虾而友麋鹿，驾一叶之扁舟，举匏樽以相属。"像曹操这一代的英雄都不存在了，何况我和你这样渺小的人物？这是在当时东坡的朋友如此说。在今天我们后世的人看来，东坡也同样是了不起的人物了。当时东坡的朋友这样说了，我们所过的生活是如此平淡，没有像当年曹操那样的功业。我们只是"渔樵于江渚之上"，在江边的小沙洲上面，偶然地去打一打鱼、砍一砍柴。"侣鱼虾而友麋鹿"，我们是这样卑微平淡的人，我们所交的朋友有时是江水之中的鱼虾，以鱼虾为我们的伴侣；而当我们上山去樵采的时候，就把山上的麋鹿这样小小的动物当作朋友，这就是我们这种平淡悠闲的生活。有的时候就"驾一叶之扁舟"，就驾着像一片树叶这样小、这样轻的小小的船。"举匏樽以相属"，偶然我们也举起酒杯来——"匏樽"是酒杯的一种，"樽"是酒杯，"匏"是葫芦的一种。有一种葫芦，当它干了以后把它剖开可以当作饮酒的酒杯，好像瓢一样，可以盛酒来饮，这种用葫芦瓢做的酒杯就叫"匏樽"。元朝有一个诗人叫郑玉，他有一句诗"供厨惟有旧匏樽"，说在厨房里边供我们所用的没有好的酒杯，只有陈旧的葫芦瓢来当酒杯，所以"匏樽"是一种很简朴的酒杯。"举匏樽以相属"，有的时候我们两个人就举起"匏樽"这种简朴的酒杯而互相斟酒，"属"是斟酒的意思。像我们这样平淡、默默无闻的生活就好像是"寄蜉蝣于天地"一样。"蜉蝣"本来是一种小虫子的名字，这种小虫子的寿命是很短促的，朝生而暮死，早晨出生，晚上就死去了。人生很短促，我们不过是在天地之间寄生的生命短促而且渺小的蜉蝣这样的小虫子罢了。

"渺沧海之一粟"，"渺"是小的意思，"沧海"是说非常广阔、茫茫无际的大海，我们的渺小就好像沧海之中的一粟，"一粟"是一粒小米。他说，我们在广阔的世界中是这样渺小。虽然我们的人生在世界上数十寒暑，并不像蜉蝣那样朝生暮死的短促；但是如果从时间的无穷来说，人生短促的几十年在这无穷尽的宇宙之中，那真是非常短暂的，何异于朝生暮死的蜉蝣呢？从时间上来说，生命如此短促；从空间上来说，人在宇宙之中真是如同渺茫的大海之中的一粒小米一样渺小。

所以，东坡的朋友就说了："哀吾生之须臾，羡长江之无穷。"这样看起来真是值得悲哀叹息，因为我们的生命是这样短促。"须臾"就是顷刻，很短很短的时间叫须臾。我们的生命就是这样短暂，因此呢，"羡长江之无穷"，羡慕眼前的长江，滔滔滚滚无穷尽地流着。古人有词说："滚滚长江东逝水，浪花淘尽英雄。"长江滔滔滚滚地流着，而多少英雄的生命显得很短促，很快离开了这个世界。想到我们生命如此短暂，真是让人羡慕长江的流水永远无穷尽地流着。

底下又提起另外一个意思："挟飞仙以遨游，抱明月而长终。知不可乎骤得，托遗响于悲风。"这四句应该是连贯下去的，就是说，"挟飞仙以遨游，抱明月而长终"与后面的"知不可乎骤得，托遗响于悲风"应当连起来，而不应该与上面的"哀吾生之须臾，羡长江之无穷"这两句连起来。在传说中有这样的生活，可以"挟飞仙以遨游"。什么叫作"挟飞仙以遨游"？"飞仙"就是神仙，传说成仙以后，身体可以生出羽毛，像有翅膀一样能够飞翔，所以叫作"飞仙"。"遨游"的意思是远游，到非常远的地方翱翔、游历。"挟"字的意思是说夹持在手臂之下，在这里，"挟"的意思是说与飞仙在一起牵着手的样子。"挟飞仙以遨游"是说传说之中有那种在天上飞翔的神仙，我们是不是能够和飞仙牵着手一起在天上遨游飞翔呢？"抱明月而长终"，相传在夏朝的时候，有一个人叫后羿，他曾经得到不死之药，吃下去可以长生不死。哪里得来的呢？

"得不死之药于西王母"，从西王母那里得来的。他所得的不死之药后来被他的妻子——就是嫦娥——所窃食，就是偷去吞食了，嫦娥吃了不死之药以后，果然化为神仙遁入月宫。这个故事见于《淮南子·览冥训》。"抱明月而长终"，"抱"本来是怀抱的意思，我们解释的时候也不要这样很拘执、很狭义，"抱明月"就是和明月在一起；"长终"是说长此终古，永远在一起，永远是如此的。他说，在传说中有这样的事情，有那身体上生出羽毛的在空中飞翔的神仙，我们是不是可以"挟飞仙以遨游"，可以牵着飞仙的手在空中遨游呢？"抱明月而长终"，传说嫦娥窃得不死之药，后来就遁入月宫了，我们是不是也可以与明月在一起而长此终古，与明月同存呢？如果能够得到这样的生活，这真是我们所向往的。

然而这是不可能的，所以他就接着说："知不可乎骤得。""骤得"是迅速、很快地得到的意思，也有凭空得到的这种意思。他说，我知道这种事情是不能够凭空得到的，人生这样短促，传说之中的飞仙与升入明月的事情是不可得的。所以"托遗响于悲风"，人生既然是这样短暂无常，而挟飞仙、抱明月的事情又是不可得的，所以我想到这样人生短促的悲哀，就"托遗响于悲风"，我才用洞箫吹出这样悲哀的声音——"如怨如慕，如泣如诉"。"遗响"就是余音，洞箫的余音缭绕，就把我的这一份对人生短暂的悲慨寄托在悲凉的秋风之中了。这一段话是东坡借朋友的口吻来说人生的短促无常是值得悲哀慨叹的，所以说是"知不可乎骤得，托遗响于悲风"。

（李东宾整理）

第八讲

接下来我们看第四段：

> 苏子曰："客亦知夫水与月乎？逝者如斯，而未尝往也；盈虚者如彼，而卒莫消长也。盖将自其变者而观之，则天地曾不能以一瞬；自其不变者而观之，则物与我皆无尽也，而又何羡乎！且夫天地之间，物各有主，苟非吾之所有，虽一毫而莫取。惟江上之清风，与山间之明月，耳得之而为声，目遇之而成色，取之无禁，用之不竭。是造物者之无尽藏也，而吾与子之所共适。"

东坡借自己的一段话来安慰他的朋友。"苏子曰"，东坡于是对他的朋友说："客亦知夫水与月乎？逝者如斯，而未尝往也；盈虚者如彼，而卒莫消长也。""客亦知夫水与月乎"，说朋友你也曾经知道、注意过那流水与天上的明月吗？"夫"这个字没有实际的意思，是指示语词"那"的意思。那流水与明月又如何呢？于是东坡接下去又说："逝者如斯，而未尝往也。"他说，你看那流水，是不断地流下去的。"逝"就是消失、流过去的意思。而这"逝者如斯"也是有出处的，见于《论语·子罕》："子在川上曰：'逝者如斯夫，不舍昼夜。'"说有一次孔夫子站在岸上叹息说，"逝者如斯夫"，这流过去消失的流水如此一去而不返，"不舍昼夜"，不分昼夜不停止地流过去了。"如斯"是如此、像这样的。东坡就说了，你看那不断地流过去的水如此不停止，可是你如果反过来看是"未尝往也"，那水又何曾流过去了呢？比如说我们看长江，说"滚滚长江东逝水"，不断地流过去，可是到今天这长江还存在在那里。如果你随便站在任何一条小小的溪流之上，你看到水不断地流过去，但你的脚下仍然有水在那里流过，未尝断绝，还在那里流着。他说"逝者如斯"，你看那不断消失、不断流去的河水，如此不停止，可是"未尝往也"，并不曾真的流过去。"未尝"是不曾，"往"是过去，"未尝往也"是没有消失。水仍然在我们的脚下，江水之中仍有流水。这本来是很难讲的，李白曾经有两句诗说："前水非后水，古今相续流。新人非旧人，年年桥上游。""前水非后水"，前面流过去的水就不是后面流来的水了，所以李后主就说了"自是人生长恨水长东"，一去而不返，过去的就永远地过去了。"古今相续流"，可是从古到今那水永远不断在那里流着，所以宇宙万物的外表，虽然时时刻刻都在改变，可是它本体实在是未曾变动的。新人也不是旧人了，可是年年都有人在那桥上走过的，"新人非旧人，年年桥上游"。东坡说的就是这个意思，水不断地流走，可是眼前的流水却未尝断绝，这是你看到的水如此。"客亦知夫水与月乎"，流水是如此，那还有明月呢？那明月是"盈虚者如彼，而卒莫消长也"。"盈"是满的意思，月满、月圆；"虚"是亏缺的意思，月缺。他说，你看天上的明月有的时候盈，就是月满月圆；有的时候就虚，就缺了。"如彼"，像那样不停地变化着，有的时候就圆了，有的时候就缺了。可是我们从明月的本体来说，"而卒莫消长也"。"卒"是终于，他说，终于没有"消"——没有消减，没有"长"——没有增加。天上的明月虽然有的时候圆，有的时候缺，可是它本身始终没有增加，也没有消减。

于是东坡接下来论说道："盖将自其变者而观之，则天地曾不能以一瞬；自其不变者而观之，则物与我皆无尽也。"他说，原来宇宙之间的万物就是如此的——如果我们对于宇宙万物从它们时时刻刻不停地改变那一面来看的话，"曾不能以一瞬"。这个"曾"字有很多种意思，我们常用的是"曾经"的意思。此外这个"曾"字还有"何"的意思，见于方言，如同我们说怎样的"怎"字一样；另外"曾"字有"则""乃"的意思，比如《论语》里边有这样的话："曾是以为孝乎？"像《孟子》里边所说的"尔何曾比予于管仲"，这个"曾"字就有"乃"的意思。所以如果从宇宙不停地改变这一方面说的话，"天地曾不能以一瞬"，宇宙天地之间的万物乃不能以一瞬，是不能够有"一瞬"——"一瞬"是一眨眼、一闭眼的时刻——天地就没有一眨眼、一闭眼的时刻是不变的，即不能有一刻的时间是停止而不改变的。就以我们眼前来说，我们所面对的桌椅、书本、纸张，我们所面对的眼前一切，你以为现在一瞬之间它们没有改变吗？其实它们已经改变了。如果没有改变的话，我们这宇宙的万物，我们眼前的东西，无论是桌椅、书本、纸张，它们为什么会陈旧、败坏呢？所以天地没有一样东西能有一刻之间能够停止而不改变。我们人与物都同时在变了，所以如果从宇宙改变的方面来看，那么天地就不能有一瞬间的停留。可是反过来，要是从另外一方面来看的话，"自其不变者而观之"，如果我们从宇宙不改变的一方面来看，"则物与我皆无尽也"，那么，我们身外宇宙之间的万物与我们自己都是无尽的，都是无穷的。我们刚才说这个流水"逝者如斯，而未尝往也"，如果把宇宙之间不断不停止的生命也比作生命的流水的话，那么这个生命之流也是"未尝往也"。有生也有死，然而整个生命之流是不会改变的，所以，如果从宇宙不变的一方面来看，万物与我都是无穷尽的。那么也许有人会说，万物的无穷尽我会相信的。今年的花落了，明年仍然再有花开；今年的草枯黄了，明年仍然还会碧绿，万物是无穷尽的，宇宙永远如此。可是，宇宙万物虽然是无穷尽的，然而我们人生是有穷尽的，是短暂的，为什么东坡却说万物与我都是无穷尽的呢？因为我们人类的生命之流，是由我们子子孙孙的生命来延续的。不但我们肉体的生命有这样的延续，我们精神上的生命，我们所接受的一切的思想都是古人遗留给我们的。也许一个人在不知不觉之间所说的一句话、所做的一件事、所写的一篇文章都影响到千年万世之后的人。所以从不变的一方面来看，东坡说万物与我都是无穷尽的，他说："而又何羡乎！"他劝他的朋友：你又何必羡慕那无穷的长江呢？人类的生命同样是无穷的。

接下去东坡又说："且夫天地之间，物各有主。"而且人也不要羡慕那些不可得的东西——这个"夫"字与"客亦知夫水与月乎"的"夫"是一样的意思，是个语助词——在天地之间，万物各有它的主人，就是说，某一个物件应该归哪一个主人所得到，那是有定数的，是"物各有主"。"苟非吾之所有，虽一毫而莫取"，"苟"是说假如，假如不是我所能够得到的，虽然是一丝一毫这样微小的、渺小的东西，我也不要过分地去得到它、占有它。中国古人常常讲"乐天知命""知天命"，有的时候人应该有这种心态，我们之所得是有定数的，不要去强求，古人就有这样的看法，所以说"天地之间，物各有主"。假如不是我们所有的，虽一毫的、微末的东西，我们也不要强去占有它。这种看法也许有些人认为过于消极了，其实不然，我们知道满足，能够乐天知命，但并不是停止在那里不动，所以儒家一方面讲乐天知命，另一方面讲君子自强不息，这并不是互相违背的事情。

"惟江上之清风，与山间之明月，耳得之而为声，目遇之而成色，取之无禁，用之不竭。"那么，有什么东西是我们每一个人都可以享有的呢？东坡说"惟江上之清风，与山间之明月"，只有那江上吹过来的徐徐的清风——在这篇《赤壁赋》开头曾说"清风徐来"，还有那"山间之明月"——升在那高山上明亮的月光。江上之清风跟山间之明月是"耳得之而为声，目遇之而成色"，当我们的耳朵得到它的时候，"得之"这个"之"字是代词，代指江上的清风，当江上的清风吹过来的时候，说"耳得之而为声"，就听到那美妙的瑟瑟的风声；"目遇之而成色"，当我们的眼睛遇到它的时候，遇到山间的明月，"而成色"，就看到那美好的月色。风声和月色"取之无禁，用之不竭"。他说，我们想要取得它，取得这风声与月色，是"无禁"，是没有穷尽的；"用之不竭"，如果我们想要使用它，来享用这风声月色的话，它们是"不竭"，是没有穷尽的。所谓风月无边，风声月色是可以无限地享用的。

像这样美好的东西，"是造物者之无尽藏也"，那就是造物者给我们的。"造物者"是创造宇宙万物的人，指的是天上的上帝。《庄子·列御寇》这一篇的注解上，曾经有这样的话："能造化万物，故谓之造物。"为什么称他为"造物"呢？因为他能够创造化生万物，故曰造物。就是西洋的宗教上所说的，造物主是创造万物的上帝。他说，风声和月色——就是江上之清风与山间之明月，这就是造物者给我们的无尽的宝藏。"无尽藏"的"藏"，这里是名词，是宝藏、宝物、藏有宝物的地方，应念zàng。这个"无尽藏"本来是佛家的话。佛家讲："德广难穷，名为无尽；无尽之德，包含曰藏。"这个功德广大难穷，叫作"无尽"；这种无穷尽的功德能够包含其中，就叫作"藏"，包含着无穷尽的珍宝就叫作"宝藏"。在《华严经探玄记》这本书里边——这是一本佛教书——这样记载说："出生业用无穷竭，故名无尽藏。"什么叫"出生业用无穷竭"？"业"字的意思本来是梵语"羯磨"这个字的音译的省略，"羯磨"简称就叫作"业"，比如说菩萨本来是梵语"菩提萨埵"的简称。"业"字是造作的意思。这是说，人出生以后的这一切的造作都是无穷尽的，在佛家说来，功德也是无穷尽的，所以叫作"无尽藏"。东坡这里只是借用佛家的话，至于佛家所说的"出生业用无穷竭"以及"德广难穷"之原意，与这个意思没有什么必然的关系，东坡只是断章取义地说"无尽藏"，就是无穷尽的宝藏的意思。他说，这江上的清风跟山间的明月可以任凭人来享受和取用，真是一个没有穷尽的宝藏。"而吾与子之所共适"，而我与你——东坡与那吹洞箫的朋友——我们可以共同拥有这种享受。这个"适"是享受安适的快乐，享受这清风明月的安适的快乐。

我们曾经讲到过，这篇《赤壁赋》是东坡被贬官在黄州时所作的，他把自己在挫折、患难、被贬官的时候能够有的这份超旷的襟怀写得很好。人生何必眼光这样拘狭，把得失看得这样不能够摆脱呢？所以他说"苟非吾之所有，虽一毫而莫取"，"自其变者而观之，则天地曾不能以一瞬；自其不变者而观之，则物与我皆无尽也"，所以我们不要把得失看得这样狭窄。清风明月是多么美好，我们可以尽情地享受，我们为什么还追求那微末的、渺小的、物质上的，或者说是名利禄位的得失呢？

最后一段：

> 客喜而笑，洗盏更酌。肴核既尽，杯盘狼籍。相与枕藉乎舟中，不知东方之既白。

他说，我的朋友听到我说的这些话的时候，就把他刚才的那种悲哀慨叹消解了。于是"客喜而笑"，我的朋友很欢喜，露出了笑容。我们"洗盏更酌"，把刚才吃酒的酒杯再洗干净，"更酌"，我们再开始高兴地喝起酒来了。

这一次吃酒我们吃得很尽兴，直吃到"肴核既尽"。"肴"是指煮熟了的肉类食物。"核"是指干鲜果品。《诗经·小雅·宾之初筵》里边有这样两句诗："笾豆有楚，肴核维旅。"什么是"笾豆"呢？"笾豆"是装东西的器具，"笾"是竹器，是竹子做成的器具；"豆"是木器，是木头做成的器具。"笾豆有楚"，就是说这种种的装食物的竹器和木器"有楚"，"楚"是排列很整齐的样子。"肴核维旅"，"肴"刚才我们说过了，是肉类食物，是装在"豆"里边的；"核"是果子一类的食物，是指像枣、李子、桃子、梅子等一类有核的果实，是装在"笾"里边的，"肴核"就是肉类和果子一类的食物，"旅"也是陈列很整齐的样子。"肴核既尽"，我们把所有的食物，不管是肉类的食物还是果实一类的食物都统统吃光了，直吃到"杯盘狼籍"。"狼籍"是杂乱的样子，吃到酒杯和菜盘都杂乱不堪了。为什么杂乱叫"狼籍（藉）"呢？《通俗编》里边引苏鹗《演义》说，因为狼这种动物是"藉草而卧"，就是把草垫在身子底下而睡卧的，"去则灭乱"，当狼睡卧起来离开这里，会把睡过的草拨乱，所以凡是物之纵横散乱就叫"狼籍（藉）"。

于是"相与枕藉乎舟中"，我们就互相"枕藉"。"枕"是睡觉放头的地方，"藉"是垫在身子底下的东西，刚才我们说狼"藉草而卧"，"枕藉"就是彼此互相靠着、枕着的样子。"相与枕藉乎舟中"，就是你靠着我、我枕着你卧于舟中。"不知东方之既白"，因为他们都喝醉了，直到东方都露出白颜色，天都亮了，他们都不晓得。

讲到这里，《赤壁赋》这篇文章也就讲完了。

（李东宾整理）

苏轼《后赤壁赋》讲录

是岁十月之望，步自雪堂，将归于临皋。二客从予过黄泥之坂。霜露既降，木叶尽脱。人影在地，仰见明月，顾而乐之，行歌相答。已而叹曰："有客无酒，有酒无肴，月白风清，如此良夜何？"客曰："今者薄暮，举网得鱼，巨口细鳞，状似松江之鲈。顾安所得酒乎？"归而谋诸妇。妇曰："我有斗酒，藏之久矣，以待子不时之须。"于是携酒与鱼，复游于赤壁之下。

江流有声，断岸千尺。山高月小，水落石出。曾日月之几何，而江山不可复识矣。予乃摄衣而上，履巉岩，披蒙茸，踞虎豹，登虬龙，攀栖鹘之危巢，俯冯夷之幽宫，盖二客不能从焉。划然长啸，草木震动；山鸣谷应，风起水涌。予亦悄然而悲，肃然而恐，凛乎其不可留也。反而登舟，放乎中流，听其所止而休焉。

时夜将半，四顾寂寥。适有孤鹤，横江东来，翅如车轮，玄裳缟衣，戛然长鸣，掠予舟而西也。须臾客去，予亦就睡。

梦一道士，羽衣蹁跹，过临皋之下，揖予而言曰："赤壁之游乐乎？"问其姓名，俯而不答。"呜呼噫嘻！我知之矣。畴昔之夜，飞鸣而过我者，非子也耶？"道士顾笑，予亦惊寤。开户视之，不见其处。

第一讲

　　东坡两篇《赤壁赋》写得都非常好，只是《后赤壁赋》与《前赤壁赋》的味道稍有一点儿不同。《前赤壁赋》洒脱自然，《后赤壁赋》虽然也表现了东坡这份超旷的襟怀，但却似乎是以警峭见胜：让人读起来觉得很警动、很奇峭，而不是像前一篇那样以洒脱自然取胜。我先把这篇《后赤壁赋》读一遍，然后再来讲解。

　　是岁十月之望，步自雪堂，将归于临皋。二客从予过黄泥之坂。霜露既降，木叶尽脱。人影在地，仰见明月，顾而乐之，行歌相答。已而叹曰："有客无酒，有酒无肴，月白风清，如此良夜何？"客曰："今者薄暮，举网得鱼，巨口细鳞，状似松江之鲈。顾安所得酒乎？"归而谋诸妇。妇曰："我有斗酒，藏之久矣，以待子不时之须。"于是携酒与鱼，复游于赤壁之下。

我们之前讲《前赤壁赋》的时候说是"壬戌之秋，七月既望，苏子与客泛舟游于赤壁之下"，在壬戌年秋天七月的时候，东坡曾经游过一次赤壁。来到十月的时候，他又来游过一次赤壁。这里的第一段，就是叙述他第二次来游赤壁的原委。我们先看一看这一段押韵的地方。以前讲《秋声赋》和《前赤壁赋》的时候我曾经讲到过，说像欧阳修和苏东坡的这些赋都属于"文赋"，也就是散文体裁的赋，文赋的押韵是比较自由的：它不一定要隔句押韵，而是有的地方押韵，有的地方就可以不押韵。我们从这第一段来看，有几句是押韵的：如"霜露既降，木叶尽脱"的"脱"字、"人影在地，仰见明月"的"月"字、"顾而乐之，行歌相答"的"答"字，这几个入声字都是押韵的。在后面的"今者薄暮，举网得鱼"的"鱼"字、"巨口细鳞，状似松江之鲈"的"鲈"字、"顾安所得酒乎"的"乎"字以及隔了好几句远的"以待子不时之须"的"须"字，这几个平声字基本上也是押韵的。所以你看，它的押韵比较自由，不像我们以前讲过的庚子山的《小园赋》那样总是严格地隔句押韵。

接下来看第二段：

江流有声，断岸千尺。山高月小，水落石出。曾日月之几何，而江山不可复识矣。予乃摄衣而上，履巉岩，披蒙茸，踞虎豹，登虬龙，攀栖鹘之危巢，俯冯夷之幽宫，盖二客不能从焉。划然长啸，草木震动；山鸣谷应，风起水涌。予亦悄然而悲，肃然而恐，凛乎其不可留也。反而登舟，放乎中流，听其所止而休焉。

这一段里面用韵的地方有"江流有声，断岸千尺"的"尺"字、"山高月小，水落石出"的"出"字、"曾日月之几何，而江山不可复识矣"的"识"字，它们都是入声字。"予乃摄衣而上，履巉岩，披蒙茸"的"茸"字、"踞虎豹，登虬龙"的"龙"字、"攀栖鹘之危巢，俯冯夷之幽宫"的"宫"字、"盖二客不能从焉"的"从"字，这四个字是一韵，都是平声。"划然长啸，草木震动"的"动"字——这个"动"字，现在读去声 dòng，而在古人的读音中却读上声 dǒng——与"山鸣谷应，风起水涌"的"涌"字、"予亦悄然而悲，肃然而恐"的"恐"字，都是一个韵的。下面"凛乎其不可留也"的"留"字、"反而登舟"的"舟"字、"放乎中流"的"流"字、"听其所止而休焉"的"休"字，这几个字也是押韵的。这一段的内容是说，东坡登上赤壁山以后，又从山上下来回到船上。

下面看第三段：

> 时夜将半，四顾寂寥。适有孤鹤，横江东来，翅如车轮，玄裳缟衣，戛然长鸣，掠予舟而西也。须臾客去，予亦就睡。

我们以前讲欧阳修的《秋声赋》和苏东坡的《前赤壁赋》的时候已经讲到，这几篇赋都是宋朝的文赋。这些赋在当时已经散文化了，不再像六朝骈赋那样讲究对偶和押韵，文赋不大重视押韵，即使押韵也不大整齐，有的时候是很散文化的。你们看这一段，它的押韵就很松散，并不是很规矩，只有"玄裳缟衣"的"衣"字、"掠予舟而西也"的"西"字是押韵的。

最后一段：

> 梦一道士，羽衣翩跹，过临皋之下，揖予而言曰："赤壁之游乐乎？"问其姓名，俯而不答。"呜呼噫嘻！我知之矣。畴昔之夜，飞鸣而过我者，非子也耶？"道士顾笑，予亦惊寤。开户视之，不见其处。

这一段，只有最后四句"道士顾笑，予亦惊寤"的"寤"字、"开户视之，不见其处"的"处"字，这两处是押韵的，前面都没有押韵。

现在我就把《后赤壁赋》读完了。关于赋这种体裁的介绍，以及宋朝欧、苏所写的文赋之近于散文，这些知识以前都讲过，这里不再重复。下面我们就开始讲这篇赋。

之前讲《前赤壁赋》的时候，关于东坡作《赤壁赋》的年代、地点都已经讲过了。他在《前赤壁赋》里边说得很清楚，写赋的时间是在"壬戌之秋，七月既望"。壬戌是宋神宗元丰五年（1082）。《后赤壁赋》的第一句就说"是岁十月之望"，仍然是壬戌这一年，在这一年阴历的十月十五这一天。"望"是指月圆、月满的时候。我在讲《前赤壁赋》的"壬戌之秋，七月既望"的时候讲过这个"望"字，意思是指日月遥遥相对，所以月圆、月满的日子就叫作"望"。壬戌这一年的七月，东坡曾经跟他的朋友游过赤壁，写过《赤壁赋》，那么十月的时候他再来游，所以这一篇就叫作《后赤壁赋》。

"是岁十月之望，步自雪堂，将归于临皋。"他说，壬戌这一年十月十五的这一天，我们从雪堂那里散步过来，将要回到临皋去。现在，我们首先要了解"雪堂"和"临皋"这两个地方。"雪堂"在什么地方呢？苏东坡是在宋神宗的元丰三年（1080）被贬到黄州来的，现在是元丰五年。宋朝王宗稷的《东坡先生年谱》上说，苏轼是在元丰三年二月一日到达黄州的。到黄州两年以后"日益困窘"，他一家的生活一天比一天贫乏、窘迫，"乃请就营地躬耕，名曰东坡"，于是他就请求得到旧日的营地，亲自在这里耕种开辟，这个地方就叫东坡。他又"得废圃于东坡之胁，筑而垣之，作堂焉，号其正曰'雪堂'"。他又在东坡旁边得到很大的一片可以种植的园圃，元丰五年春天，他就在这里建筑了一座房子来居住，并把这个草庐题名叫作"雪堂"。为什么叫雪堂呢？说是"以大雪中为之"，因为他这个房子是在大雪之中建造成的，而且房子的四壁"遍绘雪景"，四壁都画着下雪时的景物。所以他写了"东坡雪堂"四个字"以榜之"，就题了一个匾额当作草庐的名号，称作"东坡雪堂"。他还曾在东坡雪堂的前面种了一棵细柳，后来离开黄州的时候，他曾写了一首《满庭芳》的词，里边就有这样的一句："好在堂前细柳，应念我，莫剪柔柯。"他说：我现在要离开黄州了，可是我那雪堂前面的细柳还好好地留在那里呢，当我离开之后，黄州当地的父老，你们如果怀念我的话，就一定不会折剪那棵柳树上的柔细的枝柯。东坡还曾在那里挖掘了一口井，叫"浚井"；雪堂的西边还有一眼泉水，叫"微泉"；在雪堂下还种植着桃花、丛菊等各种花卉。从黄州城南门到雪堂去，大约要走四百三十步这样远，这个雪堂的故址，现在就在湖北黄冈的东边。

"步自雪堂，将归于临皋。""雪堂"这个地方我们已经知道了，现在再来看这"临皋"是什么地方。在元丰三年二月东坡刚刚被贬到黄州来的时候，还没有雪堂，他最开始是暂时借居在定慧禅寺的禅院之中，"旋迁居临皋亭"，不久就迁居到临皋亭。临皋亭这个地方，旧日叫作"回车院"，也叫"临皋馆"。王宗稷《东坡先生年谱》说，东坡来了不久，"就临皋亭筑南堂"，就在临皋亭建了个居所叫作"南堂"。东坡的南堂这个居所，就在现在黄冈南长江的边上。《东坡集》卷十二里边有他迁居临皋亭的诗，还有南堂的诗。迁居临皋亭，指的就是他从定慧禅寺搬到临皋亭去。东坡写《后赤壁赋》，是在元丰五年十月，那个时候雪堂虽然已经建筑好了，但他仍住在临皋亭的南堂。所以《后赤壁赋》上说他"步自雪堂，将归于临皋"，还要回到临皋亭的南堂去——根据王宗稷的《东坡先生年谱》，他是在这一年以后才搬到雪堂去住的。

"二客从予过黄泥之坂"，有两个朋友跟随着东坡从雪堂回到临皋去，路上要经过"黄泥之坂"这个地方。这两个朋友是谁？其中一个叫杨士昌，我们在讲《前赤壁赋》时也说过，"客有吹洞箫者"的那个"客"就是杨士昌。杨士昌号子京，是四川绵竹五都山的道士，云游到庐山，由庐山改道黄州来拜访东坡，并前后两次同游赤壁。宋朝施元之注的东坡诗，还有清朝赵翼的《陔馀丛考》，都曾经提到过这件事情，就是说当时的两个朋友之中的一个就是杨士昌。另外一个朋友是谁没有能够考证出来。东坡说，两个朋友跟我经过"黄泥之坂"。"黄泥之坂"其实就是黄泥坂。黄泥坂本来是个名词，古人常常在名词中间加上一个助词，为的是使文章读起来语气显得舒缓一些。不但在地名之间加助词，有时在人名之间也加助词。古人常常起一个字的单名，这单名读起来有时候显得好像很单调的样子，于是就在中间加上一个"之"字，读起来就比较缓和。比如像古人介之推、宫之奇，这个"之"字都只是夹在名字中间的一个助词，这样读起来比较舒缓，不至于太单调。黄泥坂的"坂"是山坡的意思。《东坡集》卷十九里边有《黄泥坂词》一首，是模仿《楚辞》的体裁创作的，这首歌词很长，大家可以自己去看，我们就不占时间讲了。

下边他说："霜露既降，木叶尽脱。人影在地，仰见明月。"当他们回来的时候，沿途看见什么景物呢？在黄州这一带，到阴历十月的时候已经是深秋季节，天气已很冷，霜露都降下来了。沿途的树木经过寒霜的侵袭，所有的树叶已经完全脱落了，一片非常萧条的景象。而且十月十五的月亮很圆很亮，月光照下来把我们这几个走路人的影子映在了地上。抬头一看，就看到天上有一轮升得很高的明月发出寒光。这里写深秋月夜行路时沿途的景物，写得很真切，语言也非常简洁，把当时感受到的情景都传达出来了。"顾而乐之，行歌相答。""顾"，是观看的意思，我们看到这样的景物——"霜露既降，木叶尽脱。人影在地，仰见明月"——而"乐之"，以为这种情景是非常值得快乐的。他们很欣赏这情景，于是就"行歌相答"，这几个朋友就一边走路，一边歌吟来相互酬答。

"已而叹曰"，"已而"是不久以后，不久以后就叹息了。为什么叹息呢？因为"有客无酒，有酒无肴，月白风清，如此良夜何"。他们叹息说，我们今天晚上有这么好的知己朋友，可惜没有好酒相欢。而且，就算我们找到了酒，可惜我们也没有准备菜呀。"肴"字我在讲《前赤壁赋》的时候讲过，就是那个"肴核既尽"的"肴"。"肴"是肉类煮熟了所做的菜肴。今天晚上有这么好的知己朋友，可惜没有酒；就算可以找到酒，又没有可以下酒的菜。"月白风清"，月光这样明亮洁白，秋风刮得这样凄清凉爽，真是"如此良夜何"：有这么好的明月、这么好的清风，我们如何对得起这样美好的月夜呢！古人有诗曰："纵使有花兼有月，可堪无酒更无人。"（李商隐《春日寄怀》）当大自然有美好景物的时候，或者有花有月，或者是清风明月，那时难得有两三个知己；有两三个知己以后，又难得能开怀畅饮，所以东坡很遗憾，很慨叹。可是正当他慨叹的时候，"客曰"，他的朋友就说了："今者薄暮，举网得鱼，巨口细鳞，状似松江之鲈。顾安所得酒乎？""薄"是靠近，"暮"是日暮。他说，就在今天的黄昏将近日暮的时候，我在江边打鱼，把渔网拉起来一看，捉到了一条鱼。这鱼"巨口细鳞"，它的嘴巴很大而身上的鳞很细小，"状似松江之鲈"，形状就好像出产在松江的鲈鱼一样。"松江"是江苏的一个县名，这里出产一种很有名的鱼，叫作"四腮鲈"。它是鲈鱼的一种，大概有四五寸长，嘴很宽，头很大，两腮是膨胀起来的，身上有花纹，是绛红的颜色，虽然是两个腮，但隐约地看起来好像是四个腮，所以叫"四腮鲈"。"四腮鲈"以松江秀南桥出产的最好，味道非常鲜美。他的朋友说：我这里有今天黄昏捉到的一条鱼，而且它长得很像松江的鲈鱼。那么，现在已经有了很好的下酒菜肴了，可是酒呢？他说："顾安所得酒乎？"这个"顾"字是转折的语气，"安"是如何的意思。我刚才讲前面的"仰见明月，顾而乐之"的时候，说那个"顾"字是观望、观看的意思；而这个"顾安所得酒乎"的"顾"字，则有"但是""可是"的意思。他说，菜是有了，可是如何得到酒呢？于是就"归而谋诸妇"。东坡就回到临皋他居住的地方，"谋"是商量、想办法。跟谁商量想办法？跟他的妻子商议这件事情。"妇曰"，东坡的妻子就说了："我有斗酒，藏之久矣，以待子不时之须。"她说：我有一斗酒，而且老早就替你准备好了。"藏之久矣"，贮藏这个酒很久了。"以待子不时之须"，她说：我准备这酒就为的是你不一定什么时候的需要。"子"，是你的意思，这是东坡的妻子称呼东坡。

这里说到了东坡的妻子。在"壬戌之秋"，也就是宋神宗元丰五年的时候，他的妻子是继室王氏。在王宗稷的《东坡先生年谱》里记载着说，东坡的原配也姓王，在宋英宗治平二年（1065）就死去了。后来东坡又娶了一位续弦的妻子，也姓王，就是现在"归而谋诸妇"的这一位，这位继室王夫人是在元祐八年（1093）死去的。东坡的这两位夫人都是蜀郡眉山青神人，她们是叔伯姊妹。在这里，通过东坡的妻子为东坡贮酒以备不时之需这件事情，我们也可以看出，这位继室夫人真是一个非常懂得情趣的女子。接下来呢，"于是携酒与鱼，复游于赤壁之下"。于是东坡和他的客人就带着他妻子所准备的酒，还带着那个客人举网所得的似"松江之鲈"

的鱼，又到赤壁之下去游玩了。到这里是第一段，写了他们第二次
到赤壁游玩的原委。

（李东宾整理）

第二讲

　　下面第二段就是来到赤壁了。来到赤壁，赤壁的景物如何呢？是"江流有声，断岸千尺。山高月小，水落石出"。当深夜寂静的时候，赤壁山下的江水滔滔滚滚地流过去，在安静的夜晚更显出波涛汹涌的声音。"断岸千尺"，赤壁的山是很陡峭的，我们在讲《前赤壁赋》的时候曾说到赤壁的山是"斗入江中"。"断岸"是陡直高起的沿岸，"断"是斩截峭拔的样子。"断岸千尺"，说那斩截峭拔的沿岸看起来非常之高。"山高月小，水落石出"，在月夜的晚上，山看起来这么高，月亮从山上升起，当它走到中天的时候，就显得很小了——月亮和太阳都是如此，从东方初升的时候看起来都很大，升到中天看起来就很小，尤其在高山的衬托之下，就更显出月的小了。秋冬水浅，春夏的时候水就涨得高，十月已经是初冬季节，江水落下去了，显得很浅，那没在江水中的山石就都露出来了，所以是"水落石出"。东坡《前赤壁赋》写的是"清风徐来，水波不兴"，那是初秋的景物；现在写"山高月小，水落石出"，已经是初冬的景物了。可见，秋冬景物是各具特色的。

"曾日月之几何，而江山不可复识矣。""日月"就是光阴岁月。"几何"就是没有过多少日子。想一想，上一次游玩是七月，这一次再来游是十月，相隔不过仅仅三个月时间而已，真是没过多长时间，"而江山不可复识"。"不可复识"，就是认不出来。这个地方的长江和赤壁的高山，看起来已经不是三个月前来游玩时的样子了。因为当秋冬季节转变之际，草木都凋零了，很多景物都有很明显的变化，已经不能够辨识出来了。当然，也只有对景物最敏感的诗人，才会有这样的感叹。其实，东坡在《前赤壁赋》中也曾说过："自其变者而观之，则天地曾不能以一瞬。"大自然的景物，本来就是这样一刻也不停地变化着的。

"予乃摄衣而上，履巉岩，披蒙茸，踞虎豹，登虬龙。""摄"，本来是说用手把东西提起来的样子，"摄衣"是用手把衣服提起来。古人穿的衣服都很长，爬山的时候就需要用手把衣服提起来，"摄衣"在这里正是把衣服提起来的样子。不过有的时候，我们把衣服整理一下，拉一拉平，也叫"摄"。像《史记》的《信陵君列传》中说，信陵君去东门接侯生，侯生就"摄敝衣冠"，这个"摄"就是整理一下他自己的破旧衣冠。东坡说，我提起我的衣裳就爬上赤壁山去了。那么登山的过程又如何呢？他说是"履巉岩，披蒙茸"。"履"本来是说穿的鞋子，引申一下，把名词当作动词来用，那穿鞋子是用来走路的，所以这里的这个"履"，就是践踏，是说我们走路经过了那些地方。"履巉岩"就是登上、践踏了巉岩。"巉岩"，是很险峻的山岩。《昭明文选》里选了宋玉的《高唐赋》，其中有一句"登巉岩而下望兮"，说是登上了巉岩而向下遥望。《昭明文选》李善的注解说，"巉岩"是"石势"。什么叫"石势"呢？就是那种不长草木的、在山上突出来的岩石。"披蒙茸"的"披"是用手分开，"蒙茸"是那种丛生的草木，就是说，用手把山上茂盛的草木分开。可能有人会问：刚才在讲"巉岩"时提到李善的注解，说"巉岩"是突出来不生草木的岩石，下一句为什么又说"披蒙茸"呢？要知道，古人用字有时候并不是很严格的，说"巉岩"是突出的、不长草木的山岩，其实不一定绝对如此，他不过是想强调那山岩的陡峭罢了。下面说："踞虎豹，登虬龙。""踞"是蹲踞，就是蹲坐的样子。坐在什么上面？当然不是真的蹲坐在虎豹的身上，这里的虎豹，只是说山石奇形怪状，其形状好像是虎豹的样子。"登虬龙"的"虬"，是龙的一种。据朱骏声《说文通训定声》上说，龙这种动物，雄的头上有角，雌的头上没角。头上有一个角的叫"蛟"，是"蛟龙"；头上有两个角的叫"虬"，是"虬龙"；头上没有角的是"螭"，就是"螭龙"。所以龙生九种，是各有各的名称的。"虬龙"是龙的一种。在传说和绘画之中，虬龙的身体总是盘曲缠绕的样子。当然了，赤壁山上并没有虬龙这种动物，他只是形容说，山上那些树木的老干枯藤互相缠绕错节，好像是盘曲的虬龙一般。"踞虎豹，登虬龙"，是说他就蹲坐在像虎豹一样的山石上面，攀扯着像虬龙一样的枯藤老干爬上去。

接下来他说："攀栖鹘之危巢，俯冯夷之幽宫。"这里的"栖"正读念xī，鸟宿在巢中叫"栖"。"鹘"读hú，是一种鸟的名字，也叫"隼"，是苍鹰的一种，要算是猛禽了。这种鸟的嘴是勾曲的，背是青黑色的，尾巴是灰色的，多半在深山高树之间做巢。东坡说，我就爬登到鹘鸟栖息的"危巢"。"危"是高的地方，"危巢"就是在高山岩壁的树上的鸟巢。其实，他这里还是在极写山势的高险。东坡第二次游赤壁的心情，跟第一次不同了，所以他写的两篇赋的格调也各异：《前赤壁赋》是"泛舟游于赤壁之下"，"纵一苇之所如，凌万顷之茫然。浩浩乎如冯虚御风，而不知其所止；飘飘乎如遗世独立，羽化而登仙"，写得悠游自在、潇洒自然，丝毫不费力气；而第二次游赤壁则是"摄衣而上，履巉岩，披蒙茸，踞虎豹，登虬龙，攀栖鹘之危巢，俯冯夷之幽宫"，写得非常惊险奇峭。前一篇《赤壁赋》以自在潇洒的情调取胜，后一篇《赤壁赋》则以警健奇峭的格调取胜。现在我还要提到，他这样写还不是只为增加这篇文章警健奇峭的格调，他同时也是写实。因为《东坡杂记》也记载了赤壁山"上有栖鹘"，那里果然是有鹰隼的鸟巢的。

下面一句"俯冯夷之幽宫"，跟上一句"攀栖鹘之危巢"是相对的：向上看到的是栖鹘的危巢，向下则面对着"冯夷之幽宫"。"俯"是向下看，他面对着的是很深很深的江水。"冯夷"是水神，也叫河伯。《山海经·海内北经》有记载："纵极之渊，深三百仞，维冰夷恒都焉。冰夷人面，乘两龙。""纵极之渊"，就是在纵极的极深的渊谷中。这个渊谷有多深呢？有三百仞之深。"仞"字有两种说法，一种见于《说文》的"伸臂一寻八尺"，就是说八尺为一仞；另外还有一种说法，见于《论语·子张》的"夫子之墙数仞"，何晏的集解引包咸的注解说，七尺叫作仞。但不管一仞是七尺还是八尺，"深三百仞"都是极言其深了。那么在这个深渊之中，"冰夷恒都焉"，冰夷常常居住在这里。"冰夷"是什么样子呢？说它的面孔长得像人，乘坐着两条龙。《山海经》有郭璞的注解，注解上说，冰夷就是"冯夷"，"冯"通"憑"，"冰"的音与"憑"（凭）相近，故在古书上有时写作"冰夷"，有时写作"冯夷"。郭璞注还说："《淮南》云：'冯夷得道，以潜大川。'即河伯也。"冯夷修道，后来潜伏在大川渊谷之中，那就是世俗说的河伯了。那么现在东坡就说，我登上赤壁的高山，向高处探求，曾经攀登到鹘鸟所栖息的高危的巢穴；如果我要向下俯视呢，我就能看到冯夷所居住的在水的渊谷之中那幽深的宫殿。"幽宫"，就是幽深的宫殿。《楚辞·九歌·河伯》曾说到河伯所居住的地方，说那里是"鱼鳞屋兮龙堂，紫贝阙兮朱宫"。河伯所住的地方，有鱼鳞建造的屋宇，有龙的厅堂，有紫色贝壳所铸造的宫阙，有朱红色的宫殿。此乃是古人所想象的河伯宫殿的情形。而这里的"俯冯夷之幽宫"，也是东坡的假想之辞了。实际上他只是说从赤壁山向下看，可以看到深深的川谷和浩浩的江水，他想象那川谷江水之中乃是冯夷居住的地方。

接下来他说："盖二客不能从焉。"我在讲这篇文章的第一段时说过，"是岁十月之望，步自雪堂，将归于临皋。二客从予过黄泥之坂"，那天晚上，有两个朋友跟他一起在路上走，一起看见月光，然后他们有了鱼又有了酒，才一起到赤壁山下乘舟游玩的。可是在东坡舍舟登岸的时候，那"二客不能从焉"，两个朋友就不能追随他爬上这么高危的赤壁山了。这里的"盖"是个语气词，它有的时候用作疑问的口气，有"大概""或者"的意思；有时起连接的作用，承接上文，提起下文，有"大概如此"的意思。东坡登上赤壁山，"履巉岩，披蒙茸，踞虎豹，登虬龙，攀栖鹘之危巢，俯冯夷之幽宫"。他说，我所做的这种事情，原来是两个朋友不能够跟随我做到的。这一段，是极写他自己登上赤壁山所经历的高危奇险的种种情形。这一方面当然是写现实的事情，说两位朋友不能追随他一起到那高危奇险的山石上去；但另一方面，其实这里还有一种境界，就是说东坡所达到的非常高远和不平凡的境界，不是别人能够与他一同达到的。"二客不能从焉"，就是说，不但是在现实中高危的地方两位朋友不能与他一起到达，就是在精神修养的境界上，也是一般人不能够与他一起达到的。

(李东宾整理)

第三讲

接下来看:"划然长啸,草木震动;山鸣谷应,风起水涌。""划然长啸"的这个"啸"是吟啸之意,就是在口中发出鸣啸的声音。古人诗文中间关于长啸、吟啸的记载很多,这究竟是怎样的一种声音呢?在《晋书·阮籍传》中有这样的记载,说阮籍有一次登上苏门山,在山上遇到一位叫孙登的隐士。阮籍对这个隐士说了很久的话,隐士不应。书上记载说"籍因长啸而退",于是阮籍就放声长啸着下山了。可是当他走到半山山岭中间的时候,听到"有声若鸾凤之音,响乎岩谷"。他就听到有一种像鸾鸟凤鸟和鸣的声音,这声音在岩石山谷间回响震荡。当然了,这并不是真的"鸾凤之音","乃登之啸也",原来是孙登长啸的声音。这样看起来,古人吟啸的声调是极高、极长、极美的,而且传得极其高远。我们由此也可以想见古人的风度。这里东坡说是"划然长啸",什么是"划然"呢?"划"本来是分开的意思,比如现在有人写文章这样写,说:在寂静的深夜,火车的汽笛声划破了寂静的夜空。深夜本来是寂静和茫然一片的，忽然间响起来一种清冽而悠长的声音划破了寂静。"划然"，就是划破、分开的样子。"划然长啸"，他就放声吟啸，发出清冽而悠长的声音，划破了夜空的寂静。于是就"草木震动"，这种长长的吟啸在山谷之间回荡，山谷间的草木好像都受到了震动。"山鸣谷应，风起水涌"，长声的吟啸在高山山谷中间都响起了回声，好像是听到悲凉的夜风也吹起来了，听到山下的江水也在滔滔滚滚地拍打涌动。

"予亦悄然而悲，肃然而恐。"东坡说，在这寂静的深夜，听到这划破夜空的长啸声，而且这声音如此悠长，如此响亮，它在山谷中回响，引起草木震动，还汇合着风声和山下的江水声。听到这种声音以后，"予亦悄然而悲"。这个"悄"有两个意思，一个是静悄悄的，这个意思是常用的；但它有的时候也表示忧愁的样子，比如在《诗经·陈风·月出》一篇中有"舒窈纠兮，劳心悄兮"的句子，这里的"悄"就有忧愁的意思。而"予亦悄然而悲"的"悄"，就有寂静的意思了，说我就在这种寂静之中，好像是升起来一股忧思，从而引起了我的悲伤。"肃然而恐"的"肃然"，是很严肃、有所敬畏的样子。他说：我也在肃然之中好像内心里升起来一种恐惧。这两句，写深夜中他听到长啸的回响在山谷中震荡时的心情。这种心情也写得很好。下面他说："凛乎其不可留也。""凛"本来有凛冽寒冷的意思，也有凄清的意思。要知道，他这一次游赤壁已经是十月初冬的季节了，深夜的高山上面确实过于寒冷，过于凄清，这个地方真的是不能够多做停留的。于是他就"反而登舟"，从赤壁山上返回来，登上他们来时所乘坐的船。

刚才讲了东坡"攀栖鹘之危巢，俯冯夷之幽宫，盖二客不能从焉"。我说，这一方面是写现实的情形，是两个朋友果然没有能够追随他一同爬上赤壁山；另一方面，他还带有精神上的境界，就是说东坡所达到的境界是别人不能够达到的。现在，这一节也是一样：一方面是现实果然如此，山上寒冷凄清，不能做过多的停留，于是他就下了山；另一方面也代表了一种境界。东坡有一首很有名的词《水调歌头》，其中有这样几句："我欲乘风归去，又恐琼楼玉宇，高处不胜寒。起舞弄清影，何似在人间。"他说，当中秋赏月看到天上明月的时候，就想要乘着天风回到天上去，可是却又恐怕虽然那明月之中琼楼玉宇的建筑如此美好，但是"高处不胜寒"——一个人孤独寂寞地留在高空之上毕竟过于寒冷而且凄凉。所以，"起舞弄清影，何似在人间"，还是留在人间为好。孔子也说过："吾非斯人之徒与而谁与？"我们毕竟还是要在人类之间生活的。苏东坡一方面有他超旷的襟怀，那真是超乎了我们一般凡人之上；但另一方面，他与一般世俗中的各种各样的朋友都能够相处得非常融洽，这也是一份很难得的修养。这一段，表面上写他登赤壁山之后感觉"悄然而悲，肃然而恐，凛乎其不可留也"，其实另外一方面也很像他在那首《水调歌头》中所写的"我欲乘风归去，又恐琼楼玉宇，高处不胜寒。起舞弄清影，何似在人间"。所以，他还是回来了。我们接着看下边："反而登舟，放乎中流，听其所止而休焉。"于是我就回来，登上来时的船，并且放开这条船，任凭它在江流中随波荡漾，"听其所止而休焉"，听凭它随便停到哪里我们就在哪里停泊。这不但是写实，同时也代表了东坡那种旷达和随遇而安的襟怀与境界。我以前讲到东坡这个人的时候，就谈到过他有这样一份修养，而现在我们从他的文章中，也看出了他这个人的性情、怀抱和修养。

接下来就看下面："时夜将半，四顾寂寥。适有孤鹤，横江东来，翅如车轮，玄裳缟衣，戛然长鸣，掠予舟而西也。"当他们回来的时候，夜已过半，向四方张望，一片寂静。"寂寥"，就是寂静无声的意思。"适有孤鹤，横江东来"，"适"是恰巧，正在这个时候，恰巧看见一只白鹤横过江面自东而来。这只孤鹤很大，"翅如车轮"，翅膀张开像车轮一样。它的样子是"玄裳缟衣"。"玄"是黑颜色，"缟"是白颜色。"裳"和"衣"是有区别的。在《诗经·邶风·绿衣》一篇中有"绿衣黄裳"的句子，《毛传》的注解上说："上曰衣，下曰裳。"古人的衣服有两截，上身所穿的叫衣，底下半截叫裳。现在这只鹤说是"玄裳缟衣"，鹤本来是只鸟，何尝身上有衣服？但你要知道，现在东坡是把鹤人格化了，用描写人的笔法来描写鹤。一般来说，鹤的身体和翅膀是白颜色的，而它的尾巴带有黑颜色的羽毛，所以作者说它"玄裳缟衣"。"戛然长鸣"的"戛"是入声字。本来这个"戛"字的意思，是古代敲击乐器所发出的声音，形容那声音很清脆、很响亮。在这里，"戛然"是形容这只白鹤发出很清脆、很响亮的声音。它长声地鸣叫着，就"掠予舟而西也"。"掠"是从旁边飞过去，说这白鹤就擦过我们的船边，向西边飞去了。前边说它"横江东来"，是从东方飞来；这里说掠舟而西，是它向西方飞去了。于是，"须臾客去，予亦就睡"。"须臾"是说顷刻，过了一会儿的时间。"客去"，朋友离去了。"予亦就睡"，东坡说他自己也睡觉去了。

接下来看最后一段，东坡说他睡下去以后，"梦一道士，羽衣翩跹，过临皋之下，揖予而言曰"，他就梦见一个"羽衣翩跹"的道士。何谓"羽衣"呢？是用羽毛缝缀起来的衣服。古人常常说仙人道士身上披着鹤氅。鹤氅者，从字面看起来就是用鹤鸟的羽毛做的披在身上的大氅。但是也有人考证说，所谓鹤氅，实际并不是用鹤鸟的羽毛做的，而是用一种叫鹙鸟的羽毛做的。不过东坡现在所说的"羽衣翩跹"呢，用的还应该是鹤的羽毛的意思。因为刚才我们讲过了，他说他曾经在江上看见一只白鹤从他的船边飞过去，然后他就梦见了这个道士，而后边他就要讲到，他以为那就是这只鹤鸟所化成的道士，所以它穿着鹤氅。"翩跹"本来是旋转、舞蹈的意思，但在这里就不一定是跳舞了，只是形容这个道士行走时那种翩然自在的样子。"过临皋之下，揖予而言曰"，就梦见这个道士来到了临皋亭的下面。关于临皋亭，我在开始讲这篇《后赤壁赋》的时候就曾经讲过，当东坡刚被贬到黄州的时候，起初借居在定慧禅寺的禅院之中，后来迁居到临皋亭这个地方。临皋亭也叫"临皋馆"，在现在黄冈南长江的边上。东坡说，我梦见一个穿着羽衣鹤氅、飘摇潇洒的道士来到临皋亭下，拱手为礼，给我作了个揖，然后对我说："赤壁之游乐乎？"你坐船到赤壁山游玩得快乐吗？"问其姓名，俯而不答"，东坡就问他姓什么、叫什么，这个道士低下头没有回答他。下面东坡就说了："呜呼噫嘻！我知之矣。畴昔之夜，飞鸣而过我者，非子也耶？""呜呼噫嘻"都是表示感叹的意思，就是相当于"啊"这种声音。他说：啊！我知道了，我晓得了。"畴昔之夜","畴昔"本来是从前的意思,是从前有一天的夜里。他在梦中这样说,其实那就是当天的夜晚。他说,那时候"飞鸣而过我者",曾经一边鸣叫着一边从我身边飞过去的,"非子也耶?"岂不就是你吗?这个"子",是对对方的尊称,就是"你"了。所谓"飞鸣而过我者",当然指的就是刚才所讲的那只"横江东来"的白鹤了。当东坡这样说了以后,"道士顾笑"。"顾"是顾望、回头看的意思,道士就回过头来望着他一笑。"予亦惊寤","寤"是醒的意思,我也就惊醒了。"开户视之,不见其处。"惊醒了以后,想着到底有没有这个道士呢?于是就"开户视之",推开门看一看,可是"不见其处",没有能够寻见,找不到他的所在、他的去处。

结尾这一段写得非常奇幻。关于鹤化作道士或者道士化作鹤的传说很多。在传说中,仙人本来是可以化为鹤的,鹤也是可以化作仙人的。《搜神后记》中就记载,汉朝有个辽东人叫丁令威,他曾经学道于灵虚山,后来化鹤归辽,落在城门华表柱上,有少年欲射之,鹤乃徘徊空中而言曰:"有鸟有鸟丁令威,去家千年今始归。城郭如故人民非,何不学仙冢累累。"很多人都知道这个传说故事,所以东坡说他碰到的那只"横江东来"的白鹤,就是他梦中见到的道士所化。

关于这两篇《赤壁赋》,前人有很多的批评。像明朝的袁宏道袁中郎,就这样批评说:"前赋为禅法道理所障,如老学究着深衣,通体是板。"(《识雪照澄卷末》)他把前、后两篇《赤壁赋》进行比较，认为《前赤壁赋》是被禅宗的佛法所蔽障了，就是说，这篇文章一心要表现一些禅法，即佛家禅宗的哲理，所以它就被禅宗的哲理所拘束了，就不能放开笔去随便地写了。他说，那就好像老学究穿着"深衣"。什么叫"深衣"呢？"深衣"是古代祭祀大典时穿的一种礼服。袁中郎说，《前赤壁赋》就好像一个老学究，他身上穿着祭祀大典时所穿的大礼服，所以必须要"通体是板"——他举手投足都要有一定的板眼，绝不能够任意发挥的。那么《后赤壁赋》呢，袁中郎说了："后赋直平叙去，有无量光景。"（《识雪照澄卷末》）《后赤壁赋》这篇文章是用很直率、很平坦的顺笔写下去的，真是有不可想象的奇丽和超远的境界。袁中郎又说："至末一段，即子瞻亦不知其所以妙。"最后一段的白鹤羽化，恐怕苏子瞻自己也不晓得它为什么那么好。他认为《后赤壁赋》最后的这一段乃是神来之笔。就是说，有的时候有心为之不见得作得很好；而信笔写来，反得其潇洒、超远、自然之趣。

虽然袁中郎他这么说，但是我以为东坡《前赤壁赋》写得洒脱自然，《后赤壁赋》写得奇幻变化，这两篇文章异曲同工，都写得很好。像《前赤壁赋》中"自其变者而观之，则天地曾不能以一瞬；自其不变者而观之，则物与我皆无尽也"的这一段，写得非常洒脱自然，我们看不到他一点点板起面孔来说禅理哲学的做作的态度。对这两篇《赤壁赋》，历来的文学家也都是很赞美的。

（李东宾整理）